Chiara
Cecilia Santamaria

Quello che le mamme non dicono

Rizzoli Libri

ISBN 978-88-17-03775-4

Prima edizione: maggio 2010

Finito di stampare nel mese di maggio 2010
presso Grafica Veneta Trebaseleghe (Padova)

Quello che le mamme non dicono

A Viola

Introduzione

Prendete due tizi qualsiasi, di sesso opposto, e buttateli in un salotto alle 5 di mattina.

Ci siete? Ok.

I due sembrano in stato confusionale. Ballano, cantano canzoni con parole inventate, saltellano sul posto, fanno versi strani, imitano animali saltando fuori dai divani, balbettano. A un certo punto lei si toglie il reggiseno.

Potreste pensare che, come minimo, hanno tirato una pista da sci.

Nulla di più sbagliato. Stanno semplicemente cercando di addormentare un neonato.

Il modello più classico, per intenderci: quello che si sveglia all'una perché ha fame, alle due perché si è sporcato, alle tre perché ha il reflusso, alle quattro perché ha le coliche e alle cinque perché ci ha preso gusto.

Io sono lei.

Quella in topless che canta, e che nelle quattro ore precedenti ha fatto cose innominabili pur di vedere quei 50 centimetri urlanti cadere in coma narcolettico. Senza successo, è chiaro.

Vi chiederete chi me l'ha fatto fare.

Ecco, questa è un'ottima domanda.

Potrei dire che l'ho desiderata per una vita, sognata per nove mesi e amata dal primo istante. Però non è vero.

Io sono quella che si racconta in giro che "oh, è rimasta incinta!". Quella.

E questo è quello che è successo dopo.

1
Ma che davvero?

L'aspirina forse no

La farmacista, devo ammetterlo, me l'ha discretamente tirata.

"Una confezione di aspirina, pasticche per la gola e... ma sì, un test di gravidanza" ho fatto alla bionda dietro al banco.

L'ho chiesto per puro scrupolo, in fondo avevo un ritardo di soli tre giorni. Certo c'era questa storia delle mie tette diventate improvvisamente più grandi, ma avevo accettato la cosa come risposta divina alle preghiere dell'adolescenza e me n'ero fatta velocemente una ragione.

"Guardi, non può prendere l'aspirina se è in gravidanza" mi risponde la bionda.

"Ma io non sono in gravidanza."

"Non è per lei il test?"

"Sì, però non sono incinta. È quasi impossibile, capisce. Non. Sono. Incinta." Lo ripeto bene, scandendo le parole. Che sia chiaro.

Mi regala uno di quegli sguardi che si fanno ai mentecatti.

"Io non posso darle l'aspirina se c'è il rischio che sia in attesa. Le do il paracetamolo."

"Quello che le pare. Comunque non attendo un bel niente."

"Questo lo saprà quando avrà fatto il test" risponde minacciosa.

Avrei voluto essere un uomo per darmi una di quelle grattate storiche. Invece ho ringraziato tra i denti e me ne sono andata giurando a me stessa di tornare il giorno dopo a chiedere otto scatole di aspirina.

"Ho comprato un test di gravidanza ma tranquillo, non sono incinta" ho annunciato al mio ragazzo una volta salita a casa. Ero già in bagno.

Ho scartato lo stick bianco che avrebbe potuto cambiarmi la vita. Era un semplice bastoncino con il tampone a un'estremità e la classica finestrella. Ho letto le istruzioni, che tradotte brevemente erano: una riga, tutto a posto. Due righe, sono fatti tuoi.

In realtà ci ho fatto pipì sopra con la calma di chi pensa "*non può essere successo proprio a me, dovrei essere troppo sfigata*". Me la ridevo quasi un po' pensando a tutte quelle amiche che avevano raccontato l'esperienza del test come un momento drammatico in cui ci si misura con l'idea della maternità e il futuro e il tuo uomo e la vita e la morte e le vacanze, quelle che in barca in Grecia non le puoi fare più. Io ero relativamente serena: se non concepivo assolutamente l'idea, figuriamoci la creatura.

"Dai aspetta con me" ho chiesto a lui mentre lasciavo passare i due minuti per la comparsa del risultato.

Si è seduto sul bordo della vasca. Il suo colorito giallo stitico mi faceva intuire che non la stava affatto prendendo con la mia leggerezza.

"Forse sento il bisogno di un grappino" ha detto.

Appare la prima linea rosa e io penso alla farmacista, e poi che la mia vita continuerà esattamente come prima. Ho sicuramente una psiche malefica che ha addestrato i miei ovuli a stendere a randellate quei cosi con la coda.

Il sorrisetto soddisfatto dura pochi secondi, il tempo che basta alla seconda linea per apparire in quel modo scemo che è l'appena-visibile. Nella mia testa ci dev'essere un'interferenza, perché improvvisamente non trovo più un pensiero che è uno, anzi credo di sentire la musica dell'Intervallo e vedere un gregge di neonati che salta lo steccato.

Mi viene quasi da ridere tanto appare fantascientifica la situazione. Tutto quello che riesco a proferire sono le parole:

"Ma che davvero? Oh, cazzo."

Ho guardato lui, e la sua faccia diceva più o meno:

"Ma che davvero? Oh, cazzo."

La seconda cosa che ho pensato è stata: devo ubriacarmi. Merda, non posso bere sono incinta. Sono incinta??? Ossantocielo. Anzi no: porcaputtana! Come faccio io con un bambino? *Poracreatura.* E quel vestitino verde di Zara quando me lo rimetto? Non posso più fare l'idiota, diventerò una... *madre.* O mio Dio. È troppo presto! Cavolo, quant'è presto.

"È stata la sera della festa anni settanta, lo so" gli ho detto.

"Te l'avevo detto di smetterla col Mojito."

"Ah quindi ora è colpa mia? Chi diceva 'stai tranquiiillaaa'?"

"Io?"

"Sì, tu! Ecco. Adesso arriva un bel marmocchio con le caccole e il pannolino sporco."

"Perché le caccole?"

"Boh, i bambini ce le hanno sempre."

"Non mi sono mai piaciuti, i bambini."

"È un ottimo momento per dirlo."

"Che facciamo?"

"Boh. Devo fare una telefonata."

"Alla ginecologa?"

"Macchéginecologa..."

Ho chiamato la mia amica Ju.

"Non hai capito: sono incinta."

"Ma che davvero?"

"Di' qualcos'altro."

"Non so davvero cosa dire."

Ju è amica da una vita, avvocato in carriera e propensa alle relazioni familiari ancor meno di me.

Delusa di essere tornata al punto di partenza, ho composto un altro numero: Sara, unica amica matura, assennata e con sentimenti positivi verso la procreazione. Non per niente, maestra d'asilo in un paesino toscano.

"Sono incinta."

"Ma daiii è una notizia meravigliosaaa! I figli sono doni del cielo, piezz' 'e core, benedizioni. Che bello pensa alla cameretta, ai giochi, alle ninne nanne. Ora che fate vi sposate?"

"Ora decidiamo se tenerlo."

"Ah."

Terzo tentativo: Valeria, amica in carriera ma soprattutto party animal per eccellenza. Ha più amici pierre che parenti e trova il modo di entrare ovunque, dal locale underground al party per il lancio di un film.

"Vale, ascolta..."

"No, ascolta tu: stasera aperitivo al Red, poi cena da Pierpaolo che dopo ha pure il tavolo nonsodove. Ci stai?"

"Indovina chi è incinta?"

"Non tu."

"Perché non io?"

"Perché tu non puoi essere incinta, sarebbe contro natura. Sei troppo idiota."

"E invece."

"Noooo. Ti rendi conto? Libertà zero. Carriera morta. Viaggi: che sono? E le feste, gli aperitivi, noi povere amiche... Tu non sei un tipo da 'ehi scusate ho la poppata delle undici' te ne rendi conto, no?"

"Già."

"Pensa a Bri come si è ridotta, poraccia."

Fabrizia, per tutti Bri, era lo spauracchio collettivo. Da strafiga a mamma flaccida e apatica, capace di parlare soltanto di due cose: la sciatica e gli asili nido.

La prima volta che l'avevo conosciuta era sul cubo di un noto locale, con un vestito grande come un Kleenex e un ballerino palestrato accanto.

L'ultima volta era stata avvistata sulla panchina del Parco del Tennis, con un poncho grande come un paracadute e un neonato itterico accanto.

"Ma io non sarei come Bri. Sarei una mamma figa."

"Non esistono le mamme fighe."

"Angelina Jolie!"

"Ma quella è di cera e va a pile, non conta."

"Madonna?"

"Perché mi citi solo donne che possono permettersi otto babysitter?"

"Perché mi fa bene allo spirito."

"Non ci raccontiamo palle: non ce la puoi fare."

Era vero. Per quanto buonismo tentassi di instillare nelle mie riflessioni, per quanto nel mio futuro vedessi una famiglia, ero segretamente convinta che essere incinta fosse una cosa terribilmente incompatibile con quella precisa fase della mia esistenza, e sapevo di avere molta ragione.

Arriva, a un certo punto, il momento in cui le cose sembrano andare per il verso giusto, no?

È quel momento in cui ti sei liberata dei problemi dell'adolescenza ma in fondo sei ancora molto giovane. In cui hai finalmente rotto con quei quattro bastardi che ti rovinavano le giornate. In cui il tuo metabolismo ha preso il chilometro lanciato. In cui non sai ancora cosa vuoi fare della tua vita ma hai trovato un lavoro che ti piace. In cui hai finalmente imparato a fare sesso come si deve e ne fai proprio un sacco. A pensarci bene forse troppo, ma lo scoprirai soltanto dopo.

Ecco, io ero in quel momento dorato.

Correvo sopra alle giornate con leggerezza. Ammazzavo lo stress con un bicchiere di vino al tramonto, da qualche parte ancora al sole. Stavo conoscendo il mio ragazzo ed ero fuori tutte le sere con lui. Mi godevo lo stordimento da notte insonne – quando ancora era una scelta – dietro occhiali scuri. Disfavo il trolley giusto in tempo per pianificare il weekend successivo. L'aria era piena di progetti e la sensazione del "tutto-possibile" rendeva le vene effervescenti.

Avevo questi 27 anni e non sapevo bene quando fossero arrivati, sicuramente di notte perché non me n'ero proprio accorta: io, le mie amiche e tutte le persone tra i 25 ei 35 che conoscevo, sguazzavamo in questa adolescenza prolungata socialmente incoraggiata. Avevo uno stipendio ma non un affitto da pagare. Tutto il mio tempo libero era per me e i miei desideri. Iniziavo a capire le dinamiche delle cose in cui ero immersa e mi sembrava di avere la combinazione di tutte le porte che volevo aprire. Imparavo in fretta, vivevo ancora più veloce. Volevo sperimentare. E viaggiare. E divertirmi. Ma soprattutto, passare i seguenti cinque o sei anni a scorazzare liberamente per la mia vita.

Questo era quello che desideravo. Tra quello che non cercavo, "avere un figlio" nemmeno rientrava in elenco. Certo, prima o poi ero sicura che ne avrei avuti, ma non ora: troppe cose da fare. C'era tutto un presente da vivere, prima di quel futuro in cui avrei creato una famiglia.

Vi devo dire una cosa

Avevo bisogno di un confronto, uno serio. Andare a casa dei miei è stato un istinto improvviso e insensato.

Non era mia intenzione scardinare l'equilibrio della famiglia lanciando senza preavviso una bomba di quella portata, eppure l'ho fatto. Ripensandoci a mente fredda, non riesco nemmeno a capire perché. In un certo senso, cercavo di scoprire negli occhi degli altri se per me aspettare un bambino fosse una cosa bella o brutta, e quanto.

Quando ero più giovane avevo un metodo per annunciare catastrofi alla famiglia.

"Papà, ti devo dire una cosa. Ho accartocciato la macchina contro una Jaguar... ed è colpa mia." Aspettavo pazientemente le urla, il tracollo fisico, le minacce di morte e poi annunciavo la verità come una piacevole attenuante: "Scherzo. Ho solo fatto la fiancata alla tua mentre parcheggiavo."

La paraculata era servirgliele come un sollievo. Stavolta però ero io la prima a non essere sollevata. Cosa potevo dire di peggio, che erano tre gemelli? Sono andata sul diretto:

"Mamma, sono incinta".

Silenzio. Sospiro.

"Mamma?"

"Ma tu come ti senti?"

"Ancora non saprei dirlo esattamente."

"Certo che rimanere incinta al giorno d'oggi, con tutti i metodi che ci sono..."

"Ecco, questa è la frase dell'anno."

"Cosa pensi di fare?"

"Non so."

"Non sai. Tutto qui?"

"Già."

"A 27 anni mi aspettavo una reazione più matura."

"Sono socialmente giustificata a essere un'idiota di 27 anni. Il mondo non si aspettava figli da me prima del 2012" l'ho provocata.

A quel punto se n'è uscita con la sua frase cult per tutte le stagioni:

"Non ti ho insegnato proprio niente".

Con mio padre è andata apparentemente meglio.

"Aaaah! Il nipote! Me lo porto in montagna con lo zaino di tuo nonno!"

"Ma papà..."

"Abbiamo ancora il canottino del mare! Ah-ah!"

"Papà?!"

"L'hai già detto alla nonna?"

"Papà, io non so ancora se lo voglio questo nano."

"Ah. Tua madre che dice?"

"Io non dico niente!"

"Eh certo, certo. Devi decidere tu" ha risposto lui. Il gatto di Shrek avrebbe avuto meno pena nei suoi occhi.

"Sì, decide lei" ha fatto eco mia madre.

"Sentiti libera, ecco. Io e tua madre non vogliamo interferire" ha concluso lui.

Mia madre mi ha lanciato uno sguardo che aggiungeva "e però sei un'imbecille". Non potevo darle tutti i torti.

Pochi giorni dopo, hanno iniziato ad arrivarmi strani mms, presto rinominati *culinudi*. Vecchie fotografie. Io a un anno nuda sul fasciatoio. Io a due anni al mare senza costumino. Io con mia sorella appena nata con le chiappe all'aria. Mi è venuto il dubbio che mia madre avesse fatto quei corsi di manipolazione delle menti tramite messaggi inconsci, ma me li sono fatta passare. Ogni mms era corredato da una frase del tipo: "fai quello che ti senti".

Era sottinteso: se scegli l'interruzione e non te ne penti da sola, ci sono qui mamma e papà pronti a ricordartelo vita natural durante.

Mamma: femminile, singolare

Prima di entrare davvero nel panico, pensavo fosse meglio documentarmi su quello a cui potevo andare incontro. Ho fatto quello che qualsiasi ragazza assennata avrebbe fatto: una ricerca su Google.

Uno dei primi risultati era un test "Sei pronta a diventare mamma?", ideato presumibilmente dai cinesi, perché i termini *sacrifici*, *responsabilità*, *rinunce* ricorrevano con una frequenza di tre a uno rispetto ai verbi. Il mio profilo finale si intitolava "Non sei pronta: goditi la vita". Mi è uscito un verso strano, probabilmente un insulto pesante in mandarino.

Link successivo: un video del parto, capostipite di tutto il genere pulp. Tarantino sarebbe stato fiero di Papà Fabio, che ha allietato YouTube con il ricordo di sua moglie Laura la quale, perfettamente in linea con i Sacri Testi, partorisce con dolore. Di quelle scene che fai "ahio-oddio-ahio" solo a guardarle. Ho chiuso dopo cinque secondi, sperando che al sesto qualche grosso infermiere africano si fosse caricato Fabio come una baguette e l'avesse lanciato in sala d'attesa.

I link successivi erano estratti impietosi di vita comune. Il format era più o meno il seguente: mamma di due/tre figli sposata con simpatico ometto stempiato, che mette online le foto di famiglia e qualche aneddoto sparso. Non che ci fosse nulla di male a incasellarsi in quindicesima fila su qualche spiaggia romagnola, con un pargolo di novanta chili e una pupa senza incisivi. Soltanto, strideva con me. Io non ero pronta, non era il momento. L'orologio biologico doveva ancora arrivarmi per posta.

C'erano siti. C'erano album. E poi tanti, tantissimi blog e forum che a una rapida occhiata, solo a leggere i titoli dei post, facevano venire i sudori freddi.

Potevano essere intitolati *quelle che.*

Se il figlio inizia a dormire dopo 18 mesi non si sono impiccate col portaciuccio, anzi *che sollievo*. Se sgancia un peto atomico in pubblico, *che divertente*! Se il nano vuole attaccarsi al seno ogni ora, *che cucciolo*. Se sono tre anni che fanno le vacanze con la suocera, che persona *deliziosa*. Se il pargolo le lascia solo mezz'ora libera al giorno, non si fanno rum&pera per dimenticare ma *che ottima occasione* per leggere gli arretrati di "Bambino moderno".

Non capivo.

Mi chiedevo come fossero, prima, quelle donne. Intendo: cosa facessero, che gusti avessero, cosa sognassero di realizzare prima dei nani. Tutta quella roba, dove l'avevano lasciata? Perché non ne traspariva nemmeno un po'. Mi chiedevo se avessero ancora tempo per "essere quello che erano"; se da qualche parte, sepolto sotto pannolini e bavaglini sporchi, avessero conservato almeno un po' di loro stesse.

I bambini sembravano prendersi tutto: tempo, attenzioni, pensieri. Non una che parlasse di un film al cinema. Di serate. Di amici. Di follie.

Perché le mamme erano tutte così felici di immolare la loro indipendenza per i figli? Qualcuna di loro aveva mai preso un trolley e girato per isole dalle acque turchesi fermandosi solo per dormire, mangiare e fare l'amore col proprio uomo? In tal caso, non rimpiangeva la differenza? Sembrava che quelle come me, egocentriche, terrorizzate e poco convinte, non esistessero. Se c'erano, si guardavano bene dal parlare perché tutto ciò che si scostava di un passo da questa maternità totalizzante era tabù.

Per non parlare della gravidanza. Le donne in attesa erano questo: esseri gentili dal volto radioso, vestite con ampie tuniche chiare, che accarezzavano il pancione in estasi e sceglievano "solo il meglio per il mio bambino".

Mi sono guardata dall'alto in basso. Ero un essere decisamente incazzato, dal volto sconvolto. Vestivo con skinny jeans e peep toe. Quel leggero rigonfiamento sotto l'ombelico poteva ancora voler dire qualsiasi cosa. In più non sapevo nemmeno se lo volevo, questo bambino.

Stavo alla maternità come una Playmate al noviziato.

Dopo l'osservazione dell'universo virtuale, sono passata a quello reale. Improvvisamente il mondo sembrava pieno di madri.

Ho iniziato a farci caso un pomeriggio passando casualmente al supermercato. Pensavo che avrei trovato al massimo un po' di signore, coppie di anziani e file alle casse. Mi sbagliavo. Il supermercato alle 17 è una specie di pollaio pieno di mamme. Mamme ovunque. Mamme lungo i corridoi, mamme arrampicate sugli scaffali, mamme che si litigano l'ultima mozzarella di bufala, mamme che si fregano i numerini al banco salumi per il giorno dopo. Per me, una specie di visione da girone dantesco. Non credevo possibile una tale quantità di genitrici con prole a intasare i corridoi. L'età media dei bambini non superava i 5 anni, e non ce n'era uno che non incarnasse le mie peggiori fantasie in ambito nanico. Uno giocava a domino coi pacchi di pasta. Una strillava come un'aquila e la madre, sentendosi in buona compagnia, non faceva nemmeno lo sforzo di calmarla. I piccoli fratellini al reparto pane cantavano *Dragonball*, credo, ma evidentemente sapevano soltanto mezza strofa quindi continuano a ripetere "Uozmaidèssini Dragonboll" a raffica e con volume sempre più alto.

Arrivata alle casse ho notato che le classi prima seconda e terza di qualsiasi scuola nel raggio di tre chilometri erano presenti all'appello. Nemmeno ai tornelli dello stadio avevo mai visto una ressa del genere. La bimba davanti voleva le *camamelle*, quella dietro le merendine delle Winx, quello accanto aveva fame, quello a sinistra brandiva pacchetti di preservativi rubati dall'espositore e quello a destra... toh! Dormiva! Abbarbicato sulla spalla della madre che per mano teneva l'altro figlio, col piede spingeva il carrello e aveva il portafogli in bocca. Oddio.

Arrivo alle casse. Pago. Mi carico i pacchetti e accanto a me una visione. Una bimba, bellissima. Avrà due anni, è nel suo passeggino tranquilla, con un pupazzo tra le mani e l'espressione sognante. La guardo per un attimo. Ecco – penso – se avrò una bimba sarà così. Poi lei apre la bocca. Io sorrido. Lei vomita. E la madre: serena! Come se la figlia avesse appena lanciato petali di rosa. Io al suo posto mi sarei allontanata di cinque metri e poi avrei fatto l'annuncio "È stata smarrita una bambina...".

Dopo la vita virtuale e la vita osservata, era il momento di un'incursione in una vita reale.

Bri si era scoperta incinta a 31 anni, molti dei quali passati a causare attacchi cardiaci sparsi a causa delle sue scollature vertiginose. Il commento universale quando si era saputo del bambino era stato "beh, sicuramente non muore di fame". Aveva subito accettato con gioia il pupo, figlio del proprietario di una famosa enoteca, e si era calata nel ruolo di madre con la stessa velocità con cui io mi sarei infilata un bikini ad agosto. Il problema erano gli acciacchi collaterali. La nostra invidiatissima strafiga si era trasformata da gnocca a zampone nel giro di qualche mese, la scollatura rimbalzava sulle rotule e vestiva come una badante ucraina cieca.

L'ho chiamata il giorno dopo:

"Ciao Bri, hai smesso con l'oltraggio al pudore?"

No, ok. Ero tentata, ma non le ho chiesto questo. Ho fatto una telefonata amichevole sperando che, nella conversazione, uscisse qualche informazione realistica e determinante sulla sua vita da mamma.

"Come stai, cosa fai, come va il lavoro?"

"Eh, il lavoro l'ho dovuto lasciare. Sai, gli orari erano inconciliabili con un bambino. Ormai ho 33 anni e non si trova più molto. Forse dal mese prossimo lavorerò part-time in enoteca."

Non avevo parole. Bri lavorava nel marketing di un'azienda del lusso e le sue prospettive erano ottime. Ho cambiato argomento:

"Comunque non ti si vede più in giro!"

"Gianlu si è abituato ad addormentarsi in braccio, una cosa e l'altra si fanno le dieci e sono sempre così stanca. Comunque a volte organizzo delle cene a casa, magari ti invito. Ti avverto però che alle undici c'è il fuori-tutti, che la mattina dopo si sveglia alle sei!"

"Ma non ricordi quando ti incontravo al Blu? Quando alle undici si usciva di casa? Non ti manca la vecchia cara Bri?"

"A essere sincera no."

Wow: un vero, autentico istinto materno. Allora esisteva!

"Ci sono altre cose che mi mancano" ha continuato.

Ah no, ecco, c'era la magagna.

"Dormire fino alle undici. I weekend al mare con Francesco. I pomeriggi di shopping. Il mio lavoro. Uscire con le amiche. Però, sai, alla fine la vita di una madre è così."

"*Così* come?"

"Rinunci a tante cose, cambia tutto. Pensa che io adesso sono in divisa perenne: tuta e scarpe basse. Ti ricordi com'ero prima, no?"

"Una figa!"

"Eh, ehm. Sì. Vabbè ma poi si fa l'abitudine a tutto."

Anche a essere un cofano in tuta, intendeva tra le righe la povera Bri, per autoconsolarsi. No. Non ero soddisfatta. Anzi, ero furiosa: perché? Lei aveva rinunciato nell'ordine a se stessa, al suo lavoro, al suo tempo, alla sua libertà e dulcis in fundo anche al suo meraviglioso aspetto. Ed era *serenamente rassegnata* a tutto ciò, perché qualsiasi manifestazione del pupo ormai bastava a riempirle la vita.

Finalmente ho capito qual era il mio vero problema: *la mamma*.

Il mito. L'essere onnipotente e devoto che avrei potuto accingermi a diventare.

Nell'immaginario collettivo la mamma è, in media e nella migliore delle ipotesi, una pacata trentacinquenne con golfino e pantaloni, filo di perle e capello tagliato in quella forma triste che è la lunghezza media. La spesa è la sua attività principale, la fa *ad minchiam* diverse volte alla settimana. Secondo la tv sceglie "solo latte fresco per i suoi bambini" – quindi roba confezionata – e propina merénde (con la "e" bella chiusa) nel giardino di casa.

La mamma cucina per tutta la famiglia, e spesso anche per suoceri e parenti. Ma non gli fa una caprese! No! Fa il risotto, quello che se ti dimentichi di girarlo due secondi fa mappazza.

La mamma, le rare volte che esce, va a cena con altre coppie di genitori o – se proprio vuole una botta di vita – al cinema. Dopo mezzanotte però in giro non se ne vedono, manco ci fossero i cecchini sui tetti.

La mamma compra riviste che strillano in copertina "Tuo figlio diventerà balbuziente? Scoprilo con un test" e lo fa pure, il test.

La mamma è un sacrificio umano. Si immola buttandosi a pesce senza un attimo di esitazione, e questo va anche bene in casi limite, ma prenderla come regola di vita mi sembrava eccessivo. Insomma, la Bibbia della Buona Madre dice che è buono e giusto sacrificare alla causa: la propria vita sociale, la propria depilazione, i vestiti sexy, le amiche single, i viaggi in coppia, le seratine romantiche, le maratone del sesso, il proprio lato scemo e infantile, un tot a scelta dei propri sogni. Se si inizia a recitare il karma "mio figlio riempie la mia vita, non ho bisogno d'altro" si vince il paradiso delle mamme, un luogo dove si può dormire anche 7 ore di fila senza essere svegliate e dove le tate crescono sugli alberi.

La domanda era: perché?

In primis, perché continuavano a propinare questo stereotipo scialbo e melassato di mamma. E poi, perché la gran parte delle donne si adeguava al modello?

Yu-hu: mai sentito parlare di rivoluzione femminile? *Girls Just Wanna Have Fun*? Sono una donna non sono una santa?

Dopo queste premesse, con che voglia una ragazza che fino a

ieri faceva le tre di notte e pianificava viaggi in Giappone avrebbe dovuto avvicinarsi alla maternità?

Sembrava quasi che diventare genitrice volesse dire rinunciare a tutta la parte divertente. O meglio: l'idea era che, una volta avuto un figlio, ciò che si era state prima si diluisse in silenzio in una quotidianità spersonalizzante, pacata, rassegnata.

La prima regola che mi sono data era: se divento mamma, devo portarmi dietro me stessa per intero.

Avrei fatto convivere pacificamente perizomi e pannolini. Mojito e Mellin. Pampero e Pampers. Ma soprattutto, me e il pupo.

Non sarei stata una di quelle non-madri, che pretendono di vivere come pischelle anche coi sette nani a casa. Ma nemmeno *labravamamma*, quella che implode intorno alla creatura e fa tabula rasa di se stessa.

Aver elaborato questa regola mi faceva sentire più tranquilla.

Ero sinceramente convinta che fosse semplicemente una questione di approccio. Affrontare la maternità con sospetto e spirito critico forse mi avrebbe salvata dal trasformarmi dall'oggi al domani in Mamzilla.

Io vorrei, non vorrei, ma se (proprio) vuoi

"Che facciamo?" ho chiesto a Lui.

"Non voglio influenzarti. Hai il mio appoggio qualunque cosa tu decida di fare."

"Questo è meraviglioso, ma non mi aiuta per niente. Quindi vuoi il nano?"

"Io voglio quello che vuoi tu."

"Io non so quello che voglio."

"E quindi?"

"Mi stai prendendo per il culo."

"No, ma penso che il corpo è tuo, la madre la farai tu, quindi è giusto che decida tu e che nessuno ti influenzi."

"Quindi non inizierai a mandarmi *culinudi* di quando avevi un anno?"

"Non credo."

"Questa è già una bella notizia. Se lo tengo dove lo mettiamo?"

"Qui con noi."

"Al quarto piano senza ascensore? Senza stanzetta? Qua se entra la culla dobbiamo far uscire il frigo o l'armadio, lo sai?"

"Magari sposti la cassettiera e..."

"Tu lo vuoi! Tu stai già facendo il sudoku dei mobili per incastrarci la culla!"

"Beh, se arriva non mi dispiace."

"Questo è un *culonudo* a tradimento!"

"Ma se non te la senti lo capisco. In fondo tu sei più giovane."

"Io sono terribilmente giovane, sì" scherzavo, ma non troppo.

Abbiamo passato nottate intere a palleggiarci domande e risposte senza arrivare alla benché minima conclusione. Però il nano serpeggiava tra le nostre parole e faceva la sua tana tra le affermazioni più possibiliste. Si materializzava a ogni "E se.." e si intrufolava nei miei sogni, facendomi portare le mani alla pancia. Proprio *come se*.

Altre notti, invece, ero dolorosamente annodata in incubi dove tutto quello che avevo, tutto quello che volevo, mi veniva sottratto per sempre. Realizzavo che no, non era il momento, volevo indietro la mia vita. Allora mi svegliavo di soprassalto urlando e insonne, seduta su uno scalino, mi convincevo che forse la soluzione migliore per tutti – sì, anche per il nano – sarebbe stata non andare avanti. "Fare la madre" sembrava troppo lontano dalla persona che ero. Credevo di non poterci riuscire, ma soprattutto di non poterlo accettare. Dov'era tutta quella "gioia, gioia, gioia!" che le donne provavano quando scoprivano di essere in dolce attesa? La cercavo, ma sembrava sepolta sotto uno strato di paura troppo denso, sommersa dall'attaccamento che avevo a quella vita che mi ero cucita addosso. Forse era semplicemente quello, il segnale: non essere perfettamente felici. Era il freno. Il *no*.

Immobile e terrorizzata, aspettavo l'alba piangendo, con Lui seduto accanto in silenzio.

IVG

L'IVG non è un villaggio turistico bensì la sigla dell'innominabile Interruzione Volontaria di Gravidanza. Quella cosa che nell'immaginario collettivo è riservata a minorenni ninfomani, immigrate clandestine e zoccolame vario. Le lotte femministe per l'autogestione uterina hanno avuto l'effetto di sdoganare una legge ma non il tabù che aleggia sulla presunta libertà di scelta, che è libera nel momento in cui sei costretta da motivazioni socialmente concordate, altrimenti nell'immaginario collettivo sei appena un gradino sotto Pacciani.

Hai appena perso il lavoro? Ok, non potresti crescerlo. Sei minorenne? Sei una cretina, ma per questa volta passi. Sei un'extracomunitaria con tre figli? Prego, si accomodi. Hai la veneranda età di 27 anni ma proprio non te la senti? Erode in confronto a te era Padre Pio.

Mi sono imposta di prendere in considerazione l'IVG per capire se fossi davvero pronta a tenere il nano. Se avessi iniziato a trovare l'idea accettabile, forse voleva significare qualcosa. L'unico modo per capire se la mia era solo una resistenza straordinariamente potente al totale stravolgimento della mia vita e non un vero rifiuto del nano era avvicinarsi al punto di non ritorno. Io dovevo essere sicura di dare una vita felice al mio nano. Essere sicura di crescerlo dentro di me con i livelli di amore e accettazione al massimo. Altrimenti meglio lasciar perdere.

Per interminabili ore, giorni e settimane, la mia mente è stata semplicemente una pallina da ping pong contro il sì e il no. Mentre lavoravo immaginavo scenari opposti, possibilità.

Sì: tengo il nano. Con la consapevolezza che nulla sarà più come prima, scardinando tutti i miei principi in disaccordo col suo bene. Diamo il benvenuto al pupo e con lui al tempo perduto, alle sveglie notturne, alla suocera e al cuocipappa. Ci lasciano: la coppia, le vacanze con le amiche, lo stipendio e il sacro edonismo (sono sempre i migliori quelli che se ne vanno). Si aggiunge: l'accettazione incondizionata a cedere il mio corpo, il mio tempo, il mio affetto e la mia totale attenzione. Svesto i panni della me stessa che conoscevo così bene, che avevo imparato ad amare da un giorno o due e mi arrendo incondizionatamente all'istinto materno (perché sarebbe arrivato, giusto?).

Oppure *no*: non voglio, non mi sento pronta. Che c'è di male ad ammettere di trovarsi in una fase tremendamente egoistica della propria vita, quella in cui si costruisce e bisogna puntare su di sé? Sarebbe forse meglio mettere al mondo un nano per poi scoprire che non si è emotivamente portati? Forse l'istinto materno salta addosso al sesto mese, o magari invece il nano si ritroverebbe due genitori isterici e insoddisfatti. La sottoscritta madre soprattutto, povera donna, dopo tre mesi di insonnia fuggirebbe alle Bahamas e sarebbe passibile di denuncia per abbandono.

Tra tutte le giustificazioni, questa era considerata la più debole, la non accettabile. Quelle sociali, economiche o legali erano motivazioni totalmente valide. Quelle psicologiche erano un gradino al di sotto. Se decidevi di interrompere la gravidanza perché "non te la sentivi" iniziavano a darti addosso come fossi un distillato di perfidia. Nessuno si fermava un attimo a capire che non sentirsela è una finestra spalancata sul vuoto. È assenza di desiderio, di possibilità, di energie, di felicità. E forse è una giustificazione più valida di mille precarietà economiche e di minori età.

Eppure. La paura, incredibilmente, era uno spiraglio. Non mi sentivo pronta oggi, ma dentro di me qualcosa mi diceva che non mi sarei mai sentita pronta, nemmeno in quel futuro in cui avrei desiderato un figlio. Per quelle come me, attaccate alla propria libertà coi denti, scoprirsi incinta è mettersi davanti a uno tsunami esistenziale a 20 come a 40 anni. La mia attenuante era: forse la sensazione di panico è del tutto normale.

Era il pensiero che mi legava più al nano, che mi spingeva a immaginarmi madre. Eppure ho percorso le strade medico-burocratiche dell'IVG. Con la convinzione sotto ai tacchi, scrutando gli sguardi annoiati delle assistenti sociali e delle infermiere.

Il copione ha avuto inizio durante il colloquio con l'assistente sociale, al consultorio. In uno studio dalle pareti scrostate, con poster di bambini sorridenti che uscivano dalle uova di pasqua, ho detto che non me la sentivo perché mi sarebbe scaduto il contratto e non ero sposata. Dieci minuti dopo, ecco pronto il mio modulo firmato da presentare in ospedale. Forse ero semplicemente un'ottima attrice o, più probabilmente, ero il primo di una lunga serie di appuntamenti tutti uguali.

Sette e mezza del mattino dopo – un'ora incivile per fare qualsiasi cosa –, interno giorno: sono in ospedale a fare la fila al reparto IVG. La signora al banco delle informazioni è chiaramente obiettrice di coscienza perché io le chiedo dov'è il reparto IVG e lei mi guarda male. Dovrebbe essere vietato assumere donnone con grandi guance e grandissime morali per dare informazioni in ospedale, perché ti può capitare una come me, che poi fa tre passi e ti odia. In effetti, odiavo tutto di quella mattina. Il freddo di gennaio che scavava nelle ossa. Le decorazioni scolorite di Natale ancora appiccicate alle porte a vetri. Lo zoccolare strascicato delle infermiere. Le pareti non più bianche, sporche di macchie, manate, crepe. L'odore di disinfettante e cucina. La mia monolitica indecisione.

C'è da specificare che, per far sentire meglio le donne che fanno questa delicatissima scelta e lasciarle il più possibile libere da condizionamenti, la stanza prenotazioni dell'IVG è posizionata all'interno del reparto maternità. Per la precisione, tra il corridoio delle stanze e la sala parto. Roba che vi sedete, voi e gli ottantacinque sensi di colpa che vi hanno accompagnato – più il fantasma della bisnonna che scuote la testa – e mentre attendete il turno per prenotare quello che i ferventi cattolici chiamerebbero omicidio, sentite voci garrule ed emozionate provenire dal corridoio:

"Mi hanno detto che potrebbe nascere entro sera... amore, che bello!"

"Ho appena visto il tuo bambino: è bellissimo."

"È stata una fatica, ma diventare mamma è un'emozione indescrivibile."

Ho tentato di condividere uno sguardo sarcastico con la dirimpettaia di sedia, che si è sentita in dovere di giustificarsi in un italiano stentato: "Ne ho gia quatro".

Il paesaggio circostante, ecco, parliamone: due ragazze dell'Est, un'africana e una quindicenne sovrappeso col trucco di Amy Winehouse. Quando è arrivata una ragazza poco più piccola di me, vestita per bene e con una borsa di marca, mi sono sentita meglio. Sentirmi meglio mi ha fatto sentire molto peggio: anch'io osservavo dalla lente del cliché, e guardandomi dall'esterno non potevo che sentirmi fuori posto.

Ero lì, immobile, a congelarmi il culo su una panchetta fredda. Alle pareti della sala d'attesa, per pura comprensione, qualcuno aveva appeso manifesti che inneggiavano ai metodi contraccettivi in tre lingue.

Al mio turno sono entrata in questa stanzetta con una scrivania sbeccata di quelle verdine, tipo banco di scuola, a cui sedeva un'infermiera con naso adunco e capelli crespi raccolti in un cespo alto, da pennuto tropicale. Aveva quelle mollette fluorescenti da un euro che trovi solo sulle bancarelle. Di nuovo nel copione.

"Allora, deve fare queste analisi e tornare tra una settimana."

Mi ha mollato un foglio pieno di codici e una provetta stretta e lunga che secondo lei avrebbe dovuto raccogliere, dopo accurati calcoli balistici, un campione di urina. Poi ha chiamato la successiva.

Ho fatto il corridoio a ritroso osservando mamme con pance come cocomeri dondolarsi appoggiate al muro, donne con involtini lamentosi tra le braccia, papà emozionati, enormi poster che raffiguravano bambini appena nati. E ancora non sentivo nulla se non un gran senso di ingiustizia: perché adesso? Perché non il bel giorno in cui l'avrei desiderato? E perché mi schiaffano davanti le partorienti?

E così ho fatto parallelamente gli esami per la prosecuzione della gravidanza e quelli per l'interruzione. Ho fatto tutto il percorso, mi hanno anche dato appuntamento per l'intervento, previsto per una mattina di inizio febbraio.

Ricordo esattamente la notte prima. Con una morsa al petto come se un cane mi stesse sbranando il cuore ho preparato una borsa grigia con il pigiama, le pantofole, gli slip di cotone. Mi sentivo male, ma non era un dolore fisico. Era un nodo spinoso al centro del petto che toglieva l'aria ai polmoni, svuotava lo stomaco, rendeva pesanti e meccanici i movimenti del mio corpo. Ho pianto quella sera, per i pensieri che non riuscivo a leggere ma anche per i calzini che non riuscivo a trovare, per il rumore della zip che chiudeva la mia borsa, perché mi veniva da vomitare, perché volevo essere altrove, non lì. Non io.

Poi ho inghiottito un sonnifero e sono andata a dormire. Avrei voluto perdermi in uno di quei sogni rivelatori che ti mettono finalmente sulla strada giusta, ma non è successo. C'erano soltanto ombre indefinibili, frammenti sconnessi. Quando mi è sembrato che stessi finalmente per scorgere un'immagine ho aperto gli occhi: ero sveglia.

Erano le sei e mezza di una mattina buia, gelida, asettica come il corridoio di un ospedale. Ci siamo alzati e siamo usciti, come automi programmati. Già sapevo. Sì: sapevo, ma dovevo arrivare faccia a faccia con la fine, sbatterci contro, per esserne sicura.

Sono arrivata alla porta del reparto, opaca, azzurra, e non riuscivo proprio a fare i tre passi che mi separavano dal banco accettazione. Non riuscivo fisicamente a varcare la soglia della stanza senza mettermi a piangere come un vitello, con la sensazione che dall'altra parte ci fosse qualcuno che stesse più o meno per amputarmi una gamba. Ecco, mi sentivo proprio così: come se stessi volontariamente andando a farmi staccare un pezzo. *Perché?* Mi sono chiesta.

E allora è stato tutto chiarissimo. Come forse lo era dall'inizio, ma questa volta senza nemmeno un ragionevole dubbio.

"Io lo voglio, questo nano. È il mio nano. Non lo lascio qui."

Pronunciate queste parole, tutto il dolore dei giorni precedenti è stato spazzato via. È stato come se, nel buio, qualcuno avesse spalancato una porta. Ecco, allora, dov'era l'uscita! Ci avevo messo così tanto a trovarla, nel terrore che non ci fosse.

Ho ripreso la mia borsa grigia, ho stretto la sua mano e gli ho detto: "Andiamo via".

Il copione si è chiuso con un happy ending da manuale: una gelida mattina di febbraio, davanti a un cappuccino e un cornetto alla marmellata, ho deciso che sarei diventata mamma.

Annunciazione

Deciso il mio futuro da genitrice, dovevo annunciarlo al mondo.

In 27 anni avevo abituato i miei parenti a vedermi protagonista di catastrofi umane e naturali, solo che non avevo mai suonato al campanello per annunciarle di persona.

"Vi devo dire una cosa" ho detto, ancora sulla porta di casa di zia Elle.

Lei ha fatto un'espressione un po' contrita, della serie "Se ne hai combinata un'altra delle tue, perché lo vieni a dire a me? Ho conoscenze che possono rimediare? Devo pagare qualcosa? Era mio parente?".

Quando ho annunciato di essere incinta, hanno fatto quel sorriso tirato di quando a Natale scarti uno stock di calzettoni.

"Ah. Sei contenta?"

Ora: ma che domanda è. Certo che sono contenta, o almeno te lo voglio far credere se mi sono sbattuta a venire a suonarti il campanello. Capisco che, conoscendomi, sai che una procreazione imminente potrebbe non essere la notizia che aspettavo dalla vita, ma tant'è: fingi gioia e felicità.

L'unica che non ha colto la farsa è stata la filippina, a cui mia zia ha chiesto dei bicchieri per brindare.

"A cosa blindiamo?" ha chiesto Flor facendo il suo ingresso in salone con un vassoio pieno di calici.

"Sono incinta" ho detto.

"Odio signoòle!" ha sussultato coprendosi la bocca con la mano. Dieci calici si sono frantumati a terra sotto gli occhi basiti di mia zia.

Quando Flor si è ripresa mi ha chiesto: "Ma tu sposale adesso?"

"Beh, no."

"Signoòle. E tu come fale? Vivele in peccato? Molto male, molto male."

"Ma me la sta tirando?"

"È molto religiosa" ha aggiunto mia zia.

Flor si è sentita in dovere di dire a mia madre, il giorno dopo, che ogni tanto la Chiesa prevede delle indulgenze plenarie e che si sarebbe cortesemente informata per me.

Mancavano nonnaAlfa e nonnaBeta. I soprannomi non sono casuali: nonnaAlfa è una specie di capobranco. È "Il Padrino". Non c'è decisione che non passi dalle sue cucine. Dopo una vita passata tra rally nel deserto e scalate in alta quota, è perfettamente in grado di gestire i suoi anni con scioltezza. Tra gli hobby che pratica tuttora, la guida sportiva e il giardinaggio estremo.

NonnaBeta è, al contrario, la dolcezza fatta persona. È stata la nonnina dei libri di favole finché non le si è smagnetizzata la scheda audio. Ci ho provato comunque:

"Nonna sono incinta" ho annunciato passando a trovarla, usando un tono di voce da arresto per schiamazzi.

"Ah, brava brava."

"Nonna ma hai capito? Aspetto un bambino. Diventerai bisnonna."

"Eh, brava brava."

"Sono contenta che l'hai presa bene, grazie nonna."

La sera stessa ha telefonato a mia madre. Il suo cordless, che mette in vivavoce e si incolla al padiglione, è l'unico strumento in grado di farle avere scambi paritari col mondo esterno. Ovviamente di tutto quello che le avevo detto non aveva capito assolutamente niente. Quando ha appreso della situazione si è detta felicissima, talmente felice che hanno dovuto chiamare il cardiologo.

NonnaAlfa invece l'ha presa meglio di tutti. In primis perché diventare bisnonna, ma quando ti ricapita. Poi perché lei di figli ne ha un numero che io ritengo folle (quattro) e questa roba della gravidanza le piace proprio come idea. Galvanizzata al solo pensiero di un parto in famiglia dopo vent'anni, ha iniziato a sciorinare aneddoti che non le avrei chiesto di raccontare nemmeno dopo una tanica di Centerbe.

"Sai che quando è nato, tuo padre era orrendo? Un mostro, non si poteva guardare. Aveva questa faccia paonazza, i piedi rattrappiti, la pancia grossa e il moncone ombelicale che sembrava un dito di morto."

"Oddio nonna... Non lo voglio sapere."

"E poi non ciucciava! Io daje co' 'sto latte, lui niente eh!"

"Nonna, grazie della partecipazione ma..."

"Ma niente in confronto allo zio di tuo nonno, Pierluigi. Pensa: lui era nato col terzo capezzolo!"

"Porta fortuna" ho tagliato corto.

"Beh, meglio il terzo capezzolo della terza pal..."

"Nonna! Hai visto che bella notizia che ti ho dato?" Stava diventando imbarazzante.

"L'hai già detto alla zia Erre?"

La zia Erre no. Non potevo ancora tollerarlo. Non ero pronta. Lei era l'emblema di quello che stavo per abbandonare. Era la sindrome di Peter Pan diventata psicosi. Era il procrastinare il "metter su famiglia" *ad libitum*.

Ho suonato il suo campanello qualche ora dopo.

Mi ha aperto circondata dai suoi quattro cani, indossando una t-shirt di Abercrombie che presentava aloni colorati ovunque.

"Cos'hai fatto?"

"La tuta del paintball non ha retto bene. Vuoi vedere le mie Nike personalizzate che ho fatto arrivare ieri dall'America? Hanno la mia iniziale in swarowski, i lacci in seta e quando corro suonano *Born in the U.S.A.*"

Aveva un paio di trolley sulla porta.

"Siete in partenza?" ho chiesto.

"Sì, abbiamo trovato un last minute per le Mauritius, partiamo domattina. Guarda il mio nuovo telo mare tecnico con indicatore di raggi uva. Figo, no? Voi che fate, partite?"

"Sono venuta a dirti una cosa."

"Se ti sposi a quest'età non sei più mia nipote."

"Prepara le carte per diseredarmi: sono incinta."

Non ho mai visto la zia Erre così profondamente sconvolta, tranne quando scoprì che il suo dobermann coltivava il vizietto col maltese nano del parco.

"Sai cosa vuol dire questo?" mi ha chiesto biecamente. "Che adesso verranno tutti da me a dire: guarda! Perfino tua nipote si è riprodotta prima di te!"

"In effetti..."

"Scusa, devo osservare un minuto di silenzio: mi è morto un alibi."

"Beh ci sarà pure qualche lato positivo" ho tentato.

"In effetti, sì. Sai che Burberry ha lanciato una linea baby?"

Dopo qualche altra telefonata l'intero clan sapeva e, a parte Flor, l'avevano presa tutti molto meglio di me. In fondo era il primo nipote, il nano che tornava a condire di peti e rigurgiti la vita del clan familiare. Ero la prosecutrice della specie: onore e gloria a me.

Datemi da bere

Ho chiamato le mie amiche circa una settimana prima per assicurarmi che venissero tutte all'aperitivo. Avendo minacciato di morte quelle che sapevano, ero discretamente sicura di dare la notizia di persona.

Quando sono arrivata scalpitavano, nemmeno avessero fatto scommesse clandestine sul tema della serata.

"Ti sei rifatta le tette" ha sentenziato qualcuna guardando la mia ormonalissima terza.

"Mica ti sposi?" ha chiesto un'altra.

"No. Dunque..."

"Su, dillo" ha incalzato Priscilla, detta Pucci per motivi che in seguito vi appariranno ovvi.

"Dai che io dopo c'ho un appuntamento" ha detto Vale.

"Allora. Uhm. Parto. Mi trasferisco in Lapponia per tre anni con un gruppo di ricerca sui parassiti dell'Orso Polare."

"Quanto sei cretina."

"Ok: sono stata promossa. È una cena per festeggiare la mia promozione a direttore."

"Sì, vabbè. Vai con la prossima."

"Sono incinta."

"Di otto gemelli. E poi?"

"No, sono proprio incinta. Incinta seria."

Silenzio. Era meraviglioso vederle ferme impalate, un paio coi bicchieri ancora alzati.

"Uuh che bello, che brava! Clap, clap" ha esclamato Pucci giuliva nel silenzio tombale.

Le restanti mi guardavano come se avessi detto che mi sarei chiusa in convento. Poi si sono lasciate andare all'ottimismo:

"Tu? Tu, un figlio?"

"Oddio. Povera creatura."

"E adesso che farai?"

"Niente Grecia quest'anno, eh!"

"Non potrai più bere."

"Ma lui che dice? Lo sai che dopo non farete più sesso, vero?"

"Certo che sfiga..."

"Beh, grazie. Me la state facendo prendere bene" ho esclamato zittendo il pollaio.

Sì, in effetti, se continuiamo così stanotte si uccide col gas – devono aver pensato – perché improvvisamente si sono ammorbidite.

"Dai, i bambini sono bellissimi" ha sorriso Ju.

"Vorrà dire che ogni tanto me lo presterai. Dicono che coi passeggini si rimorchia" ha detto Vale.

"Io facevo la babysitter. Potrei offrirti i miei servigi. Tariffa piena, chiaramente" ha aggiunto Isa.

"Io so 'Il coccodrillo come fa'!" ha squittito Pucci, iniziando a cantare.

"Povero pupo: guarda che cricca di esaurite. Se lo molli a noi, a due anni ti canta *Rrrum e cocainaaa... zazzà*! Lo sai, no?" ha fatto M.

"Meglio del coccodrillo..." le ho sussurrato, mentre Pucci ancora mimava la canzone battendo le mani davanti a sé.

"Beh, farei un brindisi!" ha detto Vale. "Per favore, ci porti cinque Mojito e un succo di frutta per la signora incinta. Oh, e anche una sedia. Non vorrete mica farla restare in piedi?"

Nessuno mi aveva mai offerto un succo e una sedia al posto di un Mojito. In quel momento ho capito che niente sarebbe stato più come prima.

Non è panza

Il lavoro era un bel problema. Il mio prestigiosissimo terzo co.co.pro. in un anno era giunto alla sua scadenza. Aspettavo di sapere se si sarebbe trasformato in un contratto a tempo indeterminato con la stessa fede con cui attendevo il 6 al Superenalotto.

La creatura era la carta degli imprevisti che portava la mia partita lavorativa dal livello "giovane precaria" a quello "madre mendica". Già mi immaginavo coi bigodini e la canotta dentro a una sporca roulotte, a sfamare un grappolo di neonati lerci coi biscotti del discount. Pessima immagine.

I primissimi tempi, comunque, era inutile fare outing. C'era solo questa cosa delle nausee che cercavo in tutti i modi di nascondere. Potentissime. Boati interiori da rivoltare lo stomaco di un camionista. Mi alzavo verdina, davo un piccolo vomito al wc, uno al lavandino, uno al semaforo prima dell'ufficio – sempre quello, dove c'era una piccola aiuola di fiori che coi giorni è morta. Arrivavo in ufficio ormai di un verde convinto e mi concentravo per non ripetere lo show, perché anche il mio cane sa che una che vomita la mattina è incinta.

Avevo imparato che l'unica cosa utile a placare il mio stomaco anarchico era mangiare salato. Alle nove dopo il caffè, prendevo un tramezzino. Alle dieci della pizza. Alle undici una schiacciatina alla macchinetta. Anche se il vero toccasana per le mie nausee era il parmigiano.

Una mattina alle nove e mezza l'amministratore delegato è entrato a sorpresa nella mia stanza. Mi ha trovato con una ciotolina di tocchetti di parmigiano, di cui uno infilzato in uno stuzzicadenti, e un succo d'arancia rossa. Non ho trovato di meglio da dire che: "Vuole un aperitivo?"

La prospettiva della disoccupazione rendeva abbastanza indigeribile l'idea del figlio a carico. Forse avrei dovuto semplicemente annunciare la mia gravidanza per costringerli a tenermi per pietà, ma non era sinceramente nel mio stile. E poi in fondo c'erano ancora speranze di un rinnovo del contratto, o di collaborazioni come freelance. O forse no: le avevo ammazzate tutte con l'aperitivo.

Driiin.

"Sono il tuo capo, puoi venire un attimo nel mio ufficio?"

Sì, in fondo c'erano delle speranze.

"Sai, hai fatto un ottimo lavoro in questi ultimi mesi."

"Oh, grazie."

Speranze concrete, salde.

"Davvero, insomma, volevo dirti brava. E anche che però, sai, non possiamo rinnovarti il contratto."

Ma anche no.

A questo punto avrei dovuto alzare la camicia, mostrare la panza e dire:

"Tadààà! Sorpresaa! Col cavolo che mi potete mandare via!", condire il tutto col gesto dell'ombrello e gettare sprezzante un certificato di gravidanza sulla sua scrivania aggiungendo sporadici *pappappero*. Ma non l'ho fatto. Sono rimasta senza parole a tentare di emulare il suo sorrisone bischero. Anzi, credo di aver detto: "Ah, ok" e di essermene andata.

In ufficio, intanto, le colleghe avevano capito che qualcosa era cambiato.

La mia pancia prendeva vita evolvendo secondo regole tutte sue, e i commenti seguivano lo stesso andamento.

2 mesi

In faccia: "*Ti trovo proprio bene, hai un viso... solare, dolce!*"

Alle spalle: "*Oh questa tempo un mese e s'inquarta alla grande*".

3 mesi

In faccia: "*Hai messo su un po' di peso, eh? Brava, brava, fai bene: eri troppo magra, ora stai benissimo*".

Alle spalle: "*Te l'avevo detto che s'inquartava! Oh, finalmente c'ha la panza pure lei!*"

4 mesi (durante i quali sono mancata una decina di giorni per problemi di salute)

In faccia: "*Guarda, ora che hai un po' di curve sei davvero molto più femminile!*"

Alle spalle: "*È stata via dieci giorni. Quanto ti giochi che s'è rifatta le tette?*"

5 mesi

In faccia: "*Ah ah, che bella che sei, il ritratto della salute!*"

Alle spalle: "*Oh non sarà mica incinta questa?*"

Entrare nelle singole stanze e annunciare la mia gravidanza è stata una liberazione. C'è qualcosa di più fastidioso di qualcuno che ti guarda con gli occhi a forma di bilancino da macellaio?

Certo, in realtà molte rotondità erano da attribuirsi ai tocchetti di parmigiano – in veritas: era panza –, ma ovviamente la creatura s'è presa ogni responsabilità del caso.

Altre simpatiche reazioni

"Ma lui come l'ha presa?"
Non ho ben capito perché partono tutti dal presupposto che alla notizia lui abbia tentato di impiccarsi in bagno. Quella ero io.
"E com'è potuto succedere?"
Contando che lo Spirito Santo non esercita da qualche millennio (e non credo potrei essere una candidata), non so, fai un po' tu.
"È finita la pacchia..."
Come se non bastasse vedere il proprio corpo che si trasforma in quello di un Barbapapà, iniziare a soffrire di varici, epistassi, insonnia, tachicardia e anche emorroidi, qualcuno si sente anche in dovere di informarti che da oggi basta con la bella vita.
"Io alla mia prima gravidanza ho preso solo 8 kg."
E sticazzi?
"E adesso come farai a uscire la sera?"
Lo lascerò a te, amico.
"Certo che al giorno d'oggi ci vuole un bel coraggio a fare un figlio..."
Anche a dire cose del genere davanti a una donna incinta.
"Io non credo l'avrei tenuto."
E sticazzi?
"Che contratto avevi? A progetto? Certo sarà durissima rientrare nel mondo del lavoro."
Crepa.
"Secondo me è femmina, ti si sono allargati subito i fianchi."
Magari allora al nono mese arrivo alla tua taglia, amica.
"Secondo me è maschio: la pancia è spuntata subito."
Era il parmigiano.
"Ah, non ti hanno rinnovato il contratto? Quindi sei incinta e disoccupata!"
Di solito dico "mi sto dedicando a un progetto personale che presto vedrà la luce", però in effetti sì, amico, è come dici tu.

2
Molti ormoni, molto onore

In fondo m'ha detto bene

In un certo senso avevo idea che qualcosa del genere sarebbe successo. Pensavo all'ossessione dei miei ex per la contraccezione. Me ne ricordo uno che usava la domanda "hai preso la pillola?" come preliminare, insieme ai grattini sul collo. La sola parola "bambino" nei miei fidanzati precedenti provocava spasmi convulsi della testa, uno scuotimento terrorizzato dal significato inequivocabile. A volte qualche grattata. Lui invece aveva un approccio diverso, pronunciava la parola con incredibile disinvoltura, il che per un uomo è un po' come ammettere "sì dai, facciamolo". Quella con le convulsioni era la sottoscritta. Proprio quand'ero pronta a scommettere che gli uomini sono tutti eterni bambini, ecco che scopro la verità: oddio, Peter Pan sono io.

Il fatto che il papà fosse lui era comunque la buona notizia nel caos. C'era un punto fermo in tutto questo, e si chiamava *noi*. Ero sicura che fosse il momento sbagliato per avere un figlio nella stessa misura in cui ero certa che prima o poi il figlio l'avremmo fatto insieme. Ammetto, non era un buon presupposto, era *il* presupposto.

"Pensa se fossi rimasta incinta di uno dei tuoi ex" mi consolava Ju, incoraggiandomi a esplorare scenari orripilanti.

Se avessi fatto un figlio col mio primo ex avrei cresciuto un selvaggio.

Lui era la persona più essenzialmente inaffidabile che io abbia mai conosciuto. Uno che ti diceva "Piccola – testuali parole – io voglio stare con te" e il giorno dopo ti chiamava dall'Argentina "Faccio un giro di sei mesi, non cercarmi". Uno che ti frequentava con l'assiduità sufficiente a far stare tranquilla te e un'altra. Uno che affrontava tutto con una tale noncuranza che ti veniva da prenderlo per il colletto della camicia, se mai una camicia avesse frequentato il suo armadio.

Suo figlio – perché sarebbe stato un maschio, ne sono sicura – sarebbe stato il classico hippie di un anno, scalzo in terrazzo in qualsiasi stagione, tranquillamente esposto alle intemperie, trascinato in qualsiasi vacanza tipo scalata del K2 a otto mesi, traversata atlantica al compimento dell'anno, stagione delle pioggie in Ecuador a seguire. Ho sempre invidiato un po' gli anticorpi atomici che sviluppano questo tipo di nani selvatici. Sono quelli che da adulti riescono ad addormentarsi ovunque, che campeggiano anche con zero gradi e lo tsunami e, soprattutto, che così – un po' trasandati, un po' volemosebbene e naturalmente gnocchissimi – ispirano istantanea simpatia e un sacco di altra roba istantanea.

Se le cose fossero andate come immagino mi avrebbe detto "Fantastico, aspetti un figlio" e dopo due ore "Scusa, sono in Africa per la prima tappa del mio anno sabbatico". Se mai leggerà queste righe – ma non credo, perché non se ne prevede la traduzione in swahili –, ridacchierà sotto ai baffi da conquistador, perché sarà probabilmente in una delle amene località sopracitate, senza camicia e con degli anticorpi da paura. *All the best.*

Se avessi fatto un figlio col mio secondo ex, un compagno di università adescato grazie agli appunti di sociologia, avrei cresciuto uno stronzo. Non che sia così difficile, ma in quel caso ci sarebbe stata proprio la certezza matematica perché il tipo era di razza inequivocabile. A pensarci bene, non so perché avessi deciso di uscire con lui. Già dalle prime battute era evidente che sarebbe stata una cosa a tre: io, lui e il suo ego.

"Carina la tua ragazza" gli disse un suo amico.

"Sì, ma io sono più bello" rispose lui. Era serio.

Non capisco come una donna sana di mente possa cadere in un tranello così rozzo, ma è evidente che il masochismo femminile ti si ripropone quando meno te l'aspetti. Sua figlia sarebbe stata femmina e si sarebbe chiamata con un nome tipo Lucrezia o Ginevra. Bei nomi, per carità, ma associati a un carattere stronzo danno quell'insopportabile effetto "Ce l'ho solo io ed è placcata in oro". Mentre io avrei inutilmente tentato di spiegarle le regole del vivere civile, il padre l'avrebbe incoraggiata al bullismo per estorcere doppioni di figurine, all'arte della seduzione per una sufficienza in matematica e alla one-night senza lasciare il numero di cellulare. Lei sarebbe stata una di quelle diaboliche arpie che cadono sempre in piedi e al confronto io avrei indubbiamente fatto la figura della scema. È talmente un pessimo scenario che sono quasi contenta di essere stata lasciata via sms.

Se avessi fatto un figlio col mio terzo ex sarebbe stato un po' gay. Il mio terzo ex era un ballerino nel vero senso del termine: insegnava danza. Lui conosceva parole come *pas de chat* e *arabesque*, sapeva fare il moonwalk e ballare il cha-cha-cha. Era un concentrato di caratteri ambigui intrappolati in un corpo etero. Se la nostra creatura fosse nata femmina il tutto sarebbe stato accettabile, anche se poi mi sarei ritrovata una secca per casa, col body, la cipolla in testa e uno scopettino nel sedere. Se fosse stato maschio, non oso nemmeno pensarlo. Il mio ex aveva parenti spagnoli. Immagino questo povero bambino, gaio nel midollo e sculettante come una maracas, che si chiama pure qualcosa come Ramòn. Tutto molto naturale se gli fossero piaciuti gli uomini ma in caso contrario, quanto ci sarebbe venuto a costare un bravo terapista?

Sarei tentata di parlare anche di un altro ex, però conosce il mio attuale indirizzo.

È inutile dirvi che, dopo aver riflettuto su tutto ciò, mi è venuto spontaneo andare davanti allo specchio a chiedermi: "Ma chi frequentavi?"

Mai più senza

Tra giorni di folle terrore e altri di irragionevole esaltazione, avevo superato i fatidici tre mesi di gestazione: senza quasi accorgermene ero entrata nel secondo trimestre.

Ora che sono passati tutti e tre posso dirlo: il secondo trimestre di gravidanza è quello fico. Smettere di vomitare prima ancora di fare il login nella giornata è già una gran cosa. Poi, inizi a volergli bene a quel meloncino che ti porti a spasso, e lo indossi con disinvoltura perché è ormai evidente che non sei grassa ma in attesa. Gli sguardi delle persone si fanno comprensivi e complici, come se fossero tutti un po' *incinti* insieme a te. Non che questo significhi che qualcuno ti aiuterà a portare i pacchi della spesa, ma sicuramente lanceranno sguardi dolci e paterni mentre te li incolli con una certa difficoltà.

Essendo abitata da almeno quattro mesi dovresti anche iniziare a entrare psicologicamente nella parte, cosa che include: sbirciare nei negozi premaman, prendere informazioni sull'epidurale, fare gli occhi di triglia ai passeggini e rientrare dopo quindici anni in un negozio di giocattoli. È come una riscoperta, un tuffo nel passato ma al tempo stesso l'ingresso in un mondo completamente nuovo: il microcosmo delle madri. Un mondo dove tutte conoscono la differenza di peso tra Inglesina e Peg Pérego, tutte sanno che Mustela è più spalmabile di Fissan e che l'Avent non fa venire le coliche. Tutte. Tranne te.

Chiaramente ero un caso limite. Non solo avevo ancora poca empatia con la maternità, ero anche totalmente digiuna dei *basics*. Certo, negli anni del liceo avevo anche fatto incredibilmente la babysitter ma mi erano capitati solo nani dai tre anni in su che camminavano, mangiavano patatine fritte, saltavano sui divani e conoscevano più parolacce che parole: nulla a che vedere con biberon e pannolini. Potevo elencarvi la formazione della Roma o le dosi esatte dello Spritz, ma non avrei saputo dire come si prepara il latte in polvere.

La mia ginecologa di sempre, detta il Boss per i suoi modi che lasciavano spazio a poche repliche, aveva iniziato a seguire la mia gravidanza. La prima visita era stata quasi umiliante.

"Sono rimasta incinta" ho detto timidamente.

"Ma non ti avevo prescritto la pillola?"

"Ne ho dimenticata una..."

"Eh, una non fa niente."

"Forse due..."

"Tu sei il mio fallimento clinico e umano."

Non ci sono rimasta troppo bene, però meglio detto da lei che da una psichiatra, ho pensato.

È stato prima di una visita di controllo che, nella sua sala d'attesa, mi sono scontrata per la prima volta con una rivista specializzata. Ho sfogliato il giornale appurando con orrore che conoscevo solo cinque o sei degli accessori da neonato propinati come indispensabili.

Il trio: cos'è? Avrei risposto: una task force di tate che chiami a casa quando il bambino piange. Sbagliato. È un complesso sistema di trasporto a tre elementi, che non si chiamano con nomi normali tipo carrozzina o seggiolino ma *ovetto* o *navicella*.

L'aspiratore nasale, confidenzialmente *tiramoccolo*: oggetto grottesco. Chissà se dopo aver aspirato dal naso di tuo figlio parli scemo come quando aspiri elio dai palloncini. E se il sigillapannolini ti insacca anche le salsicce è sicuramente un oggetto immancabile.

E via scorrendo le pagine: lo sterilizzatore, la sdraietta, il bagnetto-fasciatoio, il marsupio, il seggiolone, il portaciuccio. Sembrava che per avere un neonato il numero minimo di accessori dovesse essere per forza un multiplo di "tutti quelli che non entrano in casa tua".

Mi ricordavo che il mio ragazzo, quando dovevamo scegliere un portariviste per casa, mi ha fatto prendere il più discreto annunciando che "non voleva riempire il salotto di roba inutile". Tiè, avrei voluto dirgli, beccati 'sto seggiolone a pallini tra le sedie Panton che chiami per nome e il divano di pelle bianca dove non posso mettere i piedi.

Mi sono anche spinta al limite: sono entrata in un negozio di articoli per bambini. Posti del genere, prima, non sapevo nemmeno che esistessero. Il mio nervo ottico li ignorava di default come "luoghi di nessun interesse".

Sono entrata per curiosità, sono uscita fuggendo.

Volevo comprare, semplicemente, un ciuccio. Entrare nel canale mamma iniziando dallo shopping sembrava meno traumatico.

"Lo vuole a goccia, a ciliegia, anatomico o salvapalato? Silicone o caucciù? Colorato o neutro? Che si illumina al buio? Con divertenti effetti sonori? Con i personaggi dei cartoni? Ma come, ne prende uno solo? Lo perderà dopo due giorni, glielo assicuro: ha bisogno di almeno sei ciucci. Sa che i letti mangiano i ciucci? Non sa i miei al cambio di stagione quanti ne tirano fuori. Anche i divani, a volte. Le servirà anche un portaciuccio. Qui ci sono colorati, tinta unita, fluorescenti, di marca, a strap, a zip, a nodo marinaro, a clip. No ecco, quello non lo prenderei, un bambino ci si è strozzato la scorsa settimana. E chiaramente lo sterilizzatore. Come lo vuole: a caldo, a freddo, a vapore o pensa di bollire tutto? Ovviamente solo se è in casa, perché se esce posso proporle questi bellissimi contenitori salvaigiene. Per femminuccia c'è rosa, lilla, giallo e se proprio vuole anche verde, però ritengo che sia un colore più da maschietto. Ha detto che è femmina o maschio? Le femminucce sono bellissime, e quante cose meravigliose ci sono per loro. Guardi questo set di pettinini rosa con l'iniziale! Ma c'è anche da maschietto eh, con l'orsetto in argento. Per l'igiene ha tutto? Crema per il cambio all'ossido di zinco, salviettine, pannolini. E io le consiglio di dotarsi anche di creme alternative, ad esempio quella alla calendula e alla vitamina E. Conoscerà sicuramente i benefici della calendula. Pensa di allattare? Perché mi è arrivato un cuscino da allattamento che è la fine-del-mondo, può anche personalizzarlo con delle cover intercambiabili a fantasia vintage. Sa, dicono che dopo un po' si ha la schiena a pezzi: tra allatta, prendi, culla, cambia... Humm. Il fasciatolo ce l'ha già no? Perché altrimenti c'è la promozione: fasciatoio, lettino e bagnetto a 699 euro. È un'offerta incredibile."

Incredibile sicuramente per lei è stato vedere la velocità con cui ho condotto la mia pancia fuori dal negozio. Iniziavo a temere seriamente per la mia incolumità di persona con giudizio d'acquisto, ma soprattutto per quella del mio esiguo conto in banca. Dentro di me sapevo che prima o poi avrei ceduto alle cover vintage.

Tempesta ormonale

Nessuna ha mai voglia di parlarne, ma esistono prove visibili e plateali dei due paurosi fenomeni del post-gravidanza: l'addome marsupiale e le tette a sciarpa. Ho visto casi di donne con l'ombelico ad altezza ginocchia e senopendulo da rigirarsi tranquillamente intorno al collo come sciarpina, in caso di freddo. È per questo motivo che ho adottato una routine estetica quotidiana con rigore svizzero.

Ogni mattina, dopo la doccia, mi spalmavo di olio di mandorle dolci. Una roba così scivolosa che, se al mio ragazzo fosse venuto in mente di abbracciarmi nuda, sarei schizzata a schiantarmi sul muro del palazzo di fronte.

Ho usato gocce speciali per rinforzare i capelli, dal vago odore di camomilla, e un integratore di vitamine, dal vago odore di morto. Dicono che in gravidanza la chioma diventi più folta e lucente, il che è anche vero. Non ti dicono però che devi smettere con tinture e colpi di sole, quindi se il tuo aspetto tricologico naturale tende al color topo questo riemergerà con forza, mostrandosi al mondo senza pudore. Al quarto mese tutti sapevano che i miei capelli erano color *pantegana teverina*.

Le umiliazioni fisiche sono proseguite con la strigliatura dei capezzoli.

"Devi rinforzarli!" aveva intimato il Boss con i suoi modi affabili. "Altrimenti alla prima ciucciata te li porta via."

Terrorizzata alla prospettiva, ho chiesto cosa fare per ovviare al rischio. Con un sorrisetto sadico, il Boss mi ha illustrato uno dei suoi metodi: "Prendi un guanto di crine. Hai presente? Quelli molto, *molto* ruvidi. Quelli che ti passeresti sulle ginocchia e sui gomiti". Pausa a effetto. "E te lo strofini per bene sui capezzoli."

"Non ci sono le creme apposta?" ho chiesto con voce sull'orlo del pianto.

"Ah, le creme per i capezzoli sono tutte cavolate. Nessuna delle mie puerpuere ha avuto le ragadi con questo metodo."

Onestamente non credevo l'avrei fatto. *No way*. Era sadomasochismo puro.

"So cosa stai pensando. Guarda che se non lo passi me ne accorgo!" mi ha intimato prima che uscissi. Non che avessi mai avuto dubbi sul suo soprannome, ma in quel momento gliel'avrei fatto scrivere sulla carta intestata, tipo Giulia *ilBoss* Rossi – ginecologa.

"Wow, che stai facendo?" ha chiesto il mio ragazzo quando mi ha beccata in bagno che, con acuti di dolore perfettamente compatibili con l'audio di un porno russo, mi strigliavo le tette.

"Non parlare. Non fare domande. Non fissarmi. Non ridere" ho intimato indicandolo col guanto di crine.

"Ok. Posso saltarti addosso?"

Non mi ha trovata totalmente in disaccordo. Se c'è un'altra nota positiva del secondo trimestre, è il picco ormonale mostruoso. Roba che guardi con una certa concupiscenza anche le zucchine al mercato.

La parte peggiore, comunque, arriva col buio.

Brad Pitt. Il vostro compagno in ascensore. Il fidanzatino del liceo. Johnny Depp in un bar. Il vostro compagno a una festa. Uno sconosciuto. Robert Pattinson sul treno. Uno che sembra il vostro compagno ma invece è un cantante famoso. Johnny Depp in clinica. Uno di cui non vedete la faccia. Il vostro compagno ma non ne siete sicure. Depp e Pattinson vestiti da hawaiani.

Questi e altri potrebbero essere i protagonisti delle vostre notti. Perché – questo nessuno ve lo dice – una donna incinta fa più sogni porno di un quindicenne vergine. Chi smette di fare sesso solamente perché "oddio, mi si schiaccia la creatura" o "mi sembra di prenderlo a randellate" si perde una delle parti migliori della gravidanza. Gli altri, che con tutti i timori del mondo provano comunque ad assecondare l'istinto, si ritrovano a sperimentare posizioni ed equilibri che – a sorpresa – danno grande soddisfazione. C'è anche da dire che con una donna incinta, altresì detta ormone ambulante, ci vuole poco. È bello farlo mentre aspetti: tu ti senti una specie di dea della fertilità e del sesso congiunte, lui si sente un po' Rocco Siffredi. Ricordatevelo, perché non dura. (No, ma cosa avete capito!)

Vedo/non vedo

Intorno alla ventesima settimana arriva la tanto sospirata ecografia morfologica. Quella, per intenderci, che dovrebbe dirti che il pupo ha tutto dove deve stare e che non c'è il terzo braccio né il naso al posto dell'orecchio o diciotto dita dei piedi.

Inciso per le donne in attesa: avete mai notato quanto se la tirano quelle più avanti di voi? Quel giorno ho incontrato una mora-occhi-a-palla che doveva fare la flussimetria, era più o meno all'ottavo mese.

"A che settimana sei?" mi chiede.

"Ventesima."

"Ah, ecco" dice occhi-a-palla, come avesse detto "pivella". "Io alla trentesima. Sei qui per la TN?"

Perché per loro sono confidenziali: la tn, la morfo, l'amnio, la flussi. Slang da seconda media applicato alla medicina ostetrica. In quel caso TN stava per translucenza nucale, ecografia che avevo già fatto qualche tempo prima senza tuttavia riuscire a sapere altro che il supposto nano, nonostante i miei tumulti interiori, se la passava piuttosto bene.

"No. Morfologica."

"Ah che ricordi, eh ne devi fare di strada. Noi quasi ci siamo. Tu non hai ancora comprato il trio vero?"

"No."

"E nemmeno le cose per la stanzetta?"

"No. Dicono che prima del settimo porti una certa sfiga". E comunque, a pensarci, bene, noi non ce l'avevamo la stanzetta.

"Oh, noi l'abbiamo fatta bellissima, oggi andiamo a ritirare la culla."

Dovete sapere che il termine "attesa" per chiamare la gravidanza non è un eufemismo, anzi, è fortemente didascalico. Tu stai lì e aspetti. Un conto sono dieci minuti, ma nove mesi, cacchio! Aspetti di sapere il sesso. Aspetti di sentire i calcetti. Aspetti di vedere la pancia crescere. Aspetti soprattutto di farlo uscire.

Io sono un'impaziente: fare qualcosa, una qualsiasi delle cose elencate da occhi-a-palla che ti fa sentire un po' mamma, un po' già pronta a ospitare la creatura, era un evento che attendevo con ansia. Lei lo sapeva. E quanto gongolava a raccontarmi della sua culla. Lei aveva davanti a sé giorni di preparativi e batticuore. Io altri tre mesi di pressione vescicale, emorroidi e caviglie gonfie.

Prima di riuscire a risponderle in qualche modo sono stata interrotta dal medico, che ha chiamato il mio nome.

Ora. Il mondo si divide in due categorie: quelli che nelle ecografie non ci vedono un'emerita mazza e quelli che riconoscono le forme corredandole anche di interpretazioni psicoemotive tipo "guarda, io ho detto il suo nome e lui mi sta facendo ciao con la manina". E si commuovono. Nella migliore delle ipotesi scoppiano a piangere con effetto *missitalia*: "oddio, sono troppo felice" in stereofonia con le dieci persone chiamate in conference call per l'occasione.

Funziona così: l'ecografista ti spalma con un gel che a giudicare dalla temperatura proviene dalla seconda era glaciale, ti piazza la sonda in zona ombelicale spingendola con un certo sadico compiacimento, e tua madre inforca gli occhiali.

Il record di visioni solitamente spetta a lei, seconda l'amica che ha già avuto figli, terza tu, giovane e commossa madre.

Io, che chiaramente ho questa latente sindrome di Erode, non solo non provavo alcun solletico ai dotti lacrimali, ma inizialmente avevo proprio difficoltà con le immagini. Per me erano come quelle illustrazioni anni novanta che, se fissate con una certa intensità ispirata, diventavano in 3D. Se non vedevi nulla dovevi comunque convincerti di aver notato qualcosa di sorprendente.

"Questo è il profilo, vero?" ho fatto con una certa scioltezza.

"No, è il sederino."

"E questa, questa è la manina che fa ciao?"

"A me sembra un naso" fa Lui.

"E bravo il papà: è proprio il naso."

Con qualche minuto di impegno ho iniziato a entrare nella parte e a vederlo sul serio. A notare i particolari. I movimenti. Era molto più grande dell'ultima volta. Era una piccola persona con tutte le cosine a posto. Almeno, speravo.

"Sapete già il sesso?" ha chiesto il medico.

Io ci credo, a quelle che dicono di non avere preferenze. È solo che non appartengo alla razza: in quell'esatto momento della mia esistenza avrei tanto voluto una femmina.

Gestire la panza era già emotivamente difficile. Prospettarmi anche un futuro fatto di camion, lotta libera, sporco, mostri e tutte le gradazioni del rosa messe al bando sarebbe stato un colpo ulteriore.

Al nano medio piace il Gormito, un mostro che somiglia a una radice di rapa e picchia come un fabbro. Il nano medio non ti chiede di giocare "alle bambole che vanno a una festa", argomento su cui sono piuttosto preparata, ma a "dinosauri e macchine" (ma che è? Ma come ti viene?).

Una volta un nano quattrenne mi disse:

"Giochiamo a *rresling*?"

"Cioè?"

"Io ti faccio la presa, tu cadi e poi ti salto sopra così ti schiaccio e muori."

Detto ciò mi ha sganciato un calcio allo stinco che per poco non mi azzoppava. Forse non mi sono mai del tutto ripresa.

I giochi dei maschi si chiamano "Joe Spaccatutto" o "Liquido Schifido". Ammettiamolo, non è forse meglio una Barbie d'alto bordo? Un gioioso e colorato equino gay come il Mini Pony? Non avrei potuto insegnare e tramandare le mie conoscenze a un maschio senza deviarlo irrimediabilmente. Io so le canzoni, i balletti, qualche sport da femmina, costruire coroncine di carta, disegnare, camminare sui tacchi. Non potevo avere un figlio maschio, avrei cresciuto *Priscilla, la regina del deserto*. E poi avevo già ordinato su eBay i dvd dell'*Incantevole Creamy*.

Il mio ragazzo, d'altra parte, mi aveva annunciato di conservare gelosamente da anni un trenino vintage perfettamente funzionante. L'allusione era chiara.

Ci siamo guardati pensando esattamente la stessa cosa.

"Allora, volete saperlo?"

"Sì!" abbiamo gridato in coro.

"Ho faticato un po' a vederlo perché aveva le gambine chiuse."

"Il che se è femmina è un buon inizio" ha fatto Lui.

"Non è che si vedesse proprio bene..."

"Il che se è maschio *non è* un buon inizio" ho commentato, prendendomi come risposta un pizzico sul braccio.

"È una bella femminuccia!" ha annunciato il medico.

C'è stato un attimo di silenzio, poi il mio ragazzo ha annunciato mestamente: "Ma il trenino le piacerà sicuramente".

"Non farmi come il papà di Lady Oscar" ho risposto.

Allora era proprio lei. La mia bambina. No, nessuna lacrimuccia. Mi sentivo semplicemente in pace col mondo, come se ogni cosa – in quell'esatto momento – fosse proprio al suo posto. Soprattutto lei: la *nana*.

Il medico ci ha visti così contenti che ha colto l'occasione:

"Volete il video? Per cinquanta euro in più vi do un bel dvd".

Era serio. Per un attimo sono stata tentata, almeno per riguardarmelo quella decina di volte necessaria a identificare il naso, ma poi mi sono immaginata la scena: amici a cena e io che tiro fuori il dvd. Cos'è? Le vacanze? No: un'ora di nebulose bianche e nere, senza audio, dove nessuno riconosce nulla né si azzarda a dire un'acca. Nemmeno l'avanguardia russa ha mai osato tanto. Roba che in confronto chi ti impone il filmino del matrimonio fa serata cabaret. Ho rinunciato.

Più tardi ho telefonato alla mia amica Ju.

"Non ho sentito niente."

"Beh le ecografie non fanno male."

"No, intendo: non ho sentito nessuna forte emozione. Non mi veniva da piangere. Ero felice, ma non al settimo cielo. È stato semplicemente bello, ma ho paura che sia un'emozione troppo piccola per un momento del genere."

"Perché non hai pianto durante un'ecografia? Non dire cazzate."

"Sembra succeda a tutte."

"Devi darti tempo."

"Dovrebbero essere i giorni più emozionanti della mia vita..."

"Dovrebbero? Questi? Perché non quelli in cui nascerà, o in cui camminerà, o in cui ti chiamerà mamma? Chi ha detto debbano essere questi?"

"Boh... il mondo?"

"Il mondo dice un sacco di cazzate."

"Vorrei che avessi ragione."

"Io ho sempre ragione" ha risposto, così sicura che ha quasi convinto anche me.

"Ricordami di sceglierti, se mai avrò bisogno di un avvocato."

Alien

Succede questa cosa: a un certo punto l'inquilino della tua pancia inizia a farsi sentire in modo inequivocabile.

A me dicevano che avrei sentito "delle ali di farfalla", quindi avevo intuito che i primi movimenti del nano fossero una cosa piacevole e delicata.

Per me è stata una sensazione meno poetica. Sembrava che qualcosa mi stesse risucchiando la pancia all'altezza del bacino, per poi farla scoppiettare. Cavolo, ero appena al quarto mese, possibile sentirla di già?

Era una placida domenica pomeriggio, in vestaglia rosa guardavo un romantico dvd insieme a Lui, fantasticando sul nostro futuro da genitori.

Non è vero: erano le quattro del mattino di mercoledì e il mio ragazzo dormiva in posizione bradipense emettendo sporadiche sfiatate, segno di un sonno particolarmente profondo.

Ovviamente l'ho svegliato. Ha appoggiato la mano sulla mia pancia con la delicatezza di un macellaio che sbatte un quarto di bue sul bancone.

"Che volevi?" ha chiesto biascicando.

"Si muove. Anzi, si muoveva. Ora l'hai uccisa."

"Gnn'hai digerito" ha mugugnato.

Appena ha tolto la mano, ho sentito di nuovo lo scoppiettio sottopelle.

"Rieccola, rieccola!"

Risveglio del guerriero. Crollo del quarto di bue sulla mia pancia. Silenzio.

"Gnonprendermm... perilculo" ha blaterato nel sonno.

In effetti c'era una che lo prendeva per il culo, solo che non ero io. La nana iniziava col repertorio di calcetti, capriole, spinte e puzzette finché io, esaltata, non mettevo la mano del suo papà sulla mia pancia. A quel punto, silenzio.

"Ti giuro che si muoveva" è stata la mia frase cult per almeno un mese.

I movimenti sono stati l'inizio della fine. Pochi giorni, e nel vocabolario, alla voce "ipocondria da gravidanza" nel vocabolario si trovava un mio ritratto miniato.

Una mattina mi sveglio con un bozzo. Una roba tonda, grossa come una palla da tennis, proprio accanto all'ombelico.

"Lo so, è una di quelle contrazioni killer per cui ti mettono a letto sei mesi porcaputtana..."

No, calma – mi ripeto – la dottoressa ha detto che poteva capitare. Cerco di rilassarmi pensando a qualcosa tipo le vacanze che non posso farmi, i drink che non posso bere e il sesso che, se è una contrazione, non posso fare. Niente.

Durante la giornata mando sms a Lui con scritto cose ridicole e vagamente minacciose come "Il bozzo è sempre qui".

La sera, quando torna, i miei nervi a fior di pelle gli aprono la porta.

"Ecco sarà una contrazione mortale e io morirò e tutti moriremo e il mondo finirà.".

"Vuoi andare al pronto soccorso?"

"Per farmi dire che sto per partorire? No, grazie. Ci dormo su e domani vado dal Boss."

Al mattino mi sveglio e porto le mani alla pancia. Niente bozzo: la vita è meravigliosa. Mi lavo, faccio qualche faccenda e mi vesto. Il bozzo torna: sto per morire.

Arrivo dal Boss che sono bianca come un inglese sulla spiaggia. Mi sdraio sul lettino e mi tocca la pancia. Non è contratta, ma mi fa un'ecografia di controllo per sicurezza visto che il mio colorito non accenna a migliorare.

"Curioso" dice.

Non mi piace come termine, detto da un medico. Mi sa di fenomeno da baraccone.

"Sto per partorire? La nana sta per uscire? Vuole già andarsene?"

"Al contrario, credo si sia messa comoda: è la testa."

"La testa" ripeto lentamente, per convincermi di essere completamente idiota.

In effetti, posando la sonda sul bozzo si notano chiaramente due guance e due occhi, e riesco anche a vedere finalmente il naso in tutta la sua monocromatica bellezza.

Da lì, il Boss ha iniziato a trattarmi come una pazza visionaria. La sua prescrizione per tutti i miei mali era "Rilassati e guardati un bel film".

Non che avesse tutti i torti. Un altro bozzo sospetto mi è passato con *Colazione da Tiffany*. Una serie di contrazioni con *Il gladiatore* e un attacco di tachicardia con *Almost Famous*.

Una sera il mio ragazzo è tornato a casa con *Moulin Rouge*, film che avevo provato a imporgli senza successo almeno una ventina di volte.

"Per le emergenze" ha intimato, "altrimenti rimane incartato."

Così fan tutti

Le mie abitudini non aiutavano propriamente a entrare nella parte di mamma. Le mie All Star rosse non erano esattamente da genitore. La t-shirt con scritto *Blondes do it better* era ormai una presa in giro.

Continuare strenuamente a prendere aperitivi, girare per locali e fare weekend non mi rendeva più ligia al ruolo, anche se poi bevevo succo di frutta. (Corretto. Un po'.)

In compenso mi impegnavo leggendo qualche articolo sui giornali e qualche libro di mia madre. Certo, risalivano ai primi anni ottanta, ma cosa mai poteva esser cambiato nella gestazione dei figli? Ecco, forse non avrei seguito giusto il consiglio a pagina 321: "Non preoccupatevi, se guardate film dell'orrore vostro figlio non nascerà con le sembianze del mostro, ma per evitare qualsiasi dubbio cercate di non eccedere".

Sul fatto che non fossi preparata non c'erano dubbi, ma la gente non si stancava di illustrarmi cosa fosse giusto e sbagliato per una donna "nelle mie condizioni".

Se non seguivo alla lettera la loro idea di donna incinta, mi davano tranquillamente della squilibrata:

"Ma sei matta, fai sport?"

Io non andavo a correre, io camminavo. Alla stessa ora incontravo un vecchietto sui 75 che mentre io facevo un giro del prato se ne faceva sei di corsa. Non sembravo una incinta che voleva fare sport. Sembravo una che non ha mai fatto sport ed è pure incinta.

"Ma sei matta, giochi col cane?"

Nel dettaglio, giocavo col cane di un'amica, un Jack Russell. Una bestiola che, anche dovesse fare il salto della sua vita, al massimo ti prende la rotula.

"Ma sei matta, torni alle due di notte?"

C'è questa diffusa credenza secondo cui la donna gravida è un animale gonfio e pigro che passa le sue giornate a camminare tenendosi i reni o spiaggiata sul divano. Qualche teorico della maternità doveva frequentarmi di più, almeno durante il secondo trimestre.

"Ma sei matta, non le parli?"

Insieme a "*Non le fai ascoltare Mozart che diventa più intelligente?*" era uno dei rimproveri più gettonati. Mi guardavano come fossi una madre snaturata e senza cuore.

Io onestamente trovavo profondamente imbarazzante parlare al mio ombelico, non sapevo bene cosa dirgli di interessante, però un giorno ci ho provato.

"Ciao nana, sono tua ma... mam... Sono io, insomma, sono casa tua."

"Su, impegnati di più."

"Ok, adesso vieni qui e gli parli tu" ho detto a Lui.

"Amore di papà, ora che sappiamo che sei una bella femminuccia..."

"Oh bravo, vedi che tu sei capace?"

"... Sei pronta a restare chiusa in casa fino a 25 anni? A pregare inutilmente per il motorino che non ti faremo? A presentare tutti i tuoi amici di sesso maschile al tuo papà? A indossare una bellissima cintura di castità come accessorio per la primavera-estate 2028?"

"Oh, smettila!"

"Sei pronta a non prendere tua madre come esempio per la contraccezione?"

"Nana: non ascoltarlo, ascolta la tua mamma..." ho detto massaggiandomi la pancia.

"Ci siamo riusciti! Finalmente l'hai detto!"

"Cosa?"

"La parola con la emme."

"Non vale, era legittima difesa."

"Dai, guarda il lato positivo. Almeno le hai parlato, *mamma*."

Non riuscivo a definirmi in quel modo. Non ancora, almeno. E non l'avrei fatto per molto tempo.

E dopo le chiacchiere alla panza, confesso: siamo arrivati anche a Mozart.

L'ho presa alla lontana perché "nooo, mia figlia non è come tutte le altre, altro che classica, a lei un po' di rock vedi come la sveglia".

Ho provato a farle sentire un classico *best of* dei Beatles. Tutto taceva. Ho provato con un rock un po' più deciso. E lei niente. Canzoni pop da classifica radiofonica. Lievissimi movimenti.

"Dai, prova 'sto Mozart" ha detto lui smanettando sul mio iPod.

"Come sei banale, soltanto perché tutti dicono che la classic... si muove. Si sta muovendo, scalcia!"

"Godo."

"Non ti facevo un amante di Mozart."

"No, godo: non è manco nata e già ti prende per il culo."

Mamma mia

Con il sesto mese erano arrivate la stitichezza mortifera, i piedi a lievitazione naturale e le riflessioni profonde. Di alcune cose ero certa: avrei cresciuto mia figlia cercando di divertirmi e divertirla, avrei cercato di non leggere il suo diario, le avrei insegnato l'educazione più qualche simpatico epiteto per il bullo della scuola e le avrei fatto vedere *Creamy* invece dei *Teletubbies* (almeno credevo). Avrei anche sicuramente preso qualche spunto dal modo in cui sono cresciuta. Valori, morale, regole. Non tutte, diciamo.

Mia madre ha degli enormi pregi accompagnati da un contorno di difetti capaci di ammazzarti l'infanzia.

Tanto per cominciare, è iperapprensiva.

Il problema è che non si è mai limitata alla canotta di lana in inverno e al calzino sotto il sandalo d'estate. Sarebbe stato troppo semplice.

Lei era quella che si faceva venire i dubbi, e allora pensava di mandarti delle fette di prosciutto se avevi riempito poco il panino della merenda, o i calzini di spugna per l'ora di educazione fisica perché magari tu te li eri messi di cotone.

E la scena era.

Toc toc. Chi è? La bidella Maria che entra nella tua classe di prima media, quando hai undici anni ma ti devi comportare come una di quindici per integrarti nel gruppo. Si guarda intorno con occhio cecchino, tu sudi freddo e inizi a pregare. Lo sai, che è lì per te.

Passa in rassegna i banchi con sguardo torvo e miope, poi ti punta col dito ed esclama a volume 12:

"Bella pupa, è venuta mamma tua. Ha detto che forze t'eri messa er carzino de cotone e t'ha portato quello de spugna. Tiè, è dentro 'sto sacchetto coi fiorellini".

Perché una busta di plastica sarebbe stata troppo anonima.

Ovviamente lo lancia, tu non lo prendi al volo e cade a terra rivelando il paio di calzini di spugna più infantili del creato, con la faccia di Bugs Bunny e la scritta "baby sport".

Tu. Vuoi. Morire.

La classe lo sta già facendo: rantolano dalle risate sotto i banchi, qualcuno per terra. Persino il prof. Galli di scienze sta soffocando la ridarella con un colpo di tosse.

Quindi, cara nana: non interferirò con spedizioni non richieste nella tua vita scolastica.

Ti sei messa i calzini di cotone?

Hai dimenticato il quaderno di matematica?

Non ti ho firmato la giustificazione?

La mia presa di posizione, ora e per sempre, *urbi et orbi*, sarà: cazzi tuoi.

Non sarò una brava mamma, però ti risparmierò tante di quelle figure...

L'altro grande classico di mia madre è stato l'onnipresenza.

Qualsiasi cosa io facessi, lei c'era.

Ricordo in particolare questa pista di pattinaggio in montagna, dove i bambini venivano accompagnati e tranquillamente mollati mentre i genitori si facevano un aperitivo poco lontano.

Mamma, un prosecchino te mai, eh?

No. Lei se ne stava a bordo pista a sbracciarsi come un ultras della Curva Sud ogni volta che io e mio fratello le passavamo davanti.

Ricordo benissimo un ragazzino sui nove anni che a un certo punto ci chiese:

"Oh, ma quella è vostra?" indicando la *mama sbracciandis*.

"Eh... uhm... quale?" chiesi io temporeggiando. Ovviamente non c'era nessun altra mamma.

"Come quale? Quella che strilla 'Braaaaaaaavi'. Quella che si agita."

"Ehm. Sì. Mi pare di sì" fui costretta ad ammettere.

"Qua si gioca a Sparviero adesso. Lei se ne deve andare."

"E che è Sparviero?"

"È un gioco che finisce sempre a botte. Se lei ci vede poi lo dice alle altre mamme."

Ecco. Non ero solo ridicola. Ero anche la figlia di Mata Hari.

"Mamma..." le dissi avvicinandomi. "Perché non ti vai a fare un giro?"

"Perché?" chiese lei sorpresa.

"Non ci sono altre mamme, vedi? Ci sei solo tu!"

"Se le altre mamme se ne fregano non vuol dire che lo debba fare anche io."

Da qui iniziavano gli alibi in serie: se le altre mamme fanno X (cosa solitamente corretta, sensata e non invasiva), non vuol dire che lo debba fare anch'io.

Cara nana, prometto che cercherò di adeguarmi al gregge quando si tratta di intrusioni non richieste. Inoltre gli aperitivi mi sono sempre piaciuti.

E poi.

Parliamo dei vezzeggiativi. O dei nomignoli. Del linguaggio imbarazzato e imbarazzante.

Quando avevo quindici anni e metà delle mie amiche sfoderava già esperienze anatomiche dettagliate dell'altro sesso, mia madre, mia madre si ostinava a dire cose tipo:

"Ma hai una cottarella per quel ragazzo?"

(No mamma, *me lo farei*, è diverso.)

"Vuoi fare una festicciola per il tuo compleanno?"

(Un *festino* sarebbe meglio.)

"Certo che questo film è un po' osé."

(Riferendosi indifferentemente a un filmetto pomeridiano con qualche limonata seria o a un porno in seconda serata.)

Prometto di impegnarmi a non parlare come un camionista, ma anche a chiamare le cose col loro nome. Per tua nonna non posso garantire, ma giuro che se mai ti chiamerà *patatina* davanti ai compagni di classe la sollevo dall'incarico per oltraggio al pudore.

Dal mio diario: la lista dei pro e dei contro

10 motivi per cui NON dovrei avere una figlia

1. Dire che sono un'eterna **Peter Pan** è riduttivo. Per intenderci, il mio ultimo acquisto sono stati calzini con teschi e cuoricini.
2. **Bevo troppo**. Una delle cose che mi manca di più in questa gravidanza è il Mojito.
3. Frequento **luoghi poco adatti** ai neonati: locali notturni, discoteche, enoteche. Con gusto e fino a molto tardi.
4. Odio le **canzoncine** da asilo nido/Zecchino d'Oro.
5. Soffro di **insonnia** e se vengo svegliata durante la notte divento una bestia.
6. Non so **nulla** di bambini.
7. La mia **vacanza** ideale si intitola "microbikini a Formentera, tramonto in spiaggia con drink in mano".
8. Sono una **distratta cronica**. Recentemente mi è capitato di buttare calzini nella spazzatura e riporre con cura del prosciutto vecchio nel cassetto.
9. Esco col **necessario**: borsa, cellulare e via. È fuori dalle mie capacità trascinarmi dietro passeggino, borsone con cambio e biberon, vestitini di scorta, pupazzo musicale, fasciatoio on-the-go.
10. Ho 27 anni, **non 35**.

10 attenuanti a mio favore

1. Il fatto che io adori oggettini kidult significa che mia figlia avrà molte cose con cui giocare, nonché una perfetta scema con cui farlo.
2. I superalcolici più pericolosi sono trasparenti. Il latte è bianco opaco. Non rischio di confonderli.

3. Per il primo mese rinuncerò ai locali. Dopo c'è la nonna e mi impegnerò a tornare per la poppata delle tre di notte.
4. In compenso so a memoria gran parte delle sigle dei cartoni animati anni ottanta. Ok, adesso sono roba vintage, ma una volta era musica da nani.
5. Questo significa che sono allenata a dormire poco.
6. Per fortuna c'è internet.
7. Il fatto di non accontentarmi di "pannolini a Fregene, alba in spiaggia con biberon in mano" è un ottimo stimolo per non adagiarmi su una maternità noiosa e cliché.
8. Non voglio nemmeno accarezzare il pensiero. Fingo che il rischio di farcire la mia bimba e fare il bagnetto al tacchino non esista.
9. Quest'anno vanno le borse grandi. Forse ne esistono di fichissime anche per il cambio, e io le troverò.
10. In fondo ho 27 anni, non 18 (questo devo ripetermelo davanti allo specchio svariate volte, fissando un pendolino).

3
Quest'estate parto

Alternative

"Come vanno i capezzoli?"

"Di marmo."

"Brava. Striglia eh, mi raccomando! E la pancia come va?"

"Di marmo pure quella."

"Mmmh, contrazioni. Fanno male?"

"Al mio precario equilibrio ipocondriaco, sì. In realtà no."

Per sicurezza il Boss mi ha rifilato delle pillole di magnesio e vietato tutto il bello della vita per due settimane.

Ero a riposo. Cosa vuol dire stare a riposo, esattamente? Ve lo dico io: è un'anticipazione dei vostri novantatré anni. Potevo stare a letto o sul divano, ricamare centrini, sfogliare mollemente giornali di gossip, lamentarmi, drogarmi di telefilm americani, chiedere del brodo e anche delle M&M's, fare brevi passeggiate e stop. Niente camminate serie, niente movimento, niente scale, niente emozioni forti e soprattutto, sopra-ogni-cosa, NIENTE SESSO.

Bene: vietare questa cosa a una donna al settimo mese dovrebbe essere illegale. Ok il bene della nana e tutto il resto, ma per resistere ho dovuto fare appello a tutte le mie poche virtù, che infatti dopo questo grande sforzo si sono dimesse.

Fino a quel momento avevo fatto la splendida pensando seriamente di riuscire a mantenere fino al termine dell'attesa una di quelle sessualità col botto, da raccontare in giro come controparte delle magagne gravidiche, e invece. Ero lì con un carico di ormoni che li avrei potuti imbottigliare e vendere, a tentare di evitare qualsiasi stimolo possibile. Non dovevo e non volevo pensare al sesso.

Quei dieci minuti a letto prima di spegnere la luce erano attimi di panico:

"Togli la mano dal mio fianco. Spostati un po' più in là. Mi stai sfiorando la spalla. Ecco: lo sapevo".

"Posso saltarti addosso?"

"No."

"Dicono che se in gravidanza hai voglia di fragole e non le mangi il bambino nasce con la voglia di fragola. E se funziona anche per il sesso? Non posso rischiare una figlia ninfomane, tu capisci."

"Non ci provare."

Una sera, esasperata, tra le undici e mezzanotte ho provato a distrarmi con attività alternative:

Mettere a posto i cassetti

Sono usciti nell'ordine: il primo perizoma che avevo lasciato nella sua macchina, quel babydoll mai indossato aspettando di perdere 3 chili (ora ne avevo 10 in più), l'angolo dell'incarto di un preservativo – che in tempi non sospetti avrei ignorato ma che ora avrei riconosciuto tra mille triangolini argentati –, il reggicalze usato quel carnevale quando poi dopo... mmmm, il completino che Lui mi aveva regalato quel giorno che... aaaa. Basta. Non era possibile.

Giocare alla Playstation

Esiste attività più antisesso? Forse no, ma il problema si pone quando a casa avete solo due giochi: FIFA 2002 e Tekken 5. Dal momento che sentivo quasi quotidianamente quel fastidioso sottofondo di cori da stadio e mi rodeva anche un po' vedere ancora Cassano alla Roma, Tekken sembrava una scelta obbligata. Ci ho ripensato tre minuti dopo quando la mia player cinese, con una mossa felina, prima si è chiusa come una sdraio intorno al collo del suo maledetto ninja, poi lo ha atterrato con una mossa che... dov'è che l'avevo già vista? Ah, era una delle nostre posizioni preferite. Lui mi ha guardata penosamente, poi mi ha chiesto: "*Vuoi fare la Roma o l'Inter?*"

Guardare la tv

Abbiamo messo *Porta a Porta*: solo i dibattiti politici in tv hanno questo effetto di ipnosi ascetica sui sensi. Nulla fa pensare meno al sesso del faccino contrito di Alemanno. Evviva: risolto il problema!

Poi è arrivata la pubblicità. Spot di una crema per il corpo: lei se la spalma lasciva sulle gambe poi arriva lui, si avvinghiano, si mordono le orecchie, fateli smettere. Un attimo dopo, su un gommone in mezzo al mare, un figaccio in mutande e una che la sera prima non si è struccata stanno per passare un buon quarto d'ora.

Cereali integrali: "Torna in linea quest'estate!" Una linea tonda sarebbe andata bene lo stesso?

Mi chiedevo dove fossero finiti quelli della dentiera che balla e delle piccole perdite di urina, ma chiaramente si sarebbero ripresentati solo il giorno dopo, orario pasti.

Cambio canale. E non credo ai miei occhi: un pornazzo di Tinto Brass in seconda serata. Non sapevo bene perché, forse è vero che siamo nati per soffrire, ma per qualche minuto non sono riuscita più a spingere il tasto 5.

Ci ha pensato Lui con un sonoro: "*Beh, ma allora lo fai apposta!*"

Discutere sul nome della bambina

Non c'è nulla che scateni più discussioni familiari e commenti non richiesti dell'argomento nome. So che non l'avreste mai detto, ma non ero una di quelle che aveva in mente i nomi dei suoi figli da quando aveva dieci anni. Ci avevo fatto un pensiero e avevo stilato una short list, ma non esisteva ancora un vero favorito.

Giorgia mi piaceva, ma il significato del nome – "agricoltore" – lasciava un po' a desiderare. Già me la immaginavo tornare a casa dall'asilo e chiedere: "Mamma perché il nome della mia amica significa principessa, quello di mia cugina luce e il mio contadina?" che insieme a "come si fanno i bambini" è una di quelle domande che merita una risposta ben ponderata. A favore del nome c'era però il meraviglioso soprannome Georgie – come uno dei miei cartoni anni ottanta preferiti – e da qui potete dedurre quanto la mia totale idiozia mi renda una madre quantomeno improvvisata.

Il secondo in short list era Viola, *nome ispirato all'omonimo fiore, simbolo di modestia e pudore.* Se la nana avesse preso dal nonno, capace di mettersi sempre al centro dell'attenzione con imbarazzanti siparietti, non sarebbe stato un nome particolarmente adatto. Il suono però mi piaceva davvero tanto. *Viola.* Scivolava in bocca come una caramella. Delizioso.

Seguiva Elena.

"Ah, Elena, che bel nome. Significa 'scintilla splendente'! Non lo trovi meraviglioso?" ho detto un giorno a mia sorella.

"Scusa, che nome hai detto?"

"Elena!"

"Ah, Elena di Troia?" ed è svanita tutta la magia.

In short list c'erano anche Sveva, Greta e Alice, ma trovavo qualche difetto a ognuno. *Sfefa* mi faceva un po' tedescona d'importazione, Greta era vezzeggiabile in Gretina, Alice, stando alle statistiche, era il secondo nome più popolare dopo Sofia e l'effetto "la chiami, te n'arrivano otto" non era tra i miei obiettivi.

Lui invece era l'unico a non avere dubbi. Saldo e deciso sulla sua unica e immutabile proposta: Giulia. Ogni tanto prendevo un libro dei nomi che mi avevano dato in omaggio con l'acquisto di un pigiamino e iniziavo a sparare proposte a raffica. Si era rivelato un passatempo molto efficace anche per sopprimere ogni iniziativa ormonale.

"Angelica!" ho iniziato.

"Troppo ricercato. Poi devo comprare il secondo cognome se no suona burino."

"Gaia?"

"Mmmmh" (rantolo di disapprovazione).

"Gioia?"

(rantolo)

"Scusa ma tu che proponi?"

"Giulia."

"E poi?"

"Basta."

"Basta è un bel nome."

"Scema."

"No, c'era quel rapper... che si chiamava Basta ma si scriveva Busta."

"Busta? Allora chiamala Cofano e facciamo prima..."

"Cretino. La mia amica la chiama Diletta" (rantolo).

"Diletta no, ok" ho continuato a sfogliare la pagina della D. "Diana? Daniela? DonatellaDariaDorotea? Darla?"

"*Darla*. Che bei ricordi."

"Cretino. Sei proprio... Sì. Hai ragione. Darla: che bei ricordi."

Cosa scatenano le discussioni nate per punzecchiare l'altro, in un clima ludico di botta e risposta?

L'ormone! Risposta esatta!

Ci siamo guardati sospirando e abbiamo segretamente sperato che a *Porta a Porta* ci fosse ancora Alemanno.

Nanomobile

La scelta del "trio" faceva il paio con quella del nome.

Non era affatto facile orientarsi nella selva delle offerte del mezzo di trasporto che avrebbe ospitato la nana per almeno un paio d'anni.

Per semplificarvi la vita, ecco una tipologia dei trio attualmente in commercio.

L'ecomostro

Ha la trazione integrale, servostrerzo, ABS e chiusura centralizzata. Solitamente ha tre ruote che, per definizione, tengono qualsiasi terreno: dal brecciolino dell'agriturismo alla sabbia adriatica. Pericoloso comprarlo a meno che non si disponga di un Suv dall'ampio bagagliaio. Con una berlina qualsiasi l'unica soluzione è adagiarlo tipo morto sul sedile del passeggero, con le ruote contro il lunotto, oppure attaccarselo al portellone tipo sidecar.

Il peso massimo

Dopo un trio del genere, non avrete più bisogno della palestra. In compenso andrete dal fisioterapista. Ve lo dico: non importa se è fucsia con finiture in swarowski, se ha l'mp3 incorporato e il pilota automatico. Il passeggino pesa? Lasciatelo lì. Dovrete scaricarlo, aprirlo, richiuderlo e riporlo dalle quattro alle quaranta volte al giorno. Senza contare ingressi in ascensore, scale, slalom stradali. Se al negozio tutto sommato non vi sembra poi così plumbeo, provate a immaginarlo con otto chili di bambino sopra.

L'esoso

Bello questo, maniglione unico, portabevande termico, sistema di chiusura *very-easy* e pesa soltanto sei chili! Amore, dobbiamo assolutamente comprarlo. E costa solo quattrocentonovantanove euro! Come dice? Ah, quello è il costo del telaio? In tutto sono novecentonovantanove? Amore, certo che a me 'sto portabevande termico non mi convince, ho sentito di un bambino che c'è rimasto attaccato... Grazie eh, signorina. Facciamo un giro.

Il complicato

Per aprirlo vi servono due piedi e tre mani. Per chiuderlo, un laureato in ingegneria meccanica. Per legare il pupo, tre anni di esperienza coi nodi marinari. Il problema è che a guardarlo non si direbbe. Prima di lanciarvi nell'acquisto fate le prove, a costo di acchiappare il primo coniglio di peluche e portarvelo a spasso per il negozio.

Il vintage

Negli anni novanta andavano i motivi fantasia anche per i passeggini. Qualche azienda ancora si ostina a mettere sul mercato roba simile. Il trio coi granchietti blu. L'ovetto a quadri, tipo tovaglia, coi topolini giallo fluorescente sopra. A meno che non ve lo tirino dietro (o non ve l'abbia passato qualcuno, e allora i topolini che fanno risparmiare 500 euro sono meravigliosi), non fatelo per favore. Date al vostro nano una dignitosa carrozzina monocolore, o al massimo coi bordi in contrasto. Guardo certi passeggini e mi sembrano delle tute da sci, gli manca solo il catarifrangente.

Io ho optato per un modello basic, moderatamente leggero, economico per quanto possa esserlo un trio e di un discreto blu notte. Per sceglierlo sono tornata al negozio una decina di volte, provando modelli di tutte le marche, in tutte le condizioni. Sollevandoli con una mano sola, facendo le corse tra i corridoi, caricandoci sopra la confezione "grande nave dei pirati" del peso di sette chili, aprendoli e chiudendoli senza sosta.

"Dai dai, prova anche tu, senti com'è maneggevole" ho detto

a Lui, ancora incerto, mentre facevo ruotare il passeggino su se stesso con la Cabriolet di Barbie ancorata alle cinture.

"Te lo ricordi quel programma che si chiamava *Giochi senza frontiere*?" ha chiesto.

"Sì..."

"Vogliamo chiedere se lo rifanno? Solo per te! Per farti fare le gare di passeggino freestyle."

Home sweet home

Non avevo mai abitato in centro.

A casa dei miei, in una verdissima zona residenziale, al mattino aprivo le finestre e l'aria si riempiva di odore di foglie e corteccia, di fiori e di dolci cinguettii. Guardavo fuori e vedevo alberi, un prato e poca strada. Quando sono andata ad abitare con lui sono stata catapultata in un mondo dove alla sera le finestre lasciavano entrare l'odore del soffritto di quello di fronte – che verso le 8 di sera potevi apprezzare anche in canotta e mutande – e al mattino una nube tossica di monossido di carbonio che immaginavo si depositasse sulle fette biscottate come burro. Quella del piano di sotto usava il cortile interno come citofono. A qualsiasi ora del giorno e della notte urlava "Giouà! Giouààà!" chiamando la signora Giovanna, due piani sopra, che rispondeva puntualmente dopo cinque o sei richiami: "Chevvoi Marcè?" Si chiamavano per brevi comunicazioni sul palazzo o su reciproci appuntamenti, ma poi finivano per discutere di tutto, nel cortile. Dei figli che si incontravano a scuola ma anche di politica, del terribile amministratore di condominio, della ricetta della pasta al forno e delle vene varicose della mamma di Giouà.

Fu storico uno scambio di battute tra le non più giovani donzelle, una delle prime sere in cui cenavo a casa sua. Al secondo boccone di pasta, nel silenzio estatico di due giovani neoamanti si intromise una comunicazione che, ricordo bene, recitava:

"Giouàà, che t'avanzeno du cerotti pe' i calli?"

Non ho digerito tanto bene, quella sera.

Non c'era l'ascensore e Marcè portava su e giù la spesa con un verricello che faceva più casino di un trattore e si bloccava ogni quaranta centimetri. Amava fare la spesa il sabato mattina molto presto, precisamente nella nostra ora di sonno migliore.

Il panorama della palazzina era completato da una famiglia con sei figli tutti uguali ma di taglie diverse, e dal signor Gino, che abitava al piano terra e sputacchiava. Il problema è che non lo faceva solo nell'androne. A lui piaceva anche donare le sue prodigiose espettorazioni a noi dei piani più alti. Te lo ritrovavi appollaiato sulla scala del quarto piano a meditare sul senso della vita lasciando dietro di sé scie inconfondibili. Girava voce che qualcuno, pattinandoci sopra, ci si fosse slogato una caviglia.

L'amministratore di condominio era presumibilmente un gangster vecchio stampo. Si presentava di rado e quando lo faceva incedeva spavaldo alla Al Capone: gessato, sigaro, capello lucido e scagnozzi appresso. La sua scarsa affidabilità spiega come mai nel corso della storia del palazzo si siano trovati a passeggiare per le scale: una vecchia bici, una famiglia di topi, pesche marce e un paio di stronzi (veri).

Con un centro sociale sotto alle finestre durante il weekend era facile rimanere svegli fino alle quattro del mattino per il casino, per una rissa o per scherzi goliardici tra strafatti. Ricordo perfettamente un venerdì, quando siamo stati svegliati da cinque ragazzi ubriachi che ci cantavano sotto la finestra: "Osanna nell'alto dei cieli". Gino ha risposto a suon di bestemmie e io ho fatto il tifo per lui.

All'inizio questi lati negativi erano acqua fresca. Uscivamo da casa alle otto e tornavamo dopo circa dodici ore. Non sentivamo Giouà, il dirimpettaio in mutande aveva già cenato e scavalcavamo gli sputacchi in scioltezza. Accecati d'ammòre era facile vedere solo i lati positivi, ed erano parecchi.

Primo: scendere e avere tutto a portata di passeggiata era impagabile. Non soltanto per il piccolo supermercato aperto fino alle dieci, il mercato biologico del weekend, le bancarelle colorate a qualsiasi ora. Erano i venti ristoranti walking-distance, i pub e i locali per un aperitivo, la possibilità di incontrare persone, sentire voci, rumori e musica, stare nel posto dove succedevano le cose. Il locale sotto casa, accanto al centro sociale, era un caleidoscopico ritrovo di artisti bohémien, pagavi per una birra e per respirare musica e polvere di vite diverse, per vedere il folle e distinto proprietario fare occhi storti ai turisti in cerca di casino e accogliere come amici attori in bolletta o sconosciuti scrittori.

Poi, la nostra casetta. Il nostro nido. I suoi asettici mobili di design bianchi e neri accanto ai miei feticci colorati ("Ma serve proprio questo vaso?" "Oh sì, non vedi com'è colorato?" "Appunto"). Gli aperitivi sul tappeto peloso degli anni settanta dopo aver fatto una spesa a base di Martini, olive e patatine. Sentirsi nell'occhio del ciclone di un quartiere vivo e caotico, bello di quella bellezza del centro di Roma, fatto di sanpietrini lucidi e lampioni sghembi, vicoli oscuri e piazzette accecate dal sole, odore di sugo e di mercato, botteghe polverose accanto a ristoranti trendy, matti ragazzini coi calzini corti.

Quel posto era parte della costruzione della nostra storia, ci univa. La casa era prima di tutto una nuova collocazione fisica ed emotiva rispetto al passato. Era una nuova definizione, era il *noi*.

Adoravo stare lì. Tornare d'inverno quando fuori era freddo ed entrare nella tana, con le pareti spesse che tenevano dentro il sole del giorno e contenevano solo cose belle. Facevo le ripide scale in pietra di corsa, arrivando col fiatone, saltandogli al collo se era già tornato, preparando musica e aperitivo se doveva ancora arrivare. Era una bellissima vita.

Due settimane dopo le contrazioni persistevano. Uno degli accorgimenti che non avevo potuto prendere, per ovvi motivi, era quello delle scale. Ero immobile come una mummia per il novanta percento della giornata, ma per andare a fare quegli unici quattro passi che evitavano la decomposizione dovevo scalare su e giù quattro piani.

"Sai cosa vuol dire questo?" ha insinuato il Boss.

"Non me lo dica, non lo voglio sapere."

"Devi farti altre due settimane di riposo, ma da tua madre!"

Tutta quella soddisfazione per l'indipendenza finalmente conquistata, l'inizio della convivenza, i vestiti finalmente traslocati dall'armadio dell'infanzia e poi... Non bastava restare incinta? No! Mi ributtavano anche a vivere da mammà. Mi sono sentita come quelle anatre abbattute a pallettoni, che un attimo prima sono lì che volano beate e all'improvviso stirano le zampe e si schiantano a peso morto.

Uscivo da una casa fatta di baci, aperitivi, dialoghi, serenità e rientravo in un mondo pieno di quei retaggi adolescenziali tipo "mettiaposto", "portagiuilcane" e "nonfaimainiente". Tranne essere questa volta pienamente autorizzata a non far niente.

È stato durante una di quelle pigre mattine che mi è capitata tra le mani l'agenda dell'anno appena concluso. Nomi di ristoranti e locali scritti nel weekend col pennarello colorato, conti della settimana con spese meravigliosamente inutili, numeri di telefono di gente nuova, feste di amici, cene chiassose, appuntamenti di lavoro scarabocchiati in fretta a matita.

In quell'esatto periodo, un anno prima, ero una ragazza di belle speranze che girava col suo cv a far colloqui in aziende prestigiose. Mi sentivo forte, mi sentivo giovane e bella, pronta a spaccare il mondo.

Perso tra biglietti da visita, scritte, adesivi, ticket di mostre e cinema, ho notato un appunto al giorno 16 aprile. Un nome scritto a penna nera, un colloquio in un'azienda che adoravo. Avrei ucciso senza problemi anche solo per andare a fare le fotocopie in quel posto. Il mio possibile capo era un tizio simpatico che ti lasciava addosso l'idea "Abbiamo la stessa visione delle cose: sarà divertente lavorare insieme". Ricordo perfettamente quel giorno. I miei pantaloni neri, i tacchi che facevano un po' male, i capelli biondi lunghi e liscissimi. Ricordo il momento in cui ho parcheggiato la macchina e ho percorso la grande strada pedonale fino a quel portone rosso. Avevo l'iPod nelle orecchie e addosso la sensazione meravigliosa e frizzante di chi davanti a sé ha mille possibilità e non deve far altro che scegliere. Potevo essere qualsiasi cosa. Potevo andare ovunque. Potevo far ripartire la mia vita da zero, se solo avessi voluto.

Dopo un anno, mi sentivo come se di strada davanti ne avessi una sola. Senza averla scelta, per giunta. Chissà se avrei mai rimesso quei pantaloni neri, al momento non avevo un lavoro dove rientrare dopo il parto. Non mi sentivo né bella né forte.

Quando pensavo alla nana ero contenta, avevo voglia di vederla crescere, sapevo che sarebbe stata una cosa bellissima. Ma al tempo stesso mi chiedevo cosa ne sarebbe stato di me. Non sapevo assolutamente a cosa stessi andando incontro. Mi chiedevo se e quando avrei potuto sentirmi di nuovo così felice, così piena di possibilità come quel giorno.

Elefantiadi

"Ma il padre... è grosso il padre?"

Io la dottoressa del prestigioso centro-di-diagnostica-prenatale già la odiavo perché usava la sonda dell'ecografia con la delicatezza dello zappatore, in più se n'è uscita con questa domanda inarcando il sopracciglio. Mi è venuta voglia di stenderla a panzate.

"Glielo chiedo perché *questa* è bella grossa" afferma mimando una palla con le mani e gonfiando le guance.

"*Quanto* grossa?"

"Beh siamo a trentuno settimane e pesa 2 chili e 200 grammi. La media è 1 chilo e 700, faccia lei."

"Cosa sta cercando di dirmi?"

"Niente, solo che è una bambinona."

"E quindi?"

"Beh, io fossi in lei mi augurerei di non dover partorire quattro chili e mezzo di neonata, ecco."

"Lei ha fatto un corso di terrorismo per gestanti?"

"Su, alla fine in qualche modo partoriscono tutte."

Aveva detto *in qualche modo*. Non "naturalmente" o "tranquillamente": in-qualche-modo.

La domanda era: in quale? E quanti brandelli sarebbero rimasti del mio povero corpicino?

"Ho scoperto il tuo segreto: eri un povero bambino obeso che la mamma ha deciso di tenere a sedano e carote fino alla maggiore età. Vero?" ho chiesto a Lui.

Si è guardato la pancia piatta e le gambe lunghe e magre, ha storto il naso e ha detto: "Ma sono sempre gli ormoni che ti fanno questo?"

Gli ho raccontato che la mia gravidanza si stava trasformando nelle elefantiadi prenatali e che avevo paura di soccombere all'outing della nana. Non ha trovato di meglio da dire che:

"Beh quanto hai preso fino adesso? Dieci chili? Magari il tuo corpo si sta già adattando".

Per tutta risposta ho afferrato (correggo: *i miei ormoni* hanno afferrato, io non avevo alcuna responsabilità di tutto ciò) la prima cosa trovata sottomano e l'ho lanciata verso di lui. Soltanto mentre era già in volo mi sono accorta di aver scagliato con violenza un gingillo sonoro che qualcuno aveva appena regalato per la bambina. È morto sul colpo e lei non l'ha mai conosciuto, ma è stato un sacrificio necessario.

"Ah, queste stime di peso sono tutte minchiate" decretò il

Boss dopo aver visto l'ecografia. "Vedrai che la curva di crescita ora si assesta."

Un mese dopo, a trentacinque settimane, la nana era stimata 3 chili e 100, vincitrice assoluta delle elefantiadi neonatali della clinica.

La domanda era: chi l'avrebbe tirata fuori? Perché io *no*.

Parto: non voglio sapere

Il mese precedente al parto è tutto un tripudio di racconti non richiesti, consigli last minute e conversazioni a tema. Ognuno ha la sua esperienza da raccontare e tende a propinarla come regola generale.

Mia mamma: "Quando ho partorito tua sorella (terzo figlio), anche se non riuscivo a farla uscire, il mio ginecologo ha detto: 'Eh no, qui si partorisce naturalmente!' Mi è salito sulla pancia e ha iniziato a saltellare e spingere finché lei non è uscita. Molto meglio del cesareo!"

Mia zia: "Io ho partorito tutti e due col cesareo. È che sono sempre arrivata oltre il termine, non avevo nemmeno le doglie, allora mi hanno detto: signora lo tiriamo fuori. E dopo due ore ero lì coi miei bimbi. Molto meglio di un parto naturale!"

Povera madre in tv: "Ho avuto un travaglio di circa 32 ore. Dopo qualche ora di doglie fortissime pensavo di essere quasi arrivata invece ero dilatata solo di 2 cm. Ci ho messo quasi un giorno intero di atroci dolori ad arrivare ai fatidici 10".

Ex collega: "Sono arrivata in ospedale con qualche doloretto e ho scoperto di essere già dilatata di 4 cm. Al che mi hanno fatto l'epidurale e mi sono addormentata. Mi sono svegliata che ero già di 9. Un'ora ed è nata Sofia!"

Conoscente: "... E poi il mio non si era incanalato bene! Cioè, io ero lì, spingevo, spingevo e non usciva. Abbiamo iniziato a vedere i capelli dopo ore".

Altra conoscente: "...Mah, io due spinte ed è nata Claudia".

Amica: "Che poi riprendersi dall'episiotomia è complicatissimo, stai lì coi punti e il bimbo che piange e tu che sei distrutta..."

Ex collega: "Mah, l'episiotomia è una passeggiata".

Conoscente: "E dopo i rapporti come prima te li sogni... Non senti più niente!"

Ex collega: "A me sinceramente me l'hanno cucita pure un filino più stretta".

Ho tentato di tranquillizzarmi con lo "speciale mamma" di una nota rivista e ho trovato consigli di vario genere terroristico.

Consiglio post Chernobyl:

cucinate un mese prima e surgelate tutto quello che potete (perché, dopo che avrò partorito metteranno fuorilegge i fast-food, la pizza a domicilio, i take-away e la cucina di mia madre?).

Consiglio idiota:

cercate di riposare molto nei giorni immediatamente successivi al parto, è importante accumulare sonno per i tempi che verranno (*accumulare* sonno? E come si fa, congelo pure quello in cubetti e lo sciolgo alla terza notte in bianco?).

Consiglio logistico:

preparate fin da subito la cameretta del nano con l'essenziale per il cambio e la nanna a portata di mano (già, e se non hai la cameretta?).

Consiglio utopistico:

trovate assolutamente qualcuno che vi aiuti per le pulizie di casa e tenga il nano qualche ora al giorno, per riprendervi e dormire.

Chissà se il reclutamento coatto di amici e parenti poteva andar bene. Qualcuno però mi aveva detto che il generoso aiuto offerto nel postparto di solito si traduce in "*Vengo a tenerti la bambina*".

Ecco, no, io non volevo qualcuno che mi depredasse della nana. Sono bravi tutti a fare i versetti a un neonato per lo più narcolettico: grazie amico che vuoi tenere la bambina! Tutti la vogliono tenere! I primi giorni le avrei dovuto mettere il guinzaglio retrattile per farla tornare alla base, sarebbe stato tutto un tripudio di nonni, zii e parenti misti.

Piuttosto vieni a lavarmi i piatti, stirarmi i vestiti, farmi la spesa e magari cucinare pure qualcosa. Spiegate queste elementari regole sull'aiuto, nessuno si era più proposto.

E poi c'erano gli improponibili. Quelli che, anche se si fossero offerti per tenermela cinque minuti mentre andavo in bagno, difficilmente avrei accettato. Piuttosto che lasciarla a loro l'avrei data in affido a Britney Spears.

Pucci

Pucci è Paris Hilton più il suo chihuahua uniti spiritualmente e fisicamente nella stessa persona. Se avessi lasciato la nana a lei sarei stata quasi certa di poterla andare a riprendere all'aperitivo al baretto famoso, col biberon pieno di Martini, in braccio a uno che si può chiamare "Gianlu" o "Brando". Pucci sarebbe stata dispersa tra le frasche con un altro.

La zia Erre

Zia Erre ha avuto un massimo di sei cani contemporaneamente e un minimo di tre. Va da sé che, nonostante abbia superato i trenta da un pezzo, non ha mai avuto tempo per avere dei figli. In casa sua mancano spesso generi alimentari primari, ma c'è sempre una scorta annuale di riso per cani. Se le avessi lasciato la nana per qualche giorno me la sarei ripresa capace di stare seduta a comando e di usare gli alberi invece dei pannolini.

La suora dell'asilo

Io all'asilo andavo dalle suore, ma non me ne sono mai accorta. La mia si chiamava Suor Maria come quella della "Casa di Pony", e aveva la cinquina facile. Al dito portava un anello con crocefisso in rilievo che ha lasciato solchi indelebili sulla testa di metà classe. Peccato che all'epoca i diritti dei bambini si fermassero alla Girella per merenda e ai *Puffi* prima del tg. Come disse una saggia mamma che tolse la figlia dall'asilo: "Se devo pagare per farle prendere le botte, me la tengo a casa e la meno gratis".

Federica

Federica ha fatto più campi scout che giorni di scuola. Adesso credo sia ScoutDirector della parrocchia, con diciotto foulard e cinquanta spillette che sfoggia con orgoglio. Sa montare una tenda meglio di un ingegnere Ikea, accendere un fuoco da campo nel tempo in cui tu manderesti affanculo l'accendino scarico, curare ferite e bruciature con bottigliette di Levissima e sopravvivere a svariati generi di calamità naturali con scioltezza. In compenso ha i baffi e i bermuda da dodici anni. Le lascio la nana per un weekend e mi torna Messner.

L'amica in carriera

"Sì certo, allora dovresti portarla con un minimo kit di alimentazione e sicurezza incluso, io non ho spazi attrezzati. Lasciami delle istruzioni chiare, possibilmente in formato Excel... Ah, se puoi cortesemente anche fare un pdf di come si cambia il pannolino mi fai un favore. Dammi degli orari esatti di consegna e ritiro così posso organizzare un flusso di lavoro entro i termini richiesti. Informami nel caso ci siano delle modifiche, se non rispondo manda una mail e metti in copia anche mia madre, casomai non riuscissi a fare tutto fa una *freelensata* lei."

Agosto: nono mese

Agosto era sempre stato il polmone che faceva respirare tutto il mio anno lavorativo. Per me rappresentava una momentanea sospensione di regole e seghe mentali, il regno ideale della libera scelta e del cazzeggio illimitato. Un tempo fatto di andiamo ovunque, di sole e del colore che lasciava sulla pelle al tramonto, di scoperte cercate o lasciate arrivare, di feste sulla sabbia, di pigre colazioni a mezzogiorno, del vento fresco che prendi quando sei in barca, di un'alternanza perfetta e ininterrotta di tacchi e infradito, del beviamoci qualcosa, del saltiamoci addosso. Praticamente il Nirvana.

Tra le cose che avrei consapevolmente evitato se mai avessi deciso di restare incinta, il nono mese ad agosto avrebbe occupato una buona posizione. Perché gli ultimi giorni sono già di per sé una presa a male in qualsiasi stagione, ma con quaranta gradi e la città deserta diventano una tortura.

Ho resistito per settimane spiaggiata su un divano, a farmi tutta la cultura cinematografica e letteraria persa nei ventisei anni precedenti. (Che fai oggi? Oggi la Nouvelle Vague. Ah, io sto all'Elba.)

Mi sentivo a terra in tutti i sensi. Per i tredici chili che mi portavo addosso, per la promettente vittoria della nana alle elefantiadi, per la prospettiva del parto e, soprattutto, perché erano due mesi che non riuscivo a stare con Lui. Mi mancava il kit affettivo di base della donna incinta: le carezze sulla pancia, fantasticare su di lei, sistemare insieme la sua stanzetta, fare progetti.

Ogni tanto facevamo qualche timido tentativo di uscita serale. Per l'ipocondria che ormai ottenebrava la mia mente, sarei andata a mangiare una pizza solo se assistita dai paramedici. Nei momenti di panico contavo fino a dieci, poi di nuovo altri dieci, poi chiamavo il Boss che per tutta risposta mi prendeva a male parole. Piangevo per qualsiasi cosa. Perché mi si accartocciavano le dita a lavare i body per il corredino. Perché non avevo finito il corredino. Perché c'era il sole. Perché era nuvolo. Perché volevo uscire. Perché volevo dormire. Perché non sapevo a cosa andavo incontro. Perché volevo Lui, soprattutto.

Chiamavo mia nonna perché almeno condividevamo gli stessi acciacchi, solo che lei era meno nevrotica.

Finché un mercoledì di quarantadue gradi il Boss ha annunciato: "Ok, adesso puoi ricominciare a far tutto".

"Lo ripeta forte."

"Scale, sesso, corse. Fai quello che ti pare: hai passato le trentasette settimane, puoi anche partorire domani, il feto è a termine."

"Amore, non immagini che ha detto il Boss! Posso tornare a casa! Posso uscire! Posso *fare sesso*!" ho annunciato con enfasi a Lui, rimasto a casa per un malessere.

"Ah. Io c'ho l'ernia del disco non mi posso alzare dal letto."

E così, come nelle più frustranti storie d'amore alla *Lady Hawke* o alla *Dottor Zivago*, il destino si è accanito sugli amanti boicottando la loro tanto attesa unione. Lei falco, lui uomo. Lei riappare nella sua vita, lui crepa. Io finalmente in piedi, lui a letto.

"Perché non la chiamate Lourdes, come la figlia di Madonna? Magari vi fa la grazia e tornate persone normali" consigliò saggiamente Ju.

Il giorno di Ferragosto ero Ebenezer Scrooge formato incinta. Non volevo parlare con nessuno. Non volevo sentire nessuno. Odiavo l'estate.

Eppure il telefono non smetteva di squillare perché, ovviamente, tutto il mondo voleva fare gli auguri di ferragosto alla povera impanzata che crogiolava sugli asfalti della capitale. E le telefonate tipo sono state:

Amica 1

"Ciao! Hai partorito?"

"No, l'avresti saputo..."

"Ah certo. Senti ti volevo fare gli auguri di Ferragosto! Noi siamo in Grecia a Skopelos, non hai capito che meraviglia."

"Io sto a casa sul divano, non hai capito che figata."

"Dai, che tra un po' finisce tutto!"

"No, veramente tra un po' *inizia* tutto."

Amica 2

"Ciao! Hai partorito?"

"Ehm... no?"

"Ti volevamo fare tanti auguri, noi siamo in Sardegna!"

"Ah, bello. Ok auguri ciao."

"Tu dove sei?"

"A casa a vedere le repliche delle repliche di *C.S.I.*"

"Ahahah, sempre spiritosa!"

Amica 3

"Ciao!"

"Ciao!"

(Dai che non lo chiede, dai!)

"Ancora lì la bimba?"

(L'ha chiesto.)

"No, è uscita un attimo a comprare il gelato."

"Simpatica! Senti, auguri di buon ferragosto!"

(Non voglio sapere dove sei. Non lo voglio sapere. Ora chiudo e attacco.)

"Grazie anche a te un bacione, buontutto, bacieabbracci!"

"Scusa ripeti che non ho sentito! Siamo in barca alle Eolie qui prende malissimo..."

Nei giorni seguenti qualcuna di loro, tra una barca a Panarea e una casa in Puglia, si è anche offerta di venirmi a trovare, ma non riuscivo proprio a dire di sì. Non avevo voglia di vederle. Seriamente, non ne vedo l'utilità. Mi sembrava improvvisamente di non aver nulla da condividere con loro, che erano *me l'anno prima*, e mi avrebbero parlato di vacanze, festini e ragazzi. Non avrei tollerato i loro sguardi divertiti e compassionevoli mentre parlavo di stime di peso, di parto e di corredini.

Poi alla fine qualcuna ci è riuscita, e non è stato poi così male. Ho raccolto qualche decina di bellissimi regali per la nana e sono riuscita a far desistere chi credeva di iniziare a sentire l'orologio biologico tichettare velocemente.

Dal momento che due libri, cinque riviste, un iPod e un pc con tutta la prima serie di *Gossip Girl* non mi sembravano sufficienti a passare il tempo, in quei giorni di riposo forzato ho pensato bene di comprare anche un quaderno. Pensavo di scrivere qualcosa. Per lei.

Era un piccolo quaderno rosso a righe, di quelli con la copertina rigida.

L'ho aperto e ci ho scritto la prima cosa che mi è venuta in mente, ovvero le tre parole che avevo detto scoprendo il test positivo: "Ma Che Davvero?"

Poi ho iniziato a scrivere. Ho scritto a quella cosetta che era un vermetto nella mia pancia e che ora è mia figlia, e non dicendo cose come "*La mamma già ti ama tanto e ti aspetta*" ma riflessioni estemporanee e racconti quotidiani di quello che facevo, di come mi sentivo, delle persone che avevo intorno e che presto avrebbe conosciuto anche lei. Di cosa mi mandava in bestia, di cosa facessi prima di scoprire le due lineette sul test, di cosa amo e odio nelle persone.

Ma anche.

Dei 10 film che dovrà assolutamente vedere entro i 20 anni.

Dei telefilm scaricati che le lascerò in eredità, quali vedere quando è annoiata e quali prima di uscire la sera per caricarsi.

Della top list delle canzoni ballabili in bagno mentre ci si trucca e di quelle per struggersi quando si è state mollate.

Dei tipi di uomini da evitare e di come dribblare per quanto possibile le prese per i fondelli. Tutte quelle consapevolezze che ho raggiunto con gli anni e che forse saperle prima non cambia niente perché ci devi passare con la tua pellaccia ma: eccole qua, fanne un po' quello che ti pare.

Dei cibi che mi piacciono di più e come cucinarli o, più spesso, dove andarli a comprare.

Dell'ecatombe di animali che c'è stata in casa nostra, che, com'è come non è, di 13 pesci rossi, 6 cani, 3 criceti, 2 cincillà e 1 piccione ne fosse rimasto uno.

Di cosa va di moda adesso, per capire in che periodo è nata e chi ero io.

Dei cinque momenti più belli della mia vita e delle cose che amo.

Eh. Oh, certo. Dei principali metodi contraccettivi.

Di come ero impreparata a fare la mamma non ne ho parlato, ma credo non le sarà difficile intuirlo.

Insieme, ci sono attaccate foto, bigliettini d'auguri ma anche dell'aereo, dei musei, del cinema. E disegni, immagini di ecografie.

Posti dove sono stata quando ero incinta e immagini di luoghi dove un giorno la porteremo e che riempiranno altre pagine. Frammenti della sua vita che non ricorderà.

Già.

Peccato, non ricorderà la sua nascita, il suo primo respiro, il modo in cui l'avrei tenuta tra le braccia. I nostri sorrisi attorno a lei.

Non ricordiamo mai il periodo della vita in cui siamo più amati in assoluto.

Forse, se così fosse, non avremmo bisogno di cercare l'amore per il resto della nostra vita.

Non sapevo bene perché lo facessi, aprire quel quaderno di tanto in tanto e fotografare quegli istanti di me e della sua vita. Forse perché se l'avesse fatto mia mamma per me, mi avrebbe fatto piacere.

È bello avere in regalo per i propri 16 anni un vecchio e vissuto quaderno pieno di parole per te.
I giorni passavano e le paranoie aumentavano.

Sperimentavo un curioso scollamento dalla realtà. Più la vedevo muovere sotto la mia pelle con movimenti simili ad *Alien Resurrection*, meno realizzavo che prima o poi sarebbe uscita.

Il parto poi mi sembrava tutto fuorché una cosa naturale, e l'ipotesi che le cose andassero per il verso giusto del tipo "Mi si sono rotte le acque e in tre ore ho partorito" non mi sfiorava nemmeno. La mia mente malata si divertiva a comporre scenari catastrofici tipo bambina messa di traverso, travaglio di tre giorni e roba peggiore. È che dovevo smetterla di digitare *partorire* su Google.

Forse preoccuparmi della parte pratica e fisica era semplicemente un modo per non affrontare l'impatto psicologico di *quel* giorno. Il giorno in cui avrei iniziato davvero a essere madre e dalla mia pancia sarebbe uscita *una persona*, la mia bambina. Improvvisamente era incredibile realizzare che siamo tutti nati così, che ogni individuo è stato un tempo calci sotto la pelle di qualcuno, movimenti da sentire col palmo della mano.

Altre volte, invece, era tutto immediatamente reale. Quei piccoli body da lavare a mano, quel pacco di pannolini taglia uno, la culla di quand'ero piccola fatta risistemare da mia madre. In quei momenti il senso di inadeguatezza mi prendeva alla gola. Ma io – mi chiedevo – tra notti insonni, culetti sporchi, crosta lattea, ciucci, body e lenzuolini da lavare in continuazione, sterilizzatori, pianti strazianti, stanchezza, episiotomia, lochiazioni, perdita dei capelli, ragadi e montata lattea... ce la farò?

Cari uomini, una donna al nono mese è...

ANSIOSA: parafrasando una nota definizione, sa che dovrà far uscire un essere umano con la testa grossa come un melone da una parte del suo corpo grande come un'oliva. Voi non sareste agitati se doveste far uscire un limone dal pisello? Ecco.

IMPAZIENTE: sono nove mesi che aspetta e, se è la sua prima gravidanza, nemmeno sa bene cosa. A ogni modo, anche la cosa più bella se attesa per nove mesi diventa una tortura. Non so come farvi capire... immaginate di uscire con una donna meravigliosa, che però ve la dà solo dopo 270 giorni. Prende male.

NEVROTICA: se prima non siete rimasti incinti anche voi, non lanciatevi in commenti con lo scopo di sdrammatizzare. Lei potrebbe rispondervi molto, ma davvero molto male.

ORMONALE: lasciatevi saltare addosso, uomini. Una donna incinta ha il sex appeal di un Teletubby ma la carica di una pornodiva.

DISFATTISTA: io lo dicevo spesso: "Fa tutto schifo", anche se magari avevo solo sbagliato a comprare un ciuccio. È che non ci sono mezze misure, o va tutto benissimo ed è tutto meraviglioso, oppure improvvisamente è tutto orribile, il mondo va a rotoli e il bambino sarà brutto come il bisnonno Arturo. Sono sempre gli ormoni, poi passa.

DIVA: si sente l'unica donna al nono mese che esista. Se entra in un negozio e c'è un'altra panzona, si ingarella: "Quella sarà una di sette mesi che è ingrassata troppo". Anche quando due panze si incontrano a una festa, scatta automatico il paragone (per dire, io a un matrimonio mi sono dichiarata più avanti con le settimane solo per farmi dire quant'ero magra). Quindi, raccontarle della moglie del vostro collega che ha appena partorito è rilevante, ma fino a un certo punto.

INFORMATA: che il materassino serve antiacaro antisoffoco antipolvere antisonno antizanzara e in puro lattice coi buchi tondi gliel'ha detto Paola quella che ha avuto il bimbo due mesi fa. Che il biberon è meglio quello con la valvola anticolica l'ha letto su internet. Che è meglio mettere a dormire il bambino supino l'ha visto sull'opuscolo anti Sids. Che se ti azzardi a sbirciare durante il parto la vostra vita sessuale sarà irrimediabilmente devastata è l'argomento clou del forum delle mamme. Insomma, tu uomo non provare a dare consigli o esporre teorie, opinioni e pensieri se non puoi citarne la fonte (autorevole e accreditata).

EGOCENTRICA: non esiste che qualcuno non chieda di lei o non porti un presente per il pupo quando passa a trovarla. Chi non lo fa è un menefreghista insensibile nonché gran cafone.

4
Outing

Decimo mese

“Tutto a posto?”

“Sì, non ho dolori, poche contrazioni, niente rottura delle acque...”

“Ah, allora non è a posto per niente. Sei a quaranta settimane, accidenti, dopo mesi di contrazioni il tuo corpo potrebbe essere più collaborativo” ha detto il Boss che, devo dire, mi ha sempre dato ottime notizie.

Avevo finito il tempo. Nono mese: andato. Nana: ancora dentro.

Com’era la storia? Una stava a riposo settimane per non incorrere in un parto anticipato e quando le contrazioni erano non solo bene accette ma addirittura necessarie, queste sparivano. Il mio solito culo.

A quel punto sono risorta. Bene, panza: a noi due. Nemmeno a dirlo sono tornata a casa di Lui, ho iniziato a fare scale come Rocky, a passeggiare chilometri, a muovermi come una tarantolata. Niente. Ogni santo giorno c’era qualcuno che mi chiamava per chiedere se avevo partorito, e ogni volta la mia risposta era poco gentile.

A quasi quarantadue settimane – vi sto parlando del decimo mese di gravidanza, la gestazione di un elefante (giustamente) – il

Boss ha annunciato: "Se entro mercoledì non entri in travaglio, la tiriamo fuori".

Dopo *in qualche modo*, "la tiriamo fuori" era un'altra espressione riferita al mio parto che non mi piaceva per niente.

Il parto, in fondo, era l'unica fase della maternità della quale accoglievo con gioia lo stereotipo. Che poi, com'è che era? Ah, già: sei tranquilla a casa e ti si rompono le acque, strilli, mandi in panico il tuo compagno che cerca le chiavi della macchina e scopre che non le ha mai perse in trent'anni ma quel giorno sì, chiudi la valigetta rosa della pupa schiacciandoti dentro due dita – che l'anestesista sistemerà durante una doglia improvvisandosi ortopedico – e ti scordi di telefonare a tua madre che te lo rinfaccerà in punto di morte. Lui chiama un taxi: arriverebbe in dodici minuti, che in quel momento è il quadrato dell'eternità. Lo chiami tu: Sfinge18 in quattro minuti – e già il padre inizia a perdere colpi. L'autista è nero e molto empatico: mentre siete bloccati su una strada di scorrimento e le doglie aumentano, mima la respirazione del corso preparto insieme a te. Nel frattempo il tuo compagno, saltando sui tetti delle altre macchine, ha raggiunto un'ambulanza tre isolati più avanti e ha corrotto il barelliere, che vi carica a tutti e due (te e Ben, il tassista senegalese). Te ne frega qualcosa? No, perché è con Ben che hai dovuto respirare a cagnolino mentre lui giocava a fare il genio della situazione: il tuo compagno ha perso altri cento punti paternità. Giungete in ospedale e un'équipe di cinque persone si attacca alla barella e inizia a correre. Cerchi di dire che non sei in punto di morte e ancora non senti le voci degli angeli, ma ti scappa un urlo disumano: sono iniziate le contrazioni serie. Inizi con gli insulti, i versi animali e pianti le unghie negli avambracci del tuo compagno. Lui lo riterrà un ottimo momento per avvisarti che la suocera vi ha raggiunti: il punteggio scende sotto lo zero. Urli un improperio che lei non ti perdonerà e ti chiudi in stanza. Le contrazioni si fanno così forti che chiedi all'infermiera di ammazzarti, per piacere. Ovviamente è tardi per avere l'epidurale ma, come avvisa garrulo un dottore: "Si vede quasi la testa". Spingi con forza mentre un'infermiera ti tiene per le spalle e il tuo compagno è da qualche parte a terra, svenuto. Mille punti paternità andati, così.

Riprende i sensi giusto per sentire il primo vagito della creatura. "Oh, che bel bambino, tiriamolo fuori... Aaah, eccolo qua signora. Il bambino è bello, sano, vivace e nero." "Nero?" fa il padre, rinvenuto improvvisamente. "Ah non ti ho mai parlato di zia Maria, che è dello Zimbabwe?" rispondi tu fingendo una grande scioltezza. Lui si ricorda di aver già visto Ben da qualche parte.

Come dite? Non è questo lo stereotipo? Oh, allora forse guardo un po' troppi film.

Il grande cocomero

Si dice in giro che, una volta partorito, la pancia inizi a mancare.

In realtà non sapevo quanto potesse essere vero. In fondo la pancia è quella cosa che fino al terzo mese ti fa rodere perché sembra ciccia, al quarto ti fa morire d'infarto a ogni indurimento, dal quinto al sesto ti fa passare un breve stato di grazia per poi piombare nella versione cocomero dal settimo in poi.

Tra le cose che limita: il libero e agevole accesso al lavandino, il sesso come si deve, le magliette che una volta ritenevi abbastanza lunghe, i vestiti che una volta ritenevi piuttosto corti, gli abbracci affettuosi, il sonno a pancia sotto, i girelli degli ipermercati.

Certo, ha anche i suoi indiscutibili vantaggi tipo che al confronto, il tuo sedere sembra piccolissimo, devia l'attenzione dalle caviglie a salsiccia, può essere usata per saltare la fila del ristorante. E poi ti dà un senso. Puoi anche star lì tutto il giorno senza far niente: hai il pancione. Puoi mangiare gelato con patatine fritte:

hai le voglie. Puoi fare scenate isteriche: sono gli ormoni. È una sorta di alibi a tutto tondo. In svariati sensi.

Mi chiedevo se la mia mi sarebbe mancata. Ero pronta a giurare di no, ma anche sicura che sarebbero arrivati tempi in cui avrei pensato che tutto sommato si stava meglio prima, quando la nana aveva tutto quello che le serviva in pochi centimetri quadrati, era facile da trasportare, insonorizzata, autopulente, soddisfatta e per nutrirla bastava farsi una pizza.

"Ok: se non succede nulla giovedì prossimo facciamo un'induzione", è stato il verdetto del Boss all'ultimo controllo.

È che io non avrei voluto saperlo. Tra il sovraccarico di ormoni e la tensione, ormai i miei nervi più che tesi stavano facendo il punto croce.

"Come funziona?" ho chiesto.

"Ti stimoliamo con delle sostanze che provocano l'inizio del travaglio."

Mancavano cinque giorni al giovedì. I parenti stavano iniziando a fremere, la valigetta rosa era chiusa e pronta all'ingresso e mia madre già iniziava a dare segni di nonnismo (derivato della parola *nonno*) aggiungendoci qualcosa ogni giorno: un ciuccio, un bavaglino, un cappellino a righe rosa.

Sembravano tutti pronti tranne me.

Nei giorni precedenti l'outing della nana il termometro ha toccato i quaranta gradi. Prendere sonno la sera era impossibile quasi quanto "rilassarmi", l'unanime consiglio del mondo esterno. I sogni porno erano stati surclassati da horror dove nella scena di punta ero sbranata da un leone, cosa che lasciava aperte interpretazioni freudiane che non desidero indagare.

Sapere che a giorni avrei finalmente guardato il viso di mia figlia era una sensazione straniante. Realizzavo all'improvviso che nemmeno per un attimo avevo provato a immaginarla, era ancora un'idea con cui non avevo fatto i conti. Avevo distinto la gravidanza dalla maternità come alzando un muro di voluta ignoranza, di distacco calcolato. Pensarle insieme, realizzarle come conseguenti, per me era semplicemente troppo. Esisteva la gravidanza, e poi il parto. Era quello su cui mi concentravo. La nascita era contemplata nel quadro, ma veniva in qualche modo *dopo*.

Dovevo ripetermelo bene svariate volte "*Fra tre giorni conoscerai tua figlia*" perché il primo pensiero era "*Fra tre giorni ti aprono come una cozza*".

Le mie paranoie ipocondriache erano servite a condurmi con la testa ovattata fino ad allora, a focalizzarmi sul momento per non fare i conti col futuro. Ma adesso lei stava per arrivare. Stavo per guardare negli occhi quello che avrebbe cambiato la mia vita per sempre.

Mercoledì sera abbiamo deciso di festeggiare la nostra ultima notte da non-genitori. Ho sceso le scale con inaspettata agilità nonostante una pancia che ormai mi precedeva di mezzo metro. Ci siamo seduti in piazza con un bicchiere in mano chiedendoci cosa stesse per succedere, ingoiando patatine e incognite, sorsi di birra e paura, respirando quell'aria rossa di tramonto e densa di pensieri non detti. Adagiati in fondo allo stomaco, proprio vicino a lei.

Dire che non ho dormito quella notte sarebbe scontato. Sono riuscita a cadere in uno strano torpore solo per un paio d'ore fino alle quattro quando – apriti cielo – sono iniziate le contrazioni, simili a morsi al basso ventre di intensità crescente. Nessuna fretta di correre in clinica, mi aspettavano comunque per le sette. Alle sei ci siamo alzati e in silenzio abbiamo preso la borsa, le chiavi della macchina, il mio iPod.

Abbiamo fatto una cosa stupida, che è stata salutare la casa. I suoi spazi solo nostri. L'aria che avevamo sempre respirato in due. Il salotto così ordinato. Sapere che saremmo tornati in tre era una consapevolezza sottile e pervasiva, che abbiamo lasciato posarsi nell'aria ferma delle stanze.

Procedure di sicurezza per l'abbandono della navicella madre

Cara nana,
dal momento che sta per arrivare il fatidico giorno del tuo outing, vorrei ricordarti alcune semplici norme di sicurezza per l'abbandono della navicella madre:

1. Assumi una POSIZIONE AERODINAMICA. No braccine vicino al viso. No tuffo di testa a braccia tese. No a bomba. No posizione yoga del fior di loto. No "mi giro di piedi e vediamo che succede". Rimani con la tua testolina verso il basso. Non preoccuparti se durante l'uscita assume una forma leggermente siluroide, poi tutto torna normale. Forse anche la mamma.

2. A un certo punto ti troverai a passare per un tunnel molto buio e impervio, proverai una blanda depressione e senso di soffocamento. Non ti abbattere: quando sei nel tunnel e vedi una luce, SEGUI LA LUCE. Più velocemente attraversi il tunnel, meno santi la mamma tirerà giù dal calendario.

3. Capisco che il cordone – oltre a essere fonte di godurioso nutrimento – è anche un bell'accessorio, ma non per questo va indossato intorno al collo poco prima di uscire. LASCIA IL CORDONE lì dov'è, che tanto poi te lo tolgono comunque. Te ne compro uno più bello quando sei fuori, promesso.

4. Capisco l'imbarazzo di ritrovarsi improvvisamente nudi, appesi per i piedi, in mezzo a una stanza piena di gente che ti fissa. È uno degli incubi ricorrenti di un sacco di gente. Tu non rimanere lì timida e ammutolita: per favore, STRILLA. E forte per piacere, perché la tua distrutta mamma si sarà assordata con le sue stesse urla...

Seguendo queste elementari procedure, l'outing sarà sicuro e confortevole per entrambe. Nell'attesa, goditela finché sei dentro.

Con grande stima,
la tua *mamma* (ma che davvero?)

Quel giorno

Sono entrata in clinica un po' fiera delle doglie che ogni tanto mi costringevano a fermarmi e respirare profondamente: finalmente il mio corpo mostrava segni di cooperazione.

Mi sono preparata con una fantastica t-shirt bianca modello "lavoretti della domenica" e ho aspettato il Boss installando le piccole casse dell'iPod.

Bene. Cos'è che ero andata a fare?

Vedevo queste ostetriche andare e venire con aria sorniona: "Eh... manca poco" ha detto una di loro, e suonava un po' come una minaccia della quale non riuscivo a rendermi bene conto. Guardavo il cocomero pensando che tra poco sarebbe andato per sempre ma no, niente, ancora non realizzavo davvero.

Hanno iniziato a stimolarmi con l'ossitocina e mi sono lasciata trasportare altrove da una playlist di indie-rock-pop-classica studiata per l'occasione. Quando sono partite le contrazioni serie mi hanno epiduralizzata e mi sono fatta il travaglio così, quasi senza dolori, ascoltando musica e respirando profondamente. Il fatto è che passavano le ore e davvero non succedeva niente nonostante la mia pancia assumesse l'aspetto di una scultura in granito ogni due minuti. Di tanto in tanto passavano a controllarmi: "Ancora nessuna dilatazione" era il commento, sempre uguale. È stato nel pomeriggio che il monitoraggio ha evidenziato un problema.

A un certo punto il battito della nana ha iniziato a scendere, e scendere.

Mi hanno fatto cambiare posizione hanno osservato la cosa per un po' e poi hanno sentenziato: dovremmo farla uscire. Era chiaro a tutti che il mio parto sarebbe stato tutto tranne che naturale ma in quel momento, pensando a quel battito così flebile, *cesareo* mi è sembrata la parola più sensata del mondo. Avremmo scoperto in seguito che aveva un giro di cordone intorno al collo e uno intorno alla testa.

"Ok, adesso l'anestesista ti aumenta l'intensità dell'epidurale e andiamo in sala operatoria" ha annunciato il Boss.

"Ah, quindi sarò sveglia quando nascerà?"

"Certo."

"Bene. No, oddio: quindi sarò sveglia anche quando mi aprite?"

"Certo."

"Merda. Non potrei dormire invece?"

"E perderti la nascita? Non dire sciocchezze."

Mia figlia è nata alle quattro e mezza del pomeriggio.

Ricordo che ero sdraiata seminuda in sala operatoria su un lettino stile crocefissione, e tremavo tanto da non riuscire a tenere ferme le braccia. Quando mi hanno legata ho pensato: ecco, adesso mi mettono il cappuccio, mi fanno domande sul Kgb e mi prendono a roncolate se non rispondo.

"Sentirai le sensazioni tattili ma non il dolore" ha annunciato il Boss.

Sensazioni tattili? Tipo toccare, tirare, smanettare, pizzicare sapendo che invece mi stanno squartando, rimescolando le budella e ricamando le parti basse? Questo non era previsto, non era nei patti. Io ero per un parto pavido e veloce, attutito da secchiate di epidurale.

Per fortuna è stato permesso a Lui di restare in sala operatoria. Ci hanno issato davanti un telo verde e mentre mi sentivo come se qualcuno mi stesse afferrando e rivoltando dal basso ventre allo stomaco, cercavo di distrarmi aggrappandomi con gli occhi ai suoi e fantasticando – manco a dirlo – dei viaggi che avremmo fatto dopo il parto.

"Una settimana alle Maldive? Tre in Australia? Due weekendini al mese?"

Ero io quella col divaricatore nelle budella, non avrebbe mai osato contraddirmi.

Non è passato molto tempo prima che arrivasse il suono.

Quel suono.

L'ho sentito per la prima volta sotto morfina quindi mi è sembrato bellissimo.

Un pianto. Sembrava lontano e vicinissimo al tempo stesso.

"È nata" ha annunciato l'ostetrica.

"Dov'è, dov'è? La voglio vedere!"

"La stiamo visitando."

"Tutto ok?"

"Tutto benissimo! È bellissima!" ha esclamato invasato il neonatologo saltellando sul posto.

E poi è arrivata, avvolta in un telo verde, si vedeva a malapena il viso. Io ero talmente stordita che mi sarebbe sembrata perfetta anche col secondo naso in fronte, ma la verità è che era bellissima e perfetta davvero. Ho fissato incantata quegli occhi liquidi e semichiusi, quel suo essere sperduta. Era mia figlia: era vera, allora.

"Guarda", ho fatto a lui, "sembra il Papa."

"Ma che gli avete dato?" l'ho sentito sussurrare all'anestesista.

"È vero, guardala: assomiglia al Papa!" ho insistito.

Nelle primissime foto della sua vita mia figlia ha un'inconfutabile somiglianza con Karol Wojtyla.

Sono tornata in stanza e ho trovato un branco di parenti commossi e trepidanti.

"Grazie, sto bene, non piangete."
"L'ho vista passare, è bellissima" ha fatto mia madre.
"Sembra un po' il Papa, eh?"
"Cretina."
"Chi, Ratzinger?" ha chiesto mia nonna.
"No, Wojtyla."
"Ah" ha annuito.

Me l'hanno portata qualche ora più tardi, dopo un soggiorno in culla termica.

"Ecco la tua bambina" ha detto l'infermiera.

"Piacere, sono tua madre" ho detto a quel faccino rotondo color porcellino, con gli occhi stretti e lunghi e una miniatura di naso.

"Certo che hai un pathos..." ha commentato mia sorella.

"Beh non ci conosciamo, mi sembrava un buon inizio."

Era incredibile. Una bambola con le dita dei piedi a posto, le unghiette perfette, i muscoli delle coscette definiti. Non era certo piccola – pesava tre chili e mezzo – ma nemmeno l'elefantina che mi avevano prospettato. Il body taglia zero le stava persino un po' grande. Non riuscivo a staccarle gli occhi di dosso, né a dire una parola. Ero sopraffatta da sentimenti fortissimi ma indecifrabili.

Ci studiavamo circospette, io e lei. Eravamo vicine non ancora per sentimento ma per annusarci, valutarci, riconoscerci. C'era un amore animale e sotterraneo che se ne stava acquattato in profondità. Faceva sentire la sua enorme presenza, ma non ancora i suoi effetti. Mi toccava appena le dita quando accarezzavo quel rospetto rosa con l'attenzione che si usa per le cose molto fragili, o la tenevo accanto al corpo tra il fianco e il gomito.

Non credo di aver mai provato la simbiosi madre-figlio di cui tutti parlano. L'ho subito percepita come una persona altro-da-me, con una propria volontà e personalità, con i propri confini da rispettare, con le sue insondabili regole interiori. Fin dal primissimo giorno di vita.

"È tua figlia" diceva mia madre.

"Certo. Ma è prima di tutto *lei stessa*" pensavo io.

Chissà perché, ancora non riuscivo a esprimere queste sensazioni. Pensavo a tutto quello che mi avevano detto, a tutte le belle parole che avevo letto. Dell'amore istantaneo, della felicità incondizionata. Io dovevo averli smarriti da qualche parte. Essere così sincera con me stessa, per assurdo, mi faceva sentire a disagio. Ufficialmente, i sentimenti materni dovevano restare nei binari stabiliti e soprattutto si presupponeva fossero innati, immediati.

"Potrebbe venirti il latte stanotte, se senti fastidio chiamami" ha detto l'infermiera.

Durante la gravidanza ero arrivata a una quasi-quarta, ma partivo pur sempre da una seconda: quanto latte avrei potuto produrre?

Mi sono svegliata urlando.

Quando è arrivata l'infermiera si è trovata davanti questo spettacolo patetico di me con la camicia da notte slacciata che gridavo:

"È un miracolo! Ho la quinta!"

"Wow!" ha fatto lei. "Prendo la pupa."

Un neonato di pochi giorni è incapace di movimenti coscienti e coordinati, non mostra evidenti espressioni facciali e passa gran parte del tempo a dormire. Tutto ciò cambia improvvisamente quando vede una tetta. Sbatte le palpebre, apre la bocca, tira fuori la lingua e, con una capacità che pochi uomini adulti possono vantare, centra il capezzolo a occhi chiusi.

Una volta attaccata, ciuccia con foga fino a esaurimento (suo o del latte).

Quando ha smesso mi sono resa conto con un po' di nostalgia di avere di nuovo la terza.

Oh, certo, probabilmente dovrei parlare anche del nome.

Ecco, è andata così. Rewind: torniamo al momento del parto. Ci sono io, spanzata, con il Boss che ha le mani infilate nelle mie più intime budella, e per distrarmi qualcuno mi chiede quale nome abbiamo deciso di dare alla bambina.

Ricordo che sono sotto anestesia e ho anche chiesto una pera supplementare di Toradol.

"Viola, Giorgia, Giulia o Greta..." riesco a proferire con la convizione di chi sta per cadere in coma.

"Greeeta!" urla il neonatologo in sala, che chiaramente ha sentito solo l'ultimo nome o l'ha scelto di sua iniziativa, non so.

"Greta?" mi chiede lui.

"Greeeeeeta!" continua il neonatologo appena la tira fuori, ed evidentemente anche quando passa davanti ai parenti per portarla nella culla termica.

"Greta è quasi peggio degli altri che vi piacevano" sussurra la suocera a Lui.

"Ma quindi... Greta?" chiede mia madre perplessa.

"Veramente non saprei, io non l'ho ancora chiamata" rispondo.

"Ma come? Hanno pure appicciato un bigliettino sulla culla col nome!"

"Ah, ok. Posso avere dell'altro Toradol?"

Non è che non fossi partecipe dell'argomento, ma ero appena stata ricucita e non particolarmente propensa a conversare.

La nana si è chiamata Greta per quattro giorni perché l'anagrafe riapriva il lunedì.

Quando siamo andati a registrarla, dopo qualche minuto di intenso dramma – ma soprattutto dopo aver trascorso giorni a mandare sms ad amici e parenti, telegrammi agli emigrati, mail internazionali a colleghi stranieri – abbiamo finalmente deciso di cambiarle nome.

Viola è tornata a casa con noi il giorno stesso, portandosi dietro due pessimi genitori e un sacchetto pieno di bigliettini che recitavano: "Benvenuta Greta!" e addirittura uno con scritto "Greta: un nome bellissimo come te".

Non aveva nemmeno una settimana e già non avrei saputo che raccontarle.

Siamo rientrati con questo passeggino blu e una bambina dentro, e non sembrava vero che da quel momento in poi non saremmo mai più stati soli – *nel bene e nel male* – come disse il Boss.

Abbiamo aperto la porta, posato lei nella culla bianca, disfatto la borsa. Poi ci siamo guardati, stupiti. Eravamo di nuovo noi, come se non fosse cambiato niente e invece in un attimo era cambiato tutto.

"Ma non ho capito una cosa: adesso lei abita qui?" ha chiesto Lui perplesso, esprimendo anche i miei silenziosi dubbi.

Per la serie "mai più senza"

La mia playlist da partoriente, dove ho cercato di iniziare in modo soft (per le contrazioni) e finire il modo hard (nel caso avessi dovuto spingere, per accompagnare le mie grida animali).

Forever, Ben Harper
1234, Feist
Lived In Bars, Cat Power
The Blower's Daughter, Damien Rice
Bird Girl, Anthony and the Johnsons
Hallelujah, Jeff Buckley
Falling In Love With You, Elvis Presley
Northern Lad, Tori Amos
Back to Black, Amy Winehouse
L.S.F., Kasabian
In A Little While, U2
Suzanne, Nina Simone
Karma Police, Radiohead
Paper Bag, Fiona Apple
Lucy In The Sky With Diamonds, The Beatles
Since I Don't Have You, Guns'N'Roses
Lovefool, The Cardigans
Eleanor Put Your Boots On, Franz Ferdinand
Allison, Pixies
Somebody Told Me, The Killers
Malibu, Hole
Cherry Lips, Garbage
Time To Pretend, MGMT
She's Like A Rainbow, Rolling Stones

5
Tette, bugie e baby blues

Il Mm'eh

Tornare a casa è stato surreale.

Era incredibile: avevo partorito. Era successo sul serio: avevo fatto una bambina! Il mio stato d'animo era completamente indecifrabile. Ero un po' felice e un po' disperata, un po' isterica e un po' iperattiva, un po' babyblues e un po' babyboom, un po' mamma e un po' *aridatemiformentera*.

In poche parole ero la solita disturbata mentale, ma più grave e con una figlia.

Se la domanda era "sono al posto giusto al momento giusto?" la risposta erano i ritmi massacranti imposti dalla mia bambina. Anche volendo, non avrei potuto essere da nessun altra parte. Intanto il trittico di organi panza-budella-utero aperti e poi richiusi mi concedevano quell'andatura sofferente che fa tanto madre coraggio ma impedisce la deambulazione base, poi le mie tette da offrire a intervalli regolari traducevano tranquillamente il soggiorno casalingo in arresti domiciliari.

Viola, da subito ribattezzata la Polpetta per la forma tonda del suo viso, tolta dall'asettica culla trasparente della clinica e trasportata tra le balze di Sangallo di quella preparata dalla nonna, aveva probabilmente subito un qualche tipo di shock emotivo.

"Pronto buongiorno, è la nursery?"

"Sì."

"Sono la mamma di Viola, siamo uscite dalla clinica qualche giorno fa."

"Ah sì, mi dica."

"Io mi ricordo che lì da voi avevo una neonata che si sparava sei ore di sonno secche tutte le notti, qua invece me ne ritrovo una che se ne andrebbe tranquillamente a ballare fino all'alba. Ecco. Ho chiamato per dirvi che rivorrei quell'altra. È possibile? Ce l'avete ancora?"

Ero isterica e pronta a tutto. Dopo le prime tre notti a casa, per un totale di nove ore di sonno spalmate su trentasei, pensavo seriamente di abdicare al ruolo in favore di mia madre ma anche della prima che si fosse offerta.

Non so come siano state le vostre notti con neonati o come potete immaginarle. Per capire davvero quello che succede, è necessario un piccolo sforzo di immedesimazione.

Sono le 20.30.

Hai appena finito di dare la poppata della sera alla tua nana, fottendoti come al solito il tg delle venti. Lei sembra tranquilla. Dopo la seconda tetta la sollevi, ti guarda con aria vaga, butta lì qualche sorrisino sparso e spara fuori un rutto che verrà rilevato dai sismografi giapponesi. È soddisfatta. Si addormenta quasi subito.

Sei quasi emozionata: la tua serata è appena cominciata, sono appena le 20.40 e hai almeno tre ore di autonomia completa.

Sorridi. La vita è bella.

Ceni con calma, ti azzardi anche a guardare un film perché ok, sei sulla via della narcolessia ma vuoi sentirti una persona qualunque, una di quelle che dopo cena si guarda un po' di tv. Qualcosa dentro di te dice che te ne pentirai, ma tu da brava masochista resisti: dovranno passare sul tuo cadavere per toglierti queste placide ore di normalità. Ancora non lo sai, ma ci arriveranno vicino.

Lei intanto dorme come un angelo. Non ci sono altre parole per descriverla: in pace, serafica.

Dopo il film ti sistemi con calma in bagno, due coccole con lui, azzardi anche qualche pagina del quotidiano che non hai letto. Sono solo le undici e mezza, chiederà la poppata tra mezz'oretta, forse di più.

No.

Si sveglia presto, troppo presto: alle 23.10. Devi assolutamente tirare avanti un altro po' altrimenti farà i numeri da circo nel cuore della notte. Tiri fuori tutto il repertorio: inizi con la camminata, niente. Partono i saltelli sul posto con vocalizzo "oo-oo": acqua fresca. Accenni una nenia stile monaco buddista: sonno? Macché. Partono le ninne nanne. Lei sembra galvanizzata come una tredicenne al concerto dei Tokio Hotel. Due occhi più spalancati dei suoi li hai visti solo in *Arancia Meccanica*, non è tanto normale. Punti su canzoni più ritmate sperando nell'effetto opposto, inizi con i Beatles, passi per Elvis, sfiori i Green Day.

Lei ti fissa. Ci pensa. E piange.

Il papà la afferra e inizia a correre per il corridoio (da cui il nome). Lei, finalmente, chiude un occhio.

Poi lo riapre.

Andate avanti così, tra lamenti e pianti, fino a mezzanotte meno dieci. Di più è un suicidio.

A mezzanotte e un quarto la pupa è nutrita, pulita, soddisfatta e si assopisce dolcemente tra le tue braccia.

Vittoria! La vita è ancora bella.

La mettete piano piano nella culla, consapevoli che il minimo sobbalzo delle vostre braccia potrebbe distruggere il lavoro di ore. Lei, inaspettatamente, continua a dormire anche quando le sfilate da sotto il sedere la copertina che porcamiseria le dimenticate sempre di togliere.

È fatta.

O almeno, così credete, perché per un buon quarto d'ora il silenzio vi darà alla testa come gas nervino, facendovi sognare di notti interminabili e beata narcolessia.

Invece, inizia tutto con un lamento.

Il lamento, quello esplorativo.

"*... mmm'eh.*"

Un mm'eh sommesso. E stop.

Il mm'eh che potrebbe voler dire le seguenti cose: sto sognando, mi è scappato il ciuccio ma l'ho ripreso, ho cambiato posizione, vi avverto che esisto, mi andava di fare mm'eh ma in realtà dormo, non ero io era un gatto che passava.

Ma tu lo sai.

Ah, se lo sai.

Quel maledetto *mm'eh*. Cambierà tutta la tua nottata, l'infingardo.

Perché un mm'eh non arriva mai da solo.

Lei è lì, al buio in attesa, come una pantera del Bengala che spia la sua preda. Aspetta che tu ceda e la vada a prendere per poi piazzarsi in pianta stabile sul tuo avambraccio fino alle 4 del mattino.

E se non arriva tempestiva una risposta, ecco che il mm'eh diventa un *mm-mm'eh*!

Tre o quattro mm-mm'meh dopo, ecco che inizia il pianterello stile colpo di tosse.

E poi la catastrofe.

Il *ueeee* totale (io non ci volevo credere, ma giuro che i neonati fanno davvero *ue*).

Ti alzi come un ninja, con tre passi arrivi alla culla ma fai un casino mostruoso perché il parquet scricchiola. Culli leggermente la carrozzina per qualche minuto. Le rimetti il ciuccio.

Si calma.

Rifai i passi verso il letto, stavolta due soltanto e poi ti butti a volo d'angelo per non fare più rumore. Ti sloghi una spalla ma la stanza è in perfetto silenzio. Hai ancora un'ora di sonno prima della poppata. La vita è bella, dopotutto.

Metti la testa sul cuscino, ti appallottoli bene nel piumino. Ti sembra di non essere mai stata così comoda e soprattutto di non aver mai avuto tanto sonno.

Cedi al torpore, il tuo corpo è pesante, nella testa compaiono già immagini strane e confuse.

Mm'eh.

E no, porca miseria.

"Dai, ora si calma da sola" sussurra lui in una frazione di veglia.

Fingi di credergli.

Mm-mm'eh.

Ohno, tipregono.

Mmmeeeeeeeeeeeeeeèeh + pianterello alla colpetto di tosse.

Ti alzi: ninja, culla, ciuccio, volo d'angelo, appallottolamento nel piumino.

Mm'eh.

Coosa vuoi che hai appena mangiato, ti ho pulito il culetto e te l'ho massaggiato con la crema, ti ho tolto le caccole dal naso, mi si è anchilosato il braccio a forza di tenertici su e ti ho anche cantando *Pollon Combinaguai*? Cosa devo fare? Travestirmi e ballare il can can cantando la ninna nanna mentre ti cullo in bilico sui gomiti?

Niente.

Lei – che di giorno ha dormito e giustamente ora che è sveglia si annoia – probabilmente continuerà a sfotterti per tutta la notte. Allungherà le pause tra un mm'eh e l'altro per godere nel profondo a beccarti con l'ultimo urlo nella tua fase rem, quando stai sognando di ridare l'esame di maturità e di essere bocciata perché davanti alla commissione non riesci a proferire altro che mm'eh.

Le neomamme

Le neomamme di solito sono buone. Sono pazienti. E sono bugiarde. Se ponete a una di loro, una qualsiasi, domande riguardo le prime settimane di vita del suo nano, vi risponderà una tra le seguenti frasi.

Un angelo: mangia e dorme

Non so, che ti aspettavi, che ti suonasse il *Requiem* di Mozart bendato? Ma grazie che mangia e dorme, che deve fare? Il problema è che lo fa con una frequenza che non aiuta particolarmente la salute mentale della madre.

Prima ipotesi: lei è una di quelle che si bea del suo neonato e che lo definirebbe "angelo" anche se avesse scodellato l'anticristo.

Seconda ipotesi: è una di quelle mamme che te la racconta e, insieme, se la racconta. Se il pupo avesse sei mesi risponderebbe "è un angelo, sta già seduto e mangia tutta la pappa". E all'anno "è così divertente, cammina e ride continuamente". Non la sentirete mai dire che si è bellamente rotta le palle di frullare vitello sgrassato e cantare *Giro giro tondo*. Se lo farete voi, statene certe, smetterà di frequentarvi.

Terza e più accreditata ipotesi: il bambino si chiama Angelo.

Non faccio che fissarlo. Starei a guardarlo tutta la notte

Ve lo dico io: nessuna madre, nemmeno Madre Teresa, nei primi mesi del pupo starebbe sveglia la notte senza un buon motivo. Come spiegarvi quello che avviene appena il nano si addormenta? Pensi "Ah, che bello posso leggere un giorna". Oppure "Vediamo un fil". O anche "Che bel". Il resto è coma.

Al massimo, se rimane un minimo di lucidità, dai una pacca sulla spalla al tuo compagno, in quel momento è il contatto più erotico che possiate avere.

Quindi, prima ipotesi: pippa. E anche di brutto.

Seconda ipotesi: siete davanti a uno dei leggendari nani narcolettici, che già a un mese si sparano dodici ore di sonno filate. Inchinatevi al miracolo e scappate, prima di avere la tentazione di scambiarlo col vostro mentre la madre si stiracchia un attimo.

Terza e più accreditata ipotesi: subaffitta abusivamente il soppalco a una task force di tate peruviane.

Sono un po' stanchina ma è tutto meraviglioso

Lei ha occhiaie scavate col caterpillar, il colorito di un topo morto e un tremore sospetto alla palpebra sinistra. Il sorriso è un po' tirato e, dopo aver proferito la frase, lo lascia lì altri dieci o quindici secondi, per essere più convincente.

Qui è inutile fare ipotesi, è semplicemente affetta da *cazzarellite cronica* della neomadre. Quella che non le farà mai dire che ogni tanto sbrocca di brutto. Che la cacchina santa è in realtà un putrido liquame dall'odore incancellabile. Che allattare ogni dueore è da esaurimento. Che dopo un'ora che piange le verrebbe di lasciare il gas aperto, per vedere di nascosto l'effetto che fa.

È bravo, è bravo

"Ma come va, ogni quanto mangia?"

"Ogni due ore. La notte a volte anche ogni mezz'ora. È bravo, è bravo."

"Argh. E come va coi cambi, i pannolini?"

"Mah, sai, ogni tre ore caga l'inferno in terra. Ma è bravo, è bravo."

"E il resto della giornata? Che fa?"

"Oh, poverino, tra le coliche e la sua irrequietezza quindi praticamente strilla tutto il tempo. Ma è bravo, è bravo."

Vi rendete conto, no?

Ora, le cose sono due: o le neomadri si rincoglioniscono col botto non appena vedono la creatura, oppure si affidano a frasi di circostanza per raccontare un momento che di per sé è parecchio lontano dall'idillio. E più la si racconta in questo modo, più l'utopia cresce e diventa l'unica immagine di riferimento per le povere e distrutte puerpere che, invece, si trovano a vivere una storia ben diversa.

Ascoltatele, annuite, sorridete, ma ricordate sempre: stanno mentendo.

Ve lo dico io: nei primi mesi di vita avrete la tentazione di buttare il pupo dalla finestra almeno tre volte a settimana. Di venderlo su eBay, dalle due alle cinque volte al mese. Di acquistare un volo di sola andata per Ovunquesia, facendo perdere le vostre tracce, circa una volta al giorno.

Poi passa.

In realtà è la ripetitività dei momenti che azzera la qualità della vita. Il ciclo è più o meno latte-cacca-pianto-nanna (non necessariamente in quest'ordine) sei/sette volte al giorno, in loop senza pausa.

Se nei primi giorni cambiate il nano maneggiandolo con l'attenzione che dedichereste alla coppa in cristallo di Boemia di vostra zia, passate le due settimane lo tirate su con la praticità del salumiere col coscio di prosciutto. Sapete cambiare un pannolino al buio con abilità da PitStop ed evitare le merdine a schizzo con lo scodinzolio tipico dello sciatore. La loro gittata non migliorerà l'aspetto della vostra carta da parati, ma che soddisfazione tornare a letto senza dovervi cambiare anche voi.

Imparerete che il nano ama fare pipì nella frazione di secondo tra il momento in cui gli sfilate il pannolino sporco e quello in cui gli mettete quello nuovo (e ringraziavo che la mia fosse femmina, mi ha risparmiato svariati shampo). Che non tutte le potenti vibrazioni delle sue chiappe sono consistenti: in molti casi si tratta solo di gas chimici, infiammabili e velenosi. Che se accorrete al primo lamento che fa, passerete la giornata a fare avanti e indietro tra il divano e la culla.

Stare con la Polpetta nei primi giorni era esattamente questo. Nulla di diverso. Vagavo per la mia vita in stato comatoso divisa tra una neonata affamata e parenti che la veneravano. Facevano quasi a gara a chi la toccava di più, manco fosse stata il piede di san Pietro al Vaticano.

Idem per gli amici in visita.

Gli aprivo la porta ancora col pezzo di sotto del pigiama e la neonata al collo.

"Oddiooo" dicevano.

Ah, si sono accorti che non mi lavo i capelli da due settimane, che ho un rigurgito sulla spalla e le sopracciglia come Frida Kahlo – pensavo.

No: era per la Polpetta. Improvvisamente non mi si cagava più nessuno e anche le mie esigenze di mera sopravvivenza passavano in secondo piano. Ero lì che stramazzavo al suolo e a nessuno importava: per loro era il normale e giustificato carico di stress di una neomadre.

"Come va?" chiedeva ogni tanto qualcuno impietosito.

"Tuttappostograzie" era il verso di risposta, denso di un'ironia mista a disperazione che non coglievano.

Perché tanto succedeva sempre tutto insieme.

Che avevo dormito tre ore la notte.

Che nel pomeriggio avevo dovuto scegliere tra lavarmi i denti e spazzolarmi i capelli, che per tutti e due non c'era tempo.

Che mia nonna era passata a trovarmi per l'ottava volta in tre giorni. Insieme ai nonni paterni. Agli zii. A parenti non meglio identificati. E tutti volevano assistere al mitico momento del bagnetto.

"Ma su, non fare quella faccia" diceva Lui, rischiando costantemente un destro.

Tutto appariva caotico, faticoso e senza sosta. Ero quasi sicura che quella cosa che si chiama baby blues stava arrivando strisciando, e mi sarebbe saltato alla gola quando Lui avrebbe ricominciato a lavorare e io sarei rimasta sola a casa con lei.

In fondo tutto normale, dicevano.

Porgi l'altra tetta

Io partivo da una seconda piccola.

Nella vita avrei immaginato di fare tutto, tranne che produrre latte.

L'allattamento a dirla tutta era un'idea piuttosto vaga, irreale. Mia madre, ai tempi, era riuscita a nutrirmi al seno per un mesetto scarso ed ero segretamente convinta che sarebbe stato lo stesso per me. Ma quali coppette assorbilatte, ma quale reggiseno con apertura facilitata. Mi avviavo a un futuro di biberon e latte in polvere senza nemmeno passare dal via.

E invece...

"Sei sicura che vuoi farlo?" mi aveva chiesto il Boss. "Guarda che è una cosa impegnativa, sia fisicamente che psicologicamente. Tu che sei una povera pazza, pensaci bene."

No, ecco, non ha usato le parole *povera* e *pazza*, ma era sottinteso. Ah, saggia donna, quanto aveva ragione! È ovvio che non l'ho ascoltata. Dovevo in qualche modo dimostrare al mondo e a me stessa che ero capace a fare qualcosa di vagamente materno.

È stato l'inizio della fine.

Io non ho niente contro l'allattamento, sia ben chiaro. Ho qualcosa contro le tette alla spina. Quelle che basta chiedere. Quelle come le mie, a produzione eccessiva e continua. Avrei potuto sfamare tre gemelli.

Dico: siete state inutili per una vita. Un accessorio appena visibile, che la coppa di champagne è passata di moda il secolo scorso. Una vi dà un attimo di fiducia e voi vi credete di essere una quinta. Non si fa.

Appurato che la natura mi stava costringendo a trasformarmi nella Mucca Carolina, era il momento di capire come e quando nutrire la pupa.

Quella sugli orari dei pasti è una delle grandi controversie dei nostri tempi. C'è la famosa scuola dell'allattamento a richiesta, che se poco poco ti capita il nano famelico stai 24 ore su 24, 7 giorni su 7 con le tette all'aria, stile balia contadina di inizio secolo. Esistono schiere di mamme e neonatologi pronti a giurare col sangue che sia la cosa migliore del mondo, i famosi *tetta*lebani.

Non faceva per me.

Ero per il "diamoci degli orari", sperando che lei li memorizzasse e tendesse a svegliarsi sempre alla stessa ora. Il metodo utopico, insomma. Quello che ti fa sentire una fallita se tua figlia non ha fame alle 20 esatte e una madre degenere se ti svegli alle 9 invece che alle 8.30 (anche se è la tua unica mezz'ora di sonno, s'intende).

A volte succedeva il contrario: era lei, miracolosamente, a tirare avanti con un'altra oretta di sonno.

Il risultato era che io mi svegliavo dal dolore, con due tette che sembrano intagliate nel marmo di Carrara ma col peso specifico del piombo. Per intenderci: mi alzavo dal letto e loro rimanevano là, le dovevo tirar su con le mani e un discreto sforzo di bicipite.

Non osavo pensare a dove mi sarebbero arrivate quelle due robe dopo l'allattamento: la rotula era un traguardo ottimista.

Se tutto fosse filato liscio in fondo sarebbe stato un momento bellissimo, così dolce, intimo. Quando si attaccava al seno mi sorprendevo a fissarla intensamente. Era bellissima, su questo non si poteva discutere. Era *oggettivamente* bella, non come quei bambini che nascono con la faccia da Alvaro Vitali e tu devi dire che sono carini comunque. No.

Aveva queste dita sottili e fragilissime, piedini grassi, il minuscolo naso a patatina e due occhi liquidi color piombo. Aveva un modo istintivo e frenetico di lanciarsi su di me non appena sentiva l'odore della mia pelle. Conosceva tre espressioni: una perplessa col sopracciglio alzato, una in cui mi fissava estasiata al termine della poppata, lingua di fuori ed ebbrezza etilica, e una in cui mi imbruttiva pesantemente poco prima di iniziare a piangere.

E purtroppo aveva iniziato a piangere parecchio, soprattutto ore pasti. Durante le poppate improvvisamente si staccava dalla tetta, in un gesto di stizza si inarcava buttando indietro la testa e urlando come una matta; roteava gli occhi, si mordeva le dita e ogni tanto se ne usciva con getti di vomito che prendevano la parete opposta della stanza. Roba che nemmeno un idrante. Ero indecisa se chiamare il parroco della chiesa chiedendogli di correre col crocefisso e l'acqua santa o la pediatra. Ha vinto la pediatra, la quale mi ha spiegato che la cosa aveva un senso diverso dalla colica, dal capriccio o dal mero castigo divino.

"Reflusso" è stato il suo verdetto.

Ebbene sì, mia figlia aveva il famigerato RGE, ovvero reflusso gastroesofageo.

"Come la curo?"

"Non la tenga troppo sdraiata e le dia questo."

Ho letto la ricetta.

"Il Maalox?" ho chiesto ironica, sicura di aver letto male.

No no, era proprio quello. Mia figlia a un mese di vita prendeva il Maalox. Quello che nelle pubblicità è il miglior amico di manager stressati e donne sull'orlo di una crisi di nervi. Non so perché, ma avrei dovuto aspettarmelo.

Le medicine attenuavano ma non risolvevano il problema. Nonostante la cura, ci mettevo dall'ora in su a far mangiare la Polpetta, e con una fatica che la metà bastava. Era come tentare di nutrire un'anguilla col cucchiaino, solo che lei urlava pure e tentava di uccidermi a unghiate. Metà della mia giornata trascorreva in questo modo, il resto non lo spendevo comunque a spasso: tra vestitini da lavare, ciucci da sterilizzare, casa da pulire e almeno un piatto di pasta da cucinare non rimaneva molto tempo, e i quattro piani a piedi erano comunque un deterrente piuttosto forte.

Devo ammetterlo: all'inizio pensavo che tutte quelle storie sul trauma della maternità fossero state inventate da acide quarantenni in carriera in cerca di giustificazione.

Credevo di poter superare le difficoltà con un minimo di buon senso. Ero stanca ma tutto sommato tranquilla, e poi era vero che la bellezza dei bambini ti stregava. Insieme a una buona dose di ormoni ancora in circolo, mi aveva tenuto su per un po' di tempo. Non immaginavo che il trauma sarebbe arrivato dopo.

Forse sono stati gli arresti domiciliari a cui ero costretta, o il fatto che mi fossi trovata completamente impreparata davanti a un kit completo di rogne neonatali: oltre al reflusso c'erano coliche, inappetenza, irritabilità, insonnia.

Anche il fatto che abitassi a quasi un'ora di distanza da qualsiasi parente non aiutava. Se non decidevo io di raggiungere qualcuno, il novanta percento del tempo lo passavo completamente sola, a tentare di placare le ire di quell'esserino arrabbiato. E sembrava proprio che non potessi farci niente: a nulla serviva il

Maalox prima dei pasti, o le palline omeopatiche anticolica sciolte nell'acqua e somministrate con pazienza a qualsiasi ora del giorno e della notte. Non bastava cullarla con amore, e con lo stesso amore lavare e rilavare bavaglini e tutine sempre sporchi, che si accumulavano ai lati del fasciatoio. Un paio di ammolli al giorno, risciacqui, e la volta che, stanca, mettevo tutto in lavatrice, usciva grigio e non capivo perché.

E vederla piangere era uno strazio, e aspettare le liste d'attesa della pediatra lo era altrettanto. Intanto i miei nervi si stavano sfibrando, piangevo mentre lei piangeva, mentre piegavo tutine, mentre lavavo biberon e ciucci, mentre sterilizzavo l'odioso tiralatte.

Iniziavo a odiare l'allattamento. L'idea. La pratica. Le mie tette. Improvvisamente sembrava inutile, anzi dannoso. Tutti mi avevano illustrato benefici e vantaggi della pratica, ma nessuno aveva sprecato una parola su quanto potesse essere stressante.

Un giorno ha dato il meglio di sé: tra pianti, coliche, latte, reflusso e cacche mi sono ritrovata alle 3 di pomeriggio ancora in pigiama. Un dignitosissimo pigiama a righe fucsia e rosa, per carità, ma pur sempre un pigiama.

Ho perso lo sguardo fuori dalla finestra finché non ho incontrato quello di un tizio. Era probabilmente di passaggio, fermo per un attimo davanti alle finestre del meraviglioso loft che stavano ristrutturando nel palazzo di fronte. La prima persona che vedevo dopo non so nemmeno quanti giorni. Non riuscivo neanche a distinguerne bene i lineamenti dietro le gocce di pioggia, ma sono rimasta affascinata. Oh: c'era vita là fuori.

Non ho nemmeno fatto un cenno: sono rimasta lì a fissarlo con la bambina in braccio e il pigiama. Lui ha fatto lo stesso, probabilmente aspettando di capire cosa volessi.

Forse, semplicemente, andarmene da lì dentro. Prendere un pomeriggio di ferie da mia figlia.

Improvvisamente l'ho messa nella culla, mi sono chiusa in bagno e ho iniziato a urlare. Stavo perdendo la testa, capivo di aver bisogno di aiuto.

Ho chiamato Lui: "Scusa, sono in riunione, tichiamodopociao".

Mia madre: "Se vuoi vieni qui". Ora di punta: cinquanta minuti in auto? Anche no, grazie.

Ho avuto un'illuminazione: il consultorio.

"Salve, vorrei parlare con la strizzacervelli delle mamme."

"Con *chi*?"

"Avrete qualcuno per la depressione post-partum, no?"

"Mmm... no."

"Ah. E una per la depressione normale?"

"Oh, certo, ma prima di prendere un appuntamento deve prenderne uno con l'assistente sociale."

"E perché?"

"È la prassi."

"Ah. E quando posso venire?"

"Un attimo che controllo... tra una settimana."

In una settimana mi sarei potuta suicidare un centinaio di volte. Con un bip del cordless ho interrotto la comunicazione. Avrei dovuto cavarmela da sola.

Prima cosa, dovevo identificare il nodo della questione, e nonostante tutti i casini ero abbastanza consapevole che non si trattasse della Polpetta: il problema ero io. Il cambiamento era stato troppo: troppo improvviso. Troppo drastico. Troppo tutto.

Ero abituata a giornate piene di impegni, rumore, risate, tacchi alti, aperitivi. Improvvisamente, con le mani a mollo nel detersivo baby e un body sporco in mano, i capelli legati, pantofole ai piedi e il cellulare assolutamente muto, sentivo che avrei potuto esplodere.

Mi aggrappavo a un'unica certezza: la condizione di madre sciatta, depressa e casalinga mi faceva talmente orrore che avrei fatto di tutto per uscirne.

A scuotermi è stata Vale.

"Ciao! Lo sai che anche mia cugina Giada ha avuto la bambina? Un mese dopo di te" aveva detto la mia amica per telefono.

"Oh, fantastico. L'hai vista?"

"La bambina ancora no, ma con Giada ci sono uscita ieri."

"Ci sei... usci... ieri? Ma tipo per un caffè, una cosa velocissima?"

"No siamo state in centro a fare shopping e poi a prendere un aperitivo." Centro. Shopping. Aperitivo.

"Scusa ma Giada non allatta?" ho chiesto.

"No, non aveva latte."

In quel momento l'unica cosa che ho pensato è stata: che culo.

"Tirati il latte e lascialo a tua madre, così sei libera per qualche ora" mi aveva suggerito qualcuno. Non era ben chiaro al mondo che con un'iperproduzione come la mia, usare il tiralatte era una pratica che si avvicinava pericolosamente al suicidio.

Attaccato il telefono mi sono detta basta, non posso essere la sola neomadre rincoglionita. Sembravo davvero l'unica idiota che non riuscisse a mettere il naso fuori di casa per più di dieci minuti. Le altre passeggiavano lentamente per le stradine illuminate, cullavano i nani davanti alle vetrine dei negozi, uscivano a prendere un caffè con le amiche.

Devo uscire anche io, ora! – mi sono detta – con o senza nana. Ah, *con* per forza. E vabbè.

L'ho presa penzoloni per le ascelle e ho tentato di infilarla dentro al suo piumone integrale. Andando per tentativi ci ho messo dieci minuti, due unghie rotte e un'invocazione a qualche santo, ma alla fine ce l'ho fatta. Era rigida come un salame e imbottita come l'omino Marshmallow di *Ghostbusters*. Scendere i quattro piani di scale tenendola in braccio era fuori questione: marsupio! Ah no, non teneva ancora il collo dritto. Ho preso la fascia da *mami* africana. L'ho infilata a tracolla e poi ho messo lei dentro. Ci siamo allacciate. Ho preso anche un borsone buttandoci dentro il minimo: un cambio, un ciuccio, un biberon, una copertina, due bavaglini, il tiralatte, dei fazzoletti, il portafogli. Mi sono guardata allo specchio: sbucava solo la punta del suo cappuccio, da quella specie di amaca attaccata al mio collo. Dal lamento intuivo che era già incazzata di brutto. Io, vestita a caso, con un borsone e la bambina penzoloni, sembravo una rom. Mi sarei data un euro.

Eppure ho affrontato le scale, il tempo, le apparenze e la sorte. Sono uscita.

Chi ti incontro sulle scale? Gino.

Sfidava gli scalini con un passetto storto incredibilmente veloce. Ovviamente, sputacchiando. Era pazzesco quanto riuscisse a seminare su per le scale. Va da sé che avessi cercato in tutti i modi di non incrociarlo mai, e l'intento sembrava perfettamente riuscito. Fino a quel giorno. Io scendevo con mia figlia appesa al collo, lui saliva (ecco, *saliva* è proprio la parola adatta) con una borsa della spesa e il gorgoglio di chi ha uno sputacchio pronto al decollo. Ho finto di sistemare il cappellino alla Polpetta per evitare di incrociare il suo sguardo e cavarmela con un buongiorno in corsa. Invece.

"Ngior..."

"Bngr... ah ma quest'è la bambina nata appiano de sopra?"

"Ehm, sì"

"E commasechiama?"

"Viola"

"Ah, GIONA! È un maschio?"

"VIO-LA."

"Ah. Bella Biola (Biola????), famme vede' il faccino..."

E lui, sinceramente, pensava che io avrei avvicinato il visino immacolato della mia bimba verso il suo, con quella roba in pole-position pronta a schizzare chissà dove? Tendeva quel ditaccio nodoso verso il suo mento, magari voleva anche toccarla.

"Eh... dorme!" ho detto premendola un po' troppo sul petto.

"Ao. Ngu. Guuu. Eh!" ha fatto lei, smascherandomi vergognosamente.

Il vecchietto mi ha guardata con occhietti maligni. Senza salutare ha fatto gli ultimi due scalini, poi si è girato.

"Comunque domani c'è la riunione di condominio" ha detto con tono minaccioso entrando nella sua casa al primo piano. Il giorno dopo avrebbero presentato il progetto per l'ascensore, ai voti.

Non avrei mai avuto un ascensore.

La luce del sole era incredibilmente calda rispetto alla temperatura della giornata. Ho raggiunto la macchina, che conteneva la carrozzina, e ho trasbordato la Polpetta dalla fascia alla navicella.

Wow. C'era vita là fuori.

La luce, le persone frettolose per la strada, i rumori di voci e motorini, l'odore della panetteria e quello del fioraio. Il visino della Polpetta, così dolce. Le sue mani microscopiche sepolte sotto al tutone imbottito, gli occhietti aperti verso il nuovo panorama, il rumore del suo ciuccio.

Le madri che vedevo passare mi facevano sentire ancora più reietta: felici, curate e dal colorito quantomeno sano. Dov'ero io mentre loro passeggiavano per il quartiere? E dove si comprava quell'aria placida e rilassata?

"Ma che bella bambina!" ha esclamato una distinta signora sui sessanta.

Ho sorriso.

"Quanti-mesi-ha?" ha detto, scandendo bene ogni parola e accentuando il labiale, poi ha aggiunto: "*Months. How many?*"

"Meno di uno" ho risposto.

"Che brava. La tata di mia figlia non lo parla mica così bene, l'italiano."

Sono rimasta pietrificata per un attimo.

Bene. Ero tornata alla vita, ma evidentemente c'erano ancora ampi margini di miglioramento, quantomeno sull'immagine.

One (uno)

Il 4 ottobre entravo in bagno in accappatoio. Le mie docce, se dovevo portare la Polpetta in bagno, duravano il tempo di aprire e chiudere l'acqua. Se invece qualche buon'anima accorreva in mio aiuto, rischiava di non vedermi più riemergere. Madri, dite la verità: durante i primi mesi del vostro nano non avete passato anche voi un po' troppo tempo in bagno? Voglio dire, è l'unico attimo *solo* per voi. Io ci ho letto libri interi, seduta per terra contro la porta, fingendo mal di pancia di varia entità.

Quella mattina sotto la doccia c'era una canzone degli U2 che continuava a girarmi in testa e, mentre la canticchiavo, ho scoperto che la prima strofa mi invitava a una riflessione più approfondita su quella prima mensilità mammifera.

Ho tentato una specie di riepilogo di quanto era successo dalla sua nascita, e forse avrei fatto meglio a prendere un foglio e scrivere una lettera che cominciasse con "Cara Polpetta".

Invece ho seguito la canzone.

Is it getting better? Or do you feel the same?
(*Va meglio o ti senti come prima?)*

La quantità di sonno per notte era leggermente aumentata, il che mi aveva permesso di passare dallo status di cadavere a quello di zombie. Però, rispetto ai primi giorni, ero diventata più disinvolta. Imparavo per prove ed errori e inventavo soluzioni: tenerla a pancia sotto sull'avambraccio come un fazzoletto da cameriere alleviava le coliche, ad esempio. Il carillon la faceva diventare isterica, al contrario di Mario Biondi che la rendeva beatamente catatonica. Non riuscivo ancora a iniziarla ai Beatles, ma sapevo che era solo questione di tempo.

Will it make it easier on you now? You've got someone to blame!
(Sarà più facile per te ora che hai qualcuno da incolpare!)

Sì, *poracreatura*. Era colpa sua se non dormivo, se avevo barattato la vita sociale per delle tette *on demand*, se un rigurgito mi uccideva l'ultima maglietta pulita, ma anche se ero di cattivo umore, se mi si rompeva un'unghia o se andavo all'anagrafe per il certificato di nascita e lo trovavo chiuso per un allarme bomba. Sì. Un Allarme. Bomba. Erano cose che non credevo potessero succedere nel mondo reale, e invece.

You say one love, one life. When it's one need in the night.
(Tu dici un amore, una vita. Quando è solo un bisogno nella notte.)

Mm'eh
"Amore si è svegliata... avrà fame?"
"Ma se ha mangiato un'ora fa!"

Mm'mm'eh
"Dovrà fare il ruttino?"

Mm'mm, mm'eeeeh
"Forse vuole compagnia..."
"Prendila, mettiamola nel letto."

Mmmmeeeeeeeeeeeeeeeeeeeeeh!
"Sono le colichette, sono sicura: vedi come si contorce?"
"Aspetta le massaggio la pancia."

Ueeeeeeeeeeeeeeeeeeeeeeeeeeeeee!
"Forse serve un po' di camomilla. La vado a preparare."
"Io intanto cammino, magari si calma."

Ue-è-è-è

"Tieni tesoro, la camomilla."

"No niente, non la vuole."

"Senti io provo a..."

"Aspetta aspetta forse è..."

PROT.

PROOOOOT.

SQUASH-SPROT-SPRUT-SPUZZSPUZZ-SPROTT.

PROT.

"Guarda amore: ride."

"È l'unica persona che conosco che quando è nella merda fino al collo ride."

"Abbiamo procreato un'ottimista."

"Dici?"

In realtà non è che in quei trenta giorni fossi entrata proprio nel ruolo. Usavo ogni attimo libero per sdraiarmi sul letto e far finta di essere una 27enne qualsiasi che si sta solo riposando un attimo. Con l'iPod nelle orecchie, i miei fidati leggings e i calzini di Hello Kitty di H&M che Lui detestava.

La Polpetta mi dormiva accanto a pelle d'orso, completamente arresa al sonno. Le mancava la bolla al naso come i cartoni giapponesi. In effetti, pensandoci, aveva mutuato parecchie caratteristiche dai personaggi della mia infanzia.

In particolare:

La sindrome di Cicciobello, ma al contrario: occhi beatamente chiusi quando era in braccio, occhi automaticamente aperti non appena la mettevo in posizione orizzontale. Questo succedeva per lo più tra le 5 e le 7 del mattino. Quella notte avevo contato otto tentativi per rimetterla giù facendole chiudere gli occhi, ma niente: dovevano averle montato il pesetto delle palpebre al contrario.

La sindrome di Maggie Simpson: quando stava per perdere il ciuccio – ma non era ancora caduto – lo risucchiava dentro con una potenza pari all'aspirapolvere da tappeto di mia nonna. Una volta ripreso il feticcio gommoso in bocca, produceva un rumore capace di svegliarmi nel sonno. Ero tentata di registrarla e vendere l'mp3 a Matt Groening.

La sindrome di Sbrodolina: la sua si attivava con uno speciale sensore che individuava la tutina pulita appena indossata, facendo partire la sbrodolata di latte laterale. Per intenderci, quella che scende giù per il collo e prende petto, body, tutina e mamma in un colpo secco. Il risultato era che le mie magliette sapevano di caciotta alpina anche dopo un lavaggio con aceto e Napisan.

Stavo riconquistando la mia visione divertita del mondo e, con essa, una parte fondamentale di me stessa. Sentivo di essere sulla buona strada.

Get It Back

La ripresa è iniziata un sabato pomeriggio.

Se c'era un lato positivo dell'allattamento era che mi stava letteralmente prosciugando. Pesavo meno di quando ero rimasta incinta e avevo queste due tette enormi, spavalde e marmoree. Una roba mai vista.

16 anni al liceo: niente tette. Festa dei 18 anni: una seconda minimal. 22 anni in Sardegna: zero zero tette. 25 a Formentera: non pervenute. 27, con una neonata da sfamare, i punti sulla pancia e il divieto di fare sesso per quaranta giorni: la quarta.

Se non era ironia della sorte questa...

Ho mollato la Polpetta a Lui appena finito di allattare, guadagnando quei discreti 40 minuti di margine per non doverla vestire e trasportare, e sono andata a fare la cosa più social degli ultimi tre mesi: cambiare un paio di ghettine troppo grandi.

Con un paio di leggings neri, un abitino turchese sopra ed enormi occhiali da sole sembravo quasi una ragazza normale. Una *ragazza*, non una mamma.

Sono salita in macchina e ho acceso la radio. Passava *In Da Club* di 50 Cent.

D'annata ma d'effetto: ho alzato il volume a palla.

In dieci secondi scarsi la mia forma mentis è tornata a dieci mesi prima, e mi sono sentita *una cifra ggiovane* e anche un po' *scema* nel senso buono del termine.

Stavo lì ferma al semaforo che scapocciavo come un rapper a ritmo della musica e due tizi carini in una Ypsilon nera accanto a me mi hanno pure fatto l'occhietto complice.

Ok, si tenevano per mano e uno era truccato, ma sono stata felice ugualmente: la coppia gay che ti sorride è segno di un'evidente ripresa.

Era un primo passo. Sentire rap pesante e non cambiare stazione, alzare a palla, ballare, interessarmi al mondo esterno. Forse c'erano speranze di salvarmi dal rincoglionimento materno.

Ho cercato di ritagliarmi spazi via via più ampi, finestre sulla vita normale, aria, amiche, shopping, ma anche una semplice spesa poteva costituire la svolta sociale della giornata (se pensate che stavo messa male, aspettate di avere un neonato). Ha funzionato. Col passare del tempo le cose miglioravano, riconquistavo terreno.

Poi è arrivata l'occasione di una cena mondana.

Roba da tacco12, capelli precisi e faccia riposata. Leggi: quello che io non ero e non facevo da circa un anno.

C'è voluta una bella dose di impegno, fatica, euro, correttore da occhiaie, colpi di sole e colpi di spazzola per tornare in qualche modo somigliante a quella di un anno prima, ma sono riuscita a ottenere un risultato quasi accettabile.

C'è stata questa scena fetish in cui ho allattato la nana con le calze nere e le peep-toe prima di mettere il vestito, poi io e il papà l'abbiamo affidata ai nonni e siamo usciti.

E io sono proprio uscita, nel senso, fuori di testa.

Ho chiuso la porta di casa ed è successo che, ommioddio, mi sono completamente dimenticata di avere una figlia.

Stavo lì con questa testa stranamente leggera, le bollicine del prosecco che ci navigavano dentro rendendola leggermente effervescente. E pensavo, nell'ordine: chissà se hanno anche del bianco, speriamo non sia una cena di pesce, chissà se a un certo punto si balla, quella mi sembra di conoscerla, quello è un amico del papà o forse mi sbaglio, uhcchebbelllo sono mezza brilla, yappidabadabadu.

Poi a un certo punto recupero Lui.

"Non starai bevendo un po' troppo?"

"Perché?"

"Eh... il latte!"

Ci ho messo un attimo di troppo a fare il collegamento latte-allattamento-nana. Quell'attimo in cui la mia espressione, da alticcia&giuliva si è trasformata in scioccata&consapevole.

"È vero, io ho una figlia."

"Eh già."

"Ma che davvero?"

E così, in una notte, sono tornata al punto di partenza.

A casa, invece di un bel letto pulito dove arrotolarsi ci aspettava la nonna:

"Eccola" ha detto mollandomi il pacchetto tra le mani, "ha appena fatto la cacca."

Per quanto fosse già passato qualche tempo, a volte mi sorprendevo di tornare a casa e trovarci un neonato.

Tips & Tricks

Lasciatemi condividere con voi qualche facile e pavido trucchetto per una più semplice gestione di quella persona molto bassa che avete per casa.

Fate finta di niente

Il nano è programmato per sporcare nei momenti meno opportuni, primo fra tutti appena gli avete faticosamente cambiato il pannolino alle 5 di mattina. Io faccio così: se sento quel rumorino simile a un tubetto di ketchup spremuto male, guardo l'orologio. Se capita tra le 2 e le 6 di mattina, lo ignoro. Se a qualcuno viene la geniale idea di dire che per questo motivo a mia figlia verranno un sacco di malattie, lo insulto. Ci penso anch'io, ma poi ho talmente sonno che crollo prima di formulare la preoccupazione.

Usate i tappi

Il nano si sveglia la notte, e questo è un dato di fatto. Non sentirlo per qualche minuto permetterà a lui di riaddormentarsi se non ha *davvero* la fame nera che lo attanaglia, oppure spingerà il papino a intervenire prima che voi riusciate a sollevarvi rantolando dalle coperte. Geniale, no?

Fingete malesseri

Se il metodo sopra citato non funziona per far alzare il papino – che solitamente dorme beato mentre voi siete alle 4 di mattina con un nano in braccio, le tette all'aria e l'occhio a saracinesca – ne suggerisco un altro. Fingete un qualsiasi malessere di tipo fisico al termine della poppata, quando dovreste cambiarlo. Vanno benissimo il torcicollo, il crampo al polpaccio, il gomito del tennista e l'anca sbilenca, seguito da un sofferente "Aiuto non riesco ad alzarmi, scusa tienimi un attimo il nano". Dopodiché, semplicemente, non riprendetevelo. Fidatevi, non avrà il cuore di lasciarlo così, pieno di merda (non è mica come voi).

Prendetevi dei complimenti

Quando siete costrette a chiedere una taglia in più alla commessa, ricordatevi di uscire dal camerino palesando la vostra condizione di puerpera. Quando dicevo "Accidenti, non avrei mai pensato di entrare in una 44 un mese dopo il parto", la commessa mi faceva istintivamente i complimenti per la forma anche se sembravo un sottovuoto.

Chiedete aiuto

Questa è la regola numero uno. Non importa se passano a trovarvi, se capitano per caso o se si offrono volontariamente: fatevi dare una mano. Anche due, se necessario.

So che è un esercizio difficile, soprattutto per chi come me era abituata a non chiederlo quasi mai, ma vi aiuterò con alcuni esempi pratici:

Amica: "Ciao! Posso passare oggi a farti un saluto?"

Come risponderesti: "Certo, grazie".

Come risponderai: "Certo. Puoi passare anche al supermercato e prendermi pasta, pelati, prosciutto cotto, detersivo, ammorbidente, carta igienica, un etto di ricotta, pane di grano duro e lo shampo lisciante, quello con il flacone verde e il tappo giallo? Eh? Grazie mille".

Amica: "Com'è bella questa bambina! E come se la dorme!"

Come risponderesti: "Eh già".

Come risponderai: "Eh già. Senti, visto che dorme e ti piace tanto, io approfitto e mi vado a fare un aperitivo con Lui. Ci vediamo tra un'ora e mezza. Questo è il cambio, qui il carillon, se piange agita la carrozzina. Grazie! Ciao, eh. Ciao, ciao..."

Papà

A tre mesi i neonati iniziano a tentare il faticoso passaggio da poppante a esserino. Il primo, subdolo modo in cui ci provano è il sorriso.

Il sorriso del poppante è godurioso e paraculo al tempo stesso. Egli scopre la gengiva, nota che ciò ti aggrada, e ripete l'esperimento. Con totale casualità. Gli sorridi e sorride. Ma anche, lo guardi sconsolata e sorride. Sono le tre di notte e sorride. Stai per lanciarlo dalla finestra e sorride. Caga l'apocalisse e sorride.

La Polpetta aveva soltanto dei problemi con i ritmi. Sorrideva, e dopo una frazione di secondo tornava serissima, guardandomi proprio male. Sorriso. Seria. Sorriso. Serissima.

Però mi squagliava il modo in cui socchiudeva gli occhi e illuminava il viso. Era un piccolo ramarro sorridente al sole. Era una tartaruga con la fronte corrugata e la linguetta di fuori.

Quando ero nel panico, incinta, sapevo che sarebbero arrivati momenti come quello a darmi la certezza assoluta di aver fatto la cosa giusta.

"Mi sa che un po' ti amo" le ho scritto quel giorno, sulla pagina a righe del quaderno rosso.

Ero un po' frustrata di non poter condividere con nessuno la mia esperienza di mamma. Telefonare a Ju, Vale o Pucci voleva dire incontrare affetto e incoraggiamento, ma poca reale comprensione.

No, non avevo amiche con figli. Avevo amiche con chihuahua in borsa, con tre amanti o con contratti a tempo indeterminato. Niente marmocchi.

Forse ci pensavano pure ma, come facevo io, proiettandosi in un futuro molto lontano.

C'era una sola eccezione: Sara. Era quella che aveva preso meglio la notizia della mia gravidanza, ricordate?

Non ero rimasta tanto stupita quando, due mesi più tardi, mi aveva comunicato gioiosa di aspettare anche lei. Gioiosa sul serio. Il bambino avrebbe dovuto nascere proprio in quei giorni.

Ho provato a chiamarla: cellulare spento. Non era da lei. "Vuoi vedere che sta in sala parto?" ho pensato divertita.

Nemmeno a dirlo, qualche ora dopo mi arriva un sms:

"Alle 14.25 dell'8 ottobre, col peso di 3.200 g è nato il piccolo Matteo."

Dopo commenti profondi del tipo "Amore senti come suona bene ottottobre" ho risposto facendo tanti auguri al piccolo Matteo e tanti complimenti alla mamma.

A quel punto è intervenuto il mio ragazzo:

"Non è il caso di fare tanti complimenti anche al papà di M.? I papà non se li fila nessuno durante il parto e nemmeno dopo, tutti lì a fare complimenti al nano e alla neomamma e noi poveracci ci restiamo male..."

"No, capiamoci. Allora: la donna rimane incinta, comincia una scissione ovulare, dà inizio alla vita nel suo proprio e intimo utero che crescerà fino a diventare mille volte la dimensione iniziale, si deve fare le paranoie sui chili che prende e comunque sia ne metterà su non meno di nove, le si gonfiano le tette ma anche le caviglie, le vengono le emorroidi e l'insonnia, fa fatica a camminare e spesso anche a pensare razionalmente dato che contiene più ormoni del pollo ogm, in qualsiasi luogo e momento può essere assalita da dolori atroci e, non sa né quando né come, le scenderà un imbarazzante fiume tra le gambe. Ah, ovviamente dopo dovrà partorire, argomento sul quale mi sono già sufficientemente dilungata a suo tempo. Poi la ricuciono come il tacchino a Natale e la lasciano in una stanza piena di parenti che vogliono sapere com'è andata e vedere il pupo. L'uomo in tutto questo che fa? Qual è il suo contributo? Al solito: una botta e via.

No, dico: e volete pure un grazie?"

La mia vita era stata rigirata al contrario, passata in centrifuga e poi pressata sotto uno schiacciasassi. La sua era solo lievemente diversa, almeno all'apparenza.

So che la pressione psicologica improvvisa di avere una figlia e tutto il resto rendevano la storia poco facile anche per lui. Ma la pratica era rimasta quasi uguale.

La mattina si alzava, usciva, andava a lavorare. Vedeva persone. Parlava con esseri umani. Pensava ad altro che non a un neonato, alle sue coliche e al suo latte. Poteva trattenersi per un aperitivo, dopo. A volte era in viaggio.

Tornava e portava dei regalini per me e la Polpetta. Lo invidiavo.

"Penso che dovrei smettere di allattare" sono finalmente riuscita a dichiarare.

"E la Polpetta?"

"Meglio latte finto e mamma tranquilla, che latte vero e mamma isterica. E poi col latte artificale non è mai morto nessuno. Io ci sono cresciuta! Ti sembra che abbia riportato dei danni?"

"Intendi fisici o celebrali?"

"Simpatico!"

"Ok, e come si fa?"

"Non so, adesso mi informo."

Ho chiamato il Boss.

"Ah... difficile, dice. Impresa rischiosa. Dolori. Ingorghi. Ah ok. Diminuire gradualmente. Ma quanto gradualmente? Oddio."

"Che dice?"

"Che presto mi chiamerà la Milka per attivare una succursale in salotto."

"Ho sempre saputo che ci avresti mantenuti."

"Sì ecco, ha detto che sono troppo mucca per smettere di botto e che mi converrebbe prima diminuire la produzione saltando qualche poppata, ma molto gradualmente, tipo una ogni due settimane."

"Quindi di questo passo..."

"Smetterò di allattare al sesto mese, come da copione. Posso piangere?"

"Solo se non esce latte, altrimenti mi macchio."

Non ricordo se gli ho lanciato solo l'imbutino del tiralatte o tutto il cucuzzaro.

Questo è Halloween

Dopo un settembre soffocante e un ottobre passato a perseguire la ripresa, eravamo arrivati alla fine del mese: Halloween.

Quando io ero piccola, il 31 era Ognissanti e nessuno lo festeggiava. A mia madre non sarebbe mai venuto in mente di prendermi, vestirmi da Freddy Krueger e mandarmi a bussare alle porte dei miei condomini chiedendo minacciosamente delle caramelle, probabilmente l'avrebbero internata.

Io invece a mia figlia l'avrei fatto fare, ho pensato quel giorno vedendo dalla finestra un gruppetto di teschi, streghe e fantasmini che si aggiravano per il vicolo. Certo, non cascava proprio benissimo quanto a condominio al quali chiedere dolcetti.

Nel nostro palazzo abitano coppie di avvelenatissimi vecchietti che avrebbero potuto al massimo rifilare una pasticca Kukident, o più probabilmente rispondere: "Dì a tu madre che cola l'acqua daa' finestra, che quando piagni fai rumore, cherparcheggio dove se mette lei è de Checco der seconno piano, che nzepossono lascià 'e rote der passeggino nell'androne, che i regazzini nun possono girà da soli e che Pina der piano terra c'ha già du' baipasse. Si te vede co' 'sta maschera stira'e zampe".

Avrei potuto portarla nel condominio dei miei, abitato per il settanta percento da parenti, ma non credo che lì sarebbe andata molto meglio.

Tanto per cominciare, a casa di mia madre avrebbe trovato poco e niente. C'è una carestia di schifezze in quella casa da far paura. Voglio dire, un po' di Nutella è un sacrosanto diritto di ogni bambino, no? Invece lei ha bandito qualsivoglia roba cioccolatosa dal 1991, con l'unico risultato di ritrovarsi due figli tristemente magri, che interpretavano la merenda dagli amichetti come la Prova Ricompensa dell'Isola dei Famosi.

Comunque. Quando mia madre si spingeva timidamente a comprare qualche merendina sceglieva le basic tipo plumcake, poi nascondeva il pacco e dosava sapientemente le unità contenute. Una confezione di merendine avrebbe potuto durare tre settimane, o anni se dimenticava dove le aveva nascoste. Non di rado capitava di cercare dei calzini in fondo a un cassetto e stringere la mano intorno a un Buondì mummificato.

Ecco, a pensarci bene forse la Polpetta avrebbe potuto trovare casualmente dei dolci tra le mascherine di quando eravamo piccoli. Dovevo assolutamente insegnarle a leggere le date di scadenza prima che iniziasse a vestirsi, fosse per Halloween o carnevale.

Chissà se le sarebbe andata meglio bussando al primo piano a casa di zia Erre. Probabilmente le avrebbe aperto il cane, poi sarebbe arrivata lei con aria trafelata dicendo:

"Il dolcetto... sì, il dolcetto... humm, il dolcett... tiè! Prendi il dolcetto! Al volo!"

Viola avrebbe fatto un carpiato da ferma e addentato il grande biscotto a forma di osso. Ecco, no, forse sarebbe stato meglio saltare il primo piano e passare al secondo.

"Ciaobbella" avrebbe detto il vicino, Mauro. Una fidanzata ad Amsterdam e una forte tendenza alle droghe leggere.

"Dolcetto o scherzetto?"

"E che me lo chiedi? Dolcetto! C'ho una torta che è la fine del mondo..."

Al terzo piano, oltre a noi, avrebbe trovato l'altra zia, quella precisa. Sicuramente le avrebbe offerto dei biscotti, o un pezzo di crostata.

Polpetta, se vuoi un consiglio resta lì, non salire al quarto piano, non farlo.

Niente, non mi ascolterebbe.

Salirebbe al quarto dove regna incontrastata la nonna.

Suonerebbe circa venti volte prima di riuscire a farsi aprire la porta.

"Nonna, ma che sei diventata sorda?"

"No, stavo trapiantando il ficus."

"Nonna, quello che pesa 15 chili ed è alto 3 metri?"

"Sì, quello tesoro. Anzi già che ci sei, mi fai un favore?"

"Sì?"

"Ecco, dobbiamo anche disinfestare dalle tarme le dodici ante dell'armadio... io le apro e tu lanci le palline."

"Ma nonna io volevo..."

"E dopo quando abbiamo finito accompagni nonna a fare la spesa."

"Con la macchina di zio?"

"No, a piedi. Con questa bella schienetta robusta..."

"Nonna io veramente..."

"Ti ci porta la mamma a fare la spesa a piedi?"

"Il nostro supermercato la spedisce a casa per un euro."

"Lo sapevo che tua mamma era una masticabrodo. E poi come ti veste?"

"Sono vestita da lupetta mannara, nonna."

"Ah ecco che erano tutti 'sti peli. Comunque dopo la spesa andiamo alla messa e..."

"Nonna!"

"Che c'è?"

"Dolcetto o scherzetto?"

"Che vuoi?"

"Se mi dai un dolcetto, nonna, altrimenti ti faccio uno scherzetto!"

"Ah, un dolcetto! Ecco, a pensarci bene devo fare anche due crostate per il circolo del venerdì. Che mi prendi la farina lì, su, nel ripiano traballante sopra il frigorifero?"

"E come ci arrivo nonna?"

"E che ne so, arrampicati."

Natale con i tuoi

A un certo punto i negozi hanno iniziato a riempirsi di gente, in tv è tornata la pubblicità della Coca Cola e il conto in banca è andato in rosso: era Natale. Tutto è iniziato e finito abbastanza presto, ma non così velocemente da non rendermi conto dei cambiamenti.

Era il primo con la Polpetta, di conseguenza il primo in cui non avevo dormito a pelle d'orso fino all'una per poi passare in rassegna i regali con gran gusto, mangiando panini composti da panettone e torrone.

Era il primo Natale in cui non solo avevo visto i miei duemilaseicentotre parenti, molti dei quali durante l'anno giravano in incognito per poi trasformarsi in "tuo zio Gianni di Pescara" la sera della Vigilia, ma anche quelli dei mio ragazzo. Ormai eravamo una famiglia, quindi oltre ai miei avevo anche i suoi duemilaseicentotre parenti, per un totale di cinquemiladuecentosei (ma potrei sbagliarmi) divisi in tre cene, due pranzoni, due avanzoparty, tre passaperiltè.

Era il primo Natale in cui ricevevo doppi regali: per me e per la Polpetta. Visto che tutti sapevano che abitiamo in una casa piccola, ci avevano regalato: il Suv dei seggioloni, un pacco di giochi da bagnetto più grandi della vaschetta, un peluche alto come mio fratello, un tappeto multiattività di 55mq abitabili, una giostrina sonora che prendeva tutta la sua culla e metà del nostro letto (le conigliette volanti ci avrebbero sicuramente aiutato a riconsolidare il desiderio) e pacchi di vestiti per cui sarei stata costretta a cedere uno dei miei unici due cassetti dell'armadio a mia figlia di tre mesi e mezzo. Di questo passo, a tre anni avrebbe avuto bisogno della cabina armadio di Carrie Bradshaw.

Il vero punto della situazione l'avrei fatto a Capodanno, un bicchiere in mano e lei accanto, in carrozzina, con un paio di imbarazzanti culotte rosse da neonato, con i pizzi.

Un anno prima avevo fatto un test di gravidanza. Era il 29 dicembre, lo ricordavo come fosse ieri. L'avevo fatto quasi per gioco.

Un anno prima, la notte di Capodanno, ero influenzata e terrorizzata. Passavo giorni senza fiato, senza pace. Non sapevo scegliere, non volevo scegliere, pensavo di non poter scegliere.

Avrei voluto vedermi quella sera. Perché avrei potuto dire a me stessa "Sarà durissima, ma ce la farai".

Ero diversa. Né migliore né peggiore, solo diversa. Però non avevo nessuno a cui fare le pernacchie sulle pancia al cambio del pannolino, nessuno che si aggrappava al mio calice di prosecco tentando di svuotarselo in testa, nessuno a stringere il mio mignolo così forte da stritolarlo. In poche parole: non avevo lei.

Nel post partum si fanno cose strane

1. Aprire la porta ai tuoi ex colleghi. In pigiama.
Perché? Eh, bella domanda. Perché hai approfittato del fatto che lei dormiva e ti sei messa a dormire pure te. Solo che non ti è suonata la sveglia: ti è suonato il campanello. Solo allora ti sei ricordata che il giorno prima avevi incautamente detto ai tuoi colleghi su Messenger che potevano passare a vedere la nana.
Così te li ritrovi lì davanti, con un grande pacco regalo in mano e la faccia imbarazzata da "*Oddio, forse non era il caso*".

2. Imbottire il reggiseno di carta igienica. Da Ikea.
Non che ti serva una taglia in più, tra un po' quando abbracci qualcuno non ti arrivano le braccia. È che da Ikea si va sempre per le lunghe. E quando una donna che allatta tarda di una mezz'ora, succede anche di trasudare latte come una mucca. È imbarazzante. Specie quando hai sempre preso per il culo le coppette assorbilatte.

3. Lavorare al pc. In topless.
Ma anche cucinare in topless. Pulire casa in topless. Leggere un libro in topless. Perché succede che lei si attacca, poi si annoia e prima che parta con l'altra tetta passa qualche minuto, e tu ne approfitti per fare qualcosa. Il dirimpettaio è convinto che a casa tua si girano i filmini porno, specie quando la riattacchi e urli "*Daiiii, e prendi 'sta tettaaaa!*". Speri di non incontrarlo MAI.

4. Comprare 20 asciugamani. Cm 30x30.
Avete presente quegli asciugamani piccoli piccoli da ospite? Quelli che vi siete sempre detti "*Ma che spesa inutile*"? Ecco. Quelli sono fantastici sotto alle chiappe del vostro amico neonato. Parano gli schizzetti indesiderati prima che finiscano sul vostro immacolato telo da fasciatoio. Per la cronaca, comunque, il tempo di dire "immacolato" e sarà sporco di nuovo. Fate scorte anche di Napisan, vi aiuterà psicologicamente quando li metterete a lavare insieme alla vostra camicetta bianca.

...nei post partum si fanno cose strane

6
(Ri)Presa a male

Manutenzione ordinaria

Nei primi mesi di vita, insostituibili elementi della vostra esistenza saranno i ciucci, il copriocchiaie e il pediatra. La scelta di quest'ultimo è delicata e sono sicura che qualsiasi madre sappia ponderarla a dovere.

Generalizzando per estremi, nella mia breve esperienza ne ho conosciuti di due tipi.

Uno è sorridente e disponibile, rilassato e confortante, disponibile 24 ore su 24. Il suo studio è accogliente, pieno di attestati e di cornici in argento con – spesso – le foto dei suoi bambini.

L'altro è stressato e prossimo alla pensione volontaria, apparentemente oberato di lavoro e perennemente introvabile. Nel suo studio sembra scoppiata una bomba di campioncini medici e sulla scrivania un pupazzo che ha visto giorni migliori attende la bavetta del prossimo lattante.

Il primo è privato, costo per visita: 120 euro.

Il secondo è quello della Asl, gratuito.

La pediatra eletta per l'assistenza del modello Polpetta apparteneva al secondo tipo.

L'avevo scelta per una serie di motivi:

– controllava la nana a ogni visita, anche in quegli anfratti nascosti dove io stessa esitavo a giungere (orecchie, cos'avete capito?)

– presentava qualche attestato alle pareti che non fosse "Miglior porcino della Valbadia 2006"

– c'era sempre la fila

– alla prima visita mi aveva chiesto "E lei come sta?", e io mi ero quasi commossa perché è raro che un pediatra si fili minimamente la madre

– una volta mi aveva risposto al telefono (credetemi, è *tanto*).

Era una donna concreta e sbrigativa, con anni di esperienza alle spalle e due sale d'attesa, quella per i bambini molto piccoli e quella per i bambini molto moribondi. Perché la pediatra della Asl non fa visite a domicilio, a costo di farsi il lazzaretto nella stanza a fianco, così il bambino che arriva con la tonsillite magari guarisce, ma si prende la febbre. La volta dopo va per la febbre e si prende la rosolia. Torna, lascia la rosolia e prende... Vabbè, ok, smetto.

La donna aveva capito con chi avesse a che fare fin dai primi giorni di vita della nana. Non lo facevo di proposito, avevo proprio il terrore che qualche tentativo di autodistruzione della bambina sfuggisse al mio controllo. E la Sids, e i rigurgiti killer, e le cadute accidentali. Perché le disgrazie sono l'argomento di conversazione top delle nonne, e a me le nonne mi fermavano a ogni angolo di strada per fare puccipucci alla creatura.

Ecco perché, anche nella breve esperienza di soli tre mesi, potevo già vantare una serie di aneddoti che la pediatra stessa usava citare come esempio di instabilità psichica genitoriale e scarso senso della realtà.

La pellaccia

Una delle prime sere, dopo il bagnetto, noto che la pelle Polpetta è completamente squamata. Ecco: l'acqua era troppo calda e l'ho lessata! Oddio, lo sapevo. *Amorecorri, ho bollito la bambina. Ma che dici, non è poss... Tieni, tienila che chiamo la pediatra. Dottoressa buonasera, credo di aver cotto mia figlia nell'acqua del bagnetto. No, non strilla, ma perde pelle. È tutta squamata... specialmente sui piedi e sui polsi. Che dice? È un cambio di pelle normale che avviene nei primi giorni e la devo cospargere di olio. E beh certo, una volta cotta la condiamo pure. No, scusi, era una battuta. Grazie eh, gentilissima, grazie.*

La macchia

Altra sera, altro dramma: mi alzo dal divano e metto in pausa il dvd per cambiare la Polpetta e noto una macchia rossa che mi sbircia da sotto i suoi capelli. Opporc. *Amorecorri che la bambina ha l'alopecia. No, forse un livido. O un'emorragia interna. O è il marchietto del mio bracciale che le si è stampato sulla nuca. Cavolo lo sapevo che me lo dovevo togliere. Chiamiamo la pediatra! Sì* LO SO *che sono le 10 di sera. Dottoressa buonasera scusilora ma mia figlia mi sa che c'ha una cosa grave. Una macchia. Rossa. Rossissima. Sulla nuca.... Sì. Ah. Capisco. Come ha detto? Angioma piano. Ne soffre un bambino su tre. Ah. Sparisce da solo. Ok. Amore* nègnente. *Fai play che arrivo.*

Il vampiro

Una sera iniziamo a vedere la partita e sento un lamento. Vado dalla Polpetta e per poco non svengo. Muoooore! Grido. In effetti aveva due belle chiazze di sangue sul petto, e un lato della bocca da cui colava il liquido rosso, una roba alla Nosferatu. Dai calmati magari è solo... Solo cosa? Ha vomitato sangue? Chiamo la pediatra! *Sì* LO SO *che sono le nove e mezza. Dottoressa scusilora, sempre io. Mia figlia, il sangue, la bocca, i vampiri. Le unghie? Cosa c'entrano le unghie? No, in effetti è un bel po' che non le taglio. Mi faccia controllare... Sì, in effetti si è proprio graffiata la gengiva. Buonanotte signora pediatra, mi stia bene eh. Amore* nègnente. *Ma che è, ha segnato Totti?*

Questo per farvi capire. Dal livello ipocondria gravidica ero passata a quello di ipocondria madre. Durante il periodo più intenso del reflusso, oltre al Maalox sulla ricetta la dottoressa aveva segnato anche un blando tranquillante. Per me.

La pediatra, povera donna, non era l'unica su cui sfogavo le mie fantasiose e il più delle volte insensate paure. I medici del presidio Asl di appartenenza ne sapevano qualcosa.

"Buongiorno. Eccomi, ho portato la bambina" avevo detto quel lunedì con un filo di voce alla signora vestita di bianco con occhiali a metà naso.

"Sì, prego. Può accomodarsi in questa sala."

Sei ancora in tempo per scappare... sussurrava una voce dentro di me.

"Mi scusi ma c'è ancora un minuto da attendere..."

Vai! Avanti, scappa! Subito! Sei ancora in tempo!

"Si può accomodare."

No, non farlo! Scappaaaargh!

"Scusi dottore siamo sicuri che è tutto ok?"

"Signora, la medicina non è una scienza esatta, ma la casistica ci consiglia caldamente di procedere."

"Ah! Anche lei ha fatto quel corso sulla rassicurazione..."

"Lei è troppo ansiosa."

Aveva forse visto che in sala d'attesa mi mangiavo le unghie? Che ero l'unica delle tre madri con un tremore alle mani e la bambina ancora insaccata nel piumino?

"Quanto ci mette?" avevo chiesto.

"Un attimo."

"Posso bere un po' d'acqua prima? Ho visto il distributore..."

"Signora."

"Ok ok. Mi dia un minuto."

"Signora!"

"Lo facciamo proprio eh?"

"Facciamolo."

"Siamo sicuri? Sicuri sicuri intendo?"

"Signora!"

"Ok."

"Su, adesso la stenda sul lettino e la distragga con questa bottiglia piena di bottoni."

E io mi ero sentita un'assassina mentre distraevo la Polpetta con quell'attrezzo, perché nel frattempo il medico le iniettava nella coscetta di pollo il vaccino esavalente.

Lei per un attimo non se n'era accorta. Capiva che qualcosa aveva penetrato il suo strato di ciccia neonatale ma non realizzava se ciò fosse bene o male. Poi aveva deciso che era male, e mi aveva guardato con sgomento (proprio tu, madre, permetti questo!) prima di iniziare a piangere.

Al termine dell'iniezione mi avevano chiesto di restare una mezz'ora in sala d'attesa.

"Come mezz'ora? Alla mamma prima di me avete detto dieci minuti!"

"Ma non è per controllare la bambina, è per controllare lei. Mi sembra scossa, non vorrà mica mettersi al volante in quello stato? Uno col Parkinson guiderebbe meglio."

Non avevo potuto dire nulla a mia discolpa. Se reagivo così ai vaccini, alla prima carie avrei dovuto farmi assistere da un'équipe di psicologi.

Tre cuori e un bilocale

È inutile che sia io a dirvelo, tutti sappiamo dell'ormai noto fenomeno che consegue la nascita di un nano: il risucchio dei metri quadri. L'occupazione abusiva delle aree vivibili della vostra casa. L'inadeguatezza degli spazi e delle strutture.

Ho deciso di parlare con Lui il giorno in cui, causa viscidume non meglio identificato, ho rischiato di spalmare per le scale la creatura. In effetti era già da un po' che il discorso mi arrivava sulla punta della lingua senza riuscire a lanciarsi oltre. Era un pensiero che sapevo di dover accettare, ma non riuscivo a formularlo senza intristirmi un po'.

Quella era la sua casetta, il nostro nido da fidanzati, il risultato di un anno di giri per la città a vedere affitti. Per trovare quella giusta. Quella perfetta. E perfetta lo era stato davvero, almeno per un po'. L'avevamo inaugurata insieme, con sesso in ogni angolo e sbronze colossali, e credevamo di continuare esattamente così.

Certo, come no. Nel giro di un anno scarso i trenta bicchieri e le cinquanta candele che conteneva erano state rimpiazzate da pannolini e ciucci, gli spazi riorganizzati, i mobili che dovevano arrivare, disdetti. Nonostante questo, davvero non riusciva più a contenerci, ce ne saremmo dovuti andare.

Ingresso, camera da letto, bagno, salottino e ripostiglio. E oggetti che iniziavano a invadere gli spazi vitali. Dopo il seggiolone, la sdraietta e la palestrina. Senza terrazzo, lo stendino stanziava fisso in salotto accanto ai pensili sospesi di lacca nera (molto avanguardia). Il giorno in cui è arrivato il tappeto gioco ho seriamente pensato di regalare il nostro e usare quello col sole e la coccinella anche per noi.

E poi c'era il dilemma giaciglio. La culla che fino a quel momento aveva ospitato le regali chiappe di Madama Polpetta era stata a fatica incastrata tra il muro e il nostro letto matrimoniale. Il lettino dove l'avremmo piazzato? L'unico spazio libero, quello tra pensili e stendino, ci sembrava un tantino scomodo.

"Credo che dovremmo cercare un'altra casa" ho detto mestamente una sera, a cena.

Mi ha lanciato un'espressione incredula e sconvolta. Avrebbe piuttosto cambiato sesso, religione o fede calcistica. Ma la casa, quella no.

"Non è solo il letto. I vestiti, tra poco non entreranno più nella cassettiera! Inizieranno a regalarci giocattoli ingombranti. Lei avrà bisogno di spazi per camminare, giocare, colorare..."

"Potremmo tirare su un muro..."

"Così poi invece di un salottino abbiamo due loculi alla giapponese. Anzi, perché non soppalchiamo e ci facciamo anche un bed & breakfast un metro sopra?"

"Ieri ho anche parlato con la tizia dell'ultimo piano, forse il progetto per l'ascensore ci sarà."

"E, ammesso che lo approvino, riuscirebbe a vedere la luce prima del 2050?"

"Forse no."

"Tu sai che tua figlia non peserà sempre 5 chili... Tra qualche mese arriverà almeno a 10."

"Beh ma poi camminerà."

Ve lo dico: lui era *genuinamente* convinto che lo step successivo ai primi passi fossero quattro piani di scale a piedi. In realtà io non cercavo di convincerlo, piuttosto tentavo di pensare razionalmente. Mai e poi mai avrei abbandonato quel piccolo appartamento se non fosse stato necessario, ma le esigenze erano decisamente diverse da quando eravamo andati a vivere insieme.

Il giorno dopo ho iniziato a cercare annunci di affitto, fissando appuntamenti con le offerte che sembravano più adatte. Ancora non avevo idea dello strano universo parallelo in cui mi accingevo a entrare.

"Questa carta da parati l'ha scelta la suocera e nemmeno a me è mai piaciuta."

"Abbiamo anche una cantina ampia, ariosa e luminosa. La subaffittiamo al portiere."

"Noi non usiamo la lavapiatti."

"Giovedì non posso farle vedere l'appartamento, ho le amiche a casa per giocare a burraco. Sono tre volte che perdo, le devo rovinare."

"Scusi il disordine, il proprietario non è molto ordinato. Ops. Sono inciampata nel suo pigiama, credo."

"Visitate la casa in silenzio, per favore. Sto cercando l'ispirazione."

"Questo gatto l'ho trovato sul pianerottolo quando ho traslocato. L'ho tenuto. Se vuole glielo posso lasciare."

"Come può intuire dalle medaglie e dal modellino di carro armato scala 1:10, qui ci abitava un militare di alto grado."

"Non mi aveva assolutamente detto di avere dei bambini. Io abito qui sopra e a me non piacciono."

"Ah, non le sembra in buone condizioni? Allora avrebbe dovuto vederla un mese fa!"

"E come le avevo accennato, dal terrazzo si vede la cupola di San Pietro. Come non la vede? È quella lì, in fondo in fondo, quel puntino bianco tra l'antenna di destra e il condominio di sinistra. Ecco, ora la vede? Eh, ma lei ha bisogno di un oculista."

"No, il proprietario vorrebbe lasciare qui tutti i mobili. Sì, anche quella scimmia di peluche a grandezza naturale."

Era incredibile quante informazioni raccontassero quattro mura.

Cercavo casa ma il più delle volte trovavo solo un sacco di storie strane, interessanti, o assurde. Spesso incontravo anche i proprietari. Quelli agguerriti, pronti a tutto per affittarti uno scantinato putrido per 1.300 euro al mese. Quelli esaltati, che avendo vissuto per una vita in quella casa la ritenevano la più bella del mondo anche se affacciava sul reparto gessi dell'ospedale. Quelli affranti, che ancora non si facevano una ragione di dover lasciare le loro abitazioni a un perfetto sconosciuto, e tentavano di scoraggiarti.

Ci avrei messo altri cinque mesi a trovare una casa che andasse bene da tutti i punti di vista. Nel frattempo, mentre la Polpetta cresceva di peso, continuavo a fare su e giù per le scale con lei. Il verricello della vicina mi ha tentato più di una volta, ma ho sempre desistito per paura del Telefono Azzurro.

L'ascensore è diventato in breve uno dei miei desideri proibiti. Ho iniziato a sognarmelo la notte, a sbirciare nelle case attigue per notarne la presenza, a godermi suinamente i dieci secondi che passavo in quello di mia madre, per passare dal piano terra al primo.

Ascensore: requisito fondamentale della mia apparentemente introvabile nuova casa.

Olga

Come avevo già intuito quando ero rimasta incinta, molte madri sono delle vere e proprie eroine. O martiri, a seconda dei punti di vista, ecco. Si prendono cura di tutto: del bambino, del marito, della casa, del cibo, e lo fanno con tale disinvoltura e dedizione da farti pensare che siano fuggite il giorno prima da Wisteria Lane. La mia era una di quelle, io invece avevo dei limiti oggettivi. Qualche mese dopo la nascita della Polpetta avevo deciso di trovare un aiuto per le pulizie di casa.

Io e Olga ci siamo conosciute in una condizione-tipo dei primi tempi: ero a tette all'aria a nutrire l'idrovora, avevo una pila di panni sporchi sulla lavatrice alta uno e ottanta, piatti della cena ancora nel lavandino, topi muschiati nei cassetti della cucina e rotelle di polvere che attraversavano al galoppo i pavimenti.

Mi sono trovata davanti questo donnone sorridente, con un taglio di capelli indecifrabile e una tutina integrale color giallo canarino. Sembrava un meccanico della Lego a grandezza naturale.

Nonostante il caos non è fuggita, anzi si è presentata con dovizia di particolari – "Io due fili maschi! Io sa tutto di bambini" –, poi, osservandosi intorno, con voce da baritono ha esclamato: "No problema, ora fa tuto".

Io mi sono sentita subito un po' meglio, la Polpetta invece, affatto toccata dalla speranza di una casa finalmente pulita, ha iniziato a fare i suoi peggiori numeri da circo.

Mentre cercavo di calmarla al mio meglio, senza sortire il minimo effetto, Olga passava furtivamente davanti alla porta della camera da letto. Si fermava, mi osservava, apriva la bocca come per dire qualcosa, poi ci ripensava e tornava in salotto.

A un certo punto la creatura ha iniziato il suo numero migliore: "Aiuto, accorrete, mi stanno scuoiando". Ho temuto che mi avrebbero citata per schiamazzi anche in provincia, ero sul punto di ordinare pannelli insonorizzati quando Olga si è ripresentata sulla soglia.

"Io deve dire."

"Cosa Olga? Dimmi..."

"Io soluzione per pianto bambino."

Cosa si aspetta una a questo punto? Rimedi poco ortodossi di anziane megere ucraine che bollivano ranocchie nel pentolino per poi darne il brodo ai neonati? Ecco: avevo quasi indovinato.

"Che soluzione Olga?"

"Mie nonne a mio paese dicieva che... nno io non può dire" ha ritrattato, un po' arrossendo e un po' gongolando sapendo che avrebbe finito per dirmelo comunque.

"E dimmi Olga!"

"Dicieva che... No non può dire."

"Olga, e dimmi 'sta soluzione!"

"Dicieva bagnare poco poco panno e strofinare su faccia bimba."

"Bagnare? Con acqua?"

"Eh! No..."

"Con cosa Olga?" ho chiesto senza voler davvero sapere la risposta.

"Con pipì."

"COSA?"

"Con tua pipì bagna poco panno e strofina su faccia di bimba."

"Oddio."

"Funziona! Caccia spiriti brutti che fanno piangere bambino."

"Grazie Olga ma, davvero, non me la sento..."

"Ah ma ci è anche ALTRA soluzione per bagnare panno!" ha fatto lei come illuminata da una geniale intuizione.

"Bene, sono già più felice. E con cosa lo bagnamo questo panno?"

"Con SUA pipì!"

L'ho osservata in silenzio per qualche istante mentre la mia mandibola inferiore cedeva alla forza di gravità. Ero indecisa tra il buttarla fuori e ridere della battuta, almeno fingendo che lo fosse. Poi ho ripensato alla pila di panni da stirare e Olga fuori casa non mi è più sembrata tanto una buona idea.

Nonostante la sua invadenza a dir poco creativa, la corazzatissima ucraina ha migliorato le sorti della mia abitazione, c'è poco da dire. Mentre io mi limitavo a un colpetto di scopa e a qualche distratto passaggio di strofinaccio (non ce l'ho proprio nel dna), lei in un paio d'ore si caricava i mobili, li spostava all'altro capo della stanza e passava il mocio come se volesse procurare a ogni acaro presente in casa una morte per contusione, rapida e violenta. Avrebbe potuto smacchiare la fedina penale di un ergastolano.

Avevo sempre ammirato l'apatico silenzio di certe filippine, mentre Olga diceva la sua su tutto. Non solo sulla gestione quotidiana del neonato, ma anche su questioni futili o, più spesso, sui meglio cazzi miei. Aveva da ridire, ad esempio, sull'organizzazione della mia giornata.

"Oggi no uscite?"

"Ehm, no Olga: diluvia!"

"Ma a bambina fa bene aria."

"Ma la carrozzina è nella macchina, parcheggiata lontanooo..."

"Perché tu non lascia a piano terra?"

"Perché è aperto, esposto-alle-intemperie, capisci?"

"Tu trova tute scuse. Adesso esce!"

"Ma Olga fa tre gradi e diluvia, non mi vaaa!"

"Bambina deve uscire almeno una volta al giorno."

"Ma tu sei ucraina! Abituata a meno venti, alle steppe, alla neve. Da voi una giornata così è Ferragosto! Noi siamo italiani. Sai, no? Con la pioggia diventiamo pigri: casa, calduccio, dvd."

"Popolo di bamboccioni. Sempre a bambocciare, voi."

Poi, per istigarmi a uscire, si affidava a complicate manovre di pulizia avanzata. Tipo lavare bagno, cucina e pavimenti contemporaneamente o spalancare le finestre con zero gradi di temperatura esterna. A quel punto, tanto valeva farsi un giro.

Avendo due figli maschi, Olga adorava gli abitini polpetti. Fosse stata sua figlia l'avrebbe vestita ogni giorno con pizzi e trine, nel mio caso per fortuna si limitava a commentare il suo abbigliamento.

"Tu veste lei da omo. Cosa è questo? Pantalone? Lei bambina!"

"Ma dai Olga, è una tutina. Con questo freddo mica posso metterle la gonna!"

"Tu sempre mette tutina. Questa qui comunque meglio di altra rosa."

"Eh, grazie: l'altra è del grande magazzino, questa è di marca!"

"Anche io preferisce cose di marca. Dura di più e rompe meno. Tu paga qualità."

"Olga, che bel pensiero. Ora capisco perché i beni di lusso non conoscono crisi."

"Sì io preferito comprare una maglietta a mio figlio invece che tre, ma comprata di ottima marca, a outlet."

"Bene. Che marca hai comprato?"

"Marca pollo."

"Pollo?"

"Dai, sì che tu conosce, *la pollo*."

"Non mi pare Olga..."

"Quella con omino del pollo."

"E che è? Lo spennapolli? Il macellaio? Sarà mica quel truzzo di Joe Rivetto?"

"No Giorivetto! Pollo... come tu chiama... pollo Ralf Loren!"

Non ultimo, la donna aveva anche preziosi consigli per la mia vita di coppia.

"Scusa se ti dice. Io visto che tu tirato fuori mutanda a riga e reggiseno con palini."

"Cosa stai cercando di dirmi, Olga?"

"Tu sa. Uomo va sedotto."

"E quindi??"

"Nero sempre di moda."

Evidentemente sotto la tuta da omino Lego si nascondeva una maitresse ucraina.

Niente da dire, in proposito. Olga tentava solo di farmi recuperare le uscite perse, incoraggiarmi all'indipendenza, e istigarmi all'accoppiamento dei completini intimi, ma anche all'accoppiamento in generale, come concetto. Che fosse segretamente stipendiata dalla suocera per il secondo erede, il maschio che avrebbero tanto desiderato?

Orgoglio e incontri

Avevo iniziato ad avere una teoria tutta mia riguardo all'istinto materno. L'affetto innato è una cosa. Lo puoi provare da subito, come sentirne la lampante mancanza. A volte arriva dopo, altre non arriva per niente.

E poi c'è l'affetto che nasce dallo scambio. Che è una specie di scoperta, come un corteggiamento. Per una che da tempo non flirtava se non con la lavatrice, era qualcosa di commovente.

Mia figlia iniziava a comunicare con me. Cosette da niente, eh. Però ricevere un cenno indietro da una neonata che fino a quel momento mi aveva solo usata come distributore automatico era qualcosa di inaspettato.

Rideva se le facevo "Cucùsettete" e quando cantavo canzoni

colte come i Cugini di Campagna, Pupo e *Dolce Memole* (solo per quello avrebbero dovuto togliermi l'affidamento). Si attaccava a qualsiasi cosa le passasse davanti, acchiappandola e ciucciandola selvaggiamente. Aveva imparato a tirarsi su col busto quando le prendevo le manine, segno del fatto che aveva già più addominali di me. Russava!

"Ok, so cosa sta succedendo" le avevo detto un giorno guardandola dritto negli occhi "Adesso mi conquisterai definitivamente. Diventerò una di quelle rimbambite che non fa altro che parlare di *te* e che appena conosce una persona nuova gli mostra la *tua* foto sul salvaschermo del cellulare e quando sarò soprappensiero canterò le *tue* canzoncine. Vero?"

Aveva ridacchiato. Oh, se lo stavo diventando. Avevo comprato anche una reflex digitale con cui le facevo foto al ritmo di un giapponese al Colosseo. Nel giro di qualche giorno avevo intasato l'hard disk del computer e riempito la casa di immagini. Le guardavo e sospiravo, come un ragazzino con l'mms della fidanzatina.

"Sei bellissima" le dicevo "sappi che lotterò per te quando tuo papà tra quindici anni vorrà chiuderti in convento" aggiungevo.

Mi fissava guardandomi davvero, ero un'ombra scura nei suoi occhi liquidi che tendevano ogni giorno più all'azzurro. Non era più una neonata, ma un bel polpettone di 6 chili, splendida nella sua tutina smilza color pesca.

Le mancava solo un dettaglio:

"Tua figlia molto pelata".

"Grazie Olga."

"Io vede altri bambini. Tuti molto capellati. Tua no."

"E quindi?"

"Me fa ridere."

Nonostante questo cresceva davvero splendida. Iniziavo ad andarmene in giro con un certo orgoglio. In fondo grazie alle intimidazioni di Olga nemmeno io ero messa troppo male. Lei continuava a vestirsi come un Lego, ma a me non concedeva nemmeno i calzini rosa sotto i pantaloni neri. Nei tre giorni a settimana in cui veniva a darmi una mano tornavo a essere una persona normale. Eccetto incontri particolari, ovviamente.

Passeggiavo sotto casa quando ho incrociato lo sguardo di una ragazza che ero certa di conoscere.

"Scusa ma tu sei... Alessia???"

Quella Alessia? Che si è messa col ragazzo che mi piaceva al liceo? Che ha sempre pesato KateMoss + 3grissini? Che ha i boccoli naturali di un biondo che il mio parrucchiere non ha ancora scoperto?

"Sì, ciaao cara!" odio, *odio* chi mi chiama cara. "So che hai avuto una bimba, sai, anche io! Oh, eccola quii..." ha detto squittendo e allungando l'occhio verso la carrozzina. "Che amore. È un po' pelata ancora, eh? Alla mia invece devo già mettere le mollettine."

"Accidenti, non sapevo che anche tu... quanto ha la tua?"

"Due mesi."

"Due me.. accidenti, sei in forma perfetta!"

"Ah, grazie. È che sono già tornata in palestra. Aiuta, sai?"

"A me hanno vietato lo sport per tre mesi... ho fatto un cesareo, sai."

Esiste alibi migliore per latitare dallo step?

"Anche a me: cesareo d'urgenza. Ma stavo così bene che non ho resistito..."

Segnarsi: imparare a cedere alla palestra e non ai Ferrero Rocher.

"Ah. Ecco. Sì."

"Ma tu con chi sei sposata? Lo conosco?"

"Non sono proprio *sposata*."

"Ah, vabbè al giorno d'oggi... invece, sai chi è il mio maritino?"

E se non lo avessi voluto sapere?

"Davide."

"Davide? Quello... cioè, lo sportivo?"

"Sììì, ma guarda è una persona molto diversa nel privato. Stupenda, davvero."

"Ah. Senti, cambiando argomento... ma la tua dorme?"

"Oddio sììì, è un tesoro: da quando ha 3 settimane dorme tutta la notte."

Ma perché avevo dubbi? Perché?

"E mangia?"

"Di gusto! Io sono passata subito all'artificiale perché col mio lavoro, sai, sempre in giro per il mondo... E infatti dopo un mese io e Davide ce ne siamo andati un weekend a Dubai. Non sai che favola!"

"Immagino. Senti Alessia, io devo proprio andare..."

"Ah, ok. È un vero peccato. Va bene salutami la tua piccola... come si chiama a proposito?"

"Viola."

"Uh, che bel nome."

"E la tua?"

"Penelope."

Marito sportivo: boccoli biondi e una quarta di reggiseno (modica cifra, con Mastercard).

Forma perfetta: anoressia congenita e relazione con il personal trainer (anche senza Mastercard).

Una figlia che tutti i bambini chiameranno amichevolmente Pene: non ha prezzo.

Areoplanino vs moscerino

La prima pappa è, nell'immaginario collettivo, quel momento in cui la mamma fa l'aeroplanino col cucchiaio mentre l'hangar del poppante abbassa la saracinesca.

Per affrontare il fatidico momento, che io ricoprivo di significati non troppo inconsci come la liberazione dall'allattamento e la ripresa di una vita sociale senza tette al vento, avevo chiesto informazioni.

Ero giunta a qualche conclusione.

1. Un neonato alla prima pappa ha un potenziale di gittata della suddetta pari a un frullatore lasciato aperto. Se vogliamo essere precisi, 360 gradi in ogni direzione, di conseguenza occorre premunirsi. Io mi sono messa la tuta più brutta che avevo, quella dell'Adidas primi anni novanta. Una roba da vergognarsi, non avrei aperto nemmeno alla nettezza urbana (che, forse, mi avrebbe semplicemente caricata).

A lei ho messo un bavaglino di castità, ascellare e con maniche. L'ho chiuso ermeticamente nemmeno avessi dovuto farle fare un sopralluogo al reparto di infettivologia dell'Umberto I.

2. La pappa la devi assaggiare: è chiaro che se fa schifo te la sputa. Avevo fatto il brodo vegetale (e solo per questo voglio un applauso. IO! Io che fino all'anno scorso sapevo fare a malapena il caffè, ho fatto un BRODO VEGETALE!), ho unito la crema di riso, olio e parmigiano. L'ho assaggiata: uno schifo.

Ho aggiunto altra crema di riso, parmigiano e riassaggiato: il semolino dell'ospedale era più saporito, ma vabbè. A 5 mesi e mezzo e non potevo mica farle il riso al curry.

Improvvisamente capivo perché i piattini per bambini erano colorati al limite della psichedelia: quella brodaglia pallida metteva la depressione del malato.

3. Bisognava distrarre il nano mentre lo si nutriva. Io ero aiutata da mia mamma, che per l'occasione ha rispolverato uno Zecchino d'Oro vintage (*Johnny Bassotto* e *Il caffè della Peppina*, altra nota brodaglia schifosa tanto per restare in tema), versi di animali con problemi linguistici ("Mooor!!!" "Mamma... cos'è *mooor*?" "Il dinosauro!") e balletti russi incredibilmente agili. La

Polpetta è rimasta assolutamente indifferente a tutto, tranne quando la nonna ha tentato di uccidere un moscerino in volo. Il risultato è che mia mamma ha spiaccicato insetti inesistenti per un'ora. Il dramma è che tuttora, a volte, per farla mangiare secchiamo moscerini ballando e cantando. Questa delle distrazioni forse non è stata proprio un'ottima idea.

4. Chiedere informazioni alle altre mamme è bene. Confrontare le reciproche pappe è male. Perché il giorno in cui sarai fiera di aver dato un intero vasetto di tacchino a tua figlia trovi quella che "Io non uso gli *omo*, ah che schifo, e come puzzano! Io solo carne fresca, che cuocio e omogenizzo da sola". Ma anche quella che "Io sono per l'autosvezzamento. Ma quali pappette insipide, il mio bambino sceglie da solo cosa assaggiare". Mi sono sempre chiesta cosa fanno se il pupo a 10 mesi reclama la pizza funghi e salsiccia.

5. La pappa finisce in due modi: o in testa a te, o in testa al nano. Non vado fiera di confessare che in un momento di crisi ho fatto uno shampo di *tempestina* a mia figlia. Succede anche nelle migliori famiglie: il rifiuto del cibo genera mostri.

Dallo svezzamento in poi, *omo* o non *omo*, il rapporto con la Polpetta è decisamente migliorato. Poterla lasciare qualche volta a pranzo da mia madre e prendermi due ore libere per un pranzo con le amiche ha restituito un minimo di indipendenza, quindi di equilibrio, alla mia sconvolta esistenza. Forse ha restituito anche un po' di colore alle mie guance, e un po' di quell'aria che avevo prima. Tornavo a sembrare *me stessa*, e la sensazione era inebriante.

Semafori per l'autostima

"Ciao..."

Abbasso la radio, mi giro e tiro giù il finestrino della macchina. A parlare è una specie di Taricone a 16 anni con uno showroom di brufoli sulle guance. È blindato in una microcar nera coi vetri rossi a specchio e ascolta musica house a palla. Ha occhialoni neri, un amico accanto, il gomito fuori e... oddio. Ce l'ha con me.

"Ciao" rispondo un po' perplessa.

"Senti che sai come s'arriva a viale Mazzini?"

"Dunque, sempre diritto poi al semaforo giri a sinistra."

"Ah grazie" dice ridacchiando insieme al suo amico.

Io rialzo la musica e faccio due metri in avanti, c'è una fila spropositata.

Mi si riaccostano.

Beep.

"Ciao senti..."

"Dimmi."

"Mi serve un'altra indicazione... il tuo numero di telefono."

"Ma non te vedi? Stai dentro a una microcar! Potresti essere mio nipote!" (e sei pure brutto, avrei aggiunto)

"Mi piacciono quelle mature."

"Matura a tua sorella."

"Eddai fai la simpatica... poi quanti anni avrai? 23? 24?"

"... ntotto..."

"Ammazza sembra di meno. Vedi, pure Michele dice che sembrano di meno." L'amico a fianco annuisce.

"Grazie."

Altri due metri in fila poi semaforo di nuovo rosso.

Beep.

"Ciao senti... ma che altro mi dici di te?"

"Che non mi piacciono i minorenni?"

"Dai fai la seria."

"Ok allora: mi piaci da morire e penso che potresti essere l'uomo della mia vita. Con te prenderei il primo volo per sposarmi a Las Vegas *ma* purtroppo sono impegnata. Peccato."

"Michele dice che non sarà questo a tenerci lontani."

"Ok. Allora. Lo vedi quel manico nero che spunta dal sedile posteriore?"

"Che è, 'na borsa con un cadavere? Mi piacciono quelle pazze, tipo... che girano coi coltelletti."

"Peggio: è la navicella con dentro mia figlia di 5 mesi. Ti piacciono quelle pazze, tipo... che girano coi pannolini?"

Pausa di silenzio.

Scambio di sguardi con Michele.

Scatta il semaforo.

Vrooooooooooooooooooooooooaaaaaam.

Polpetto non deve morire

Un giorno di luglio, quando ero all'ottavo mese e non sapevo nemmeno cosa fosse un eritema da pannolino, il mio ragazzo era tornato a casa con un pacchetto:

"Mi hanno regalato un gioco per la nana".

"Bene! Cos'è?"

"È un bruco con la faccia da imbecille."

Da quel giorno *Polpetto* entrava nelle nostre vite. L'ho tenuto in un cassetto per mesi fin quando, un giorno qualunque, mi sono ricordata di quel giocattolo ancora imballato nella sua scatola. "Proviamolo" ho pensato. "Col culo che mi ritrovo appena lo vede piange."

Una paura del tutto infondata. Pochi attimi davanti al viso di mia figlia e scoprivo che il bruco era la cosa più vicina al miracolo che avessi mai visto.

Su di lei aveva un effetto più che ipnotico, direi oppiaceo.

Merito probabilmente dei suoi forti contrasti interiori: mentre intonava tranquillizzanti melodie neonatali, la faccia tonda si illuminava di un inquietante color arancione lasciando gli occhi nero pece, come nella migliore tradizione delle bambole assassine.

Probabilmente mia figlia pensava fosse meglio star zitta piuttosto che essere divorata viva da un bruco verde con la faccia da imbecille. Polpetto ha salvato intere nottate mentre, amichevole e rubicondo, terrorizzava mia figlia inducendola al silenzio.

Il dramma è accaduto una mattina.

Accadeva che la sottoscritta lo prendeva per metterlo a posto e invece se lo dimenticava poggiato sul ripiano del bagno. È bastato un attimo, urtandolo col gomito mentre il rubinetto era aperto.

"Uh ma guarda dove avevo messo Pol... *pluf.*"

Il viso della Polpetta era una maschera di terrore. "Pol*pluf* in che senso?" le si leggeva in faccia.

Inizialmente ho finto grande tranquillità. L'ho sollevato, strizzato un pochino e premuto la sua pancia in attesa della musica. Silenzio.

A nulla sono valsi i tentativi di rianimazione. Polpetto si è illuminato a intermittenza come l'albero di Natale e sembrava essere spirato tra le mie braccia, sotto gli occhi esterrefatti di mia figlia.

"Oh, io sono riuscita ad aggiustarti il Dolceforno, figurati se non sistemo quel verme" ha detto mia madre apprendendo la ferale notizia della dipartita. Suonava come una minaccia.

Ha smontato Polpetto pezzo per pezzo. L'ha steso fuori durante le ore di sole e l'ha piazzato sul termosifone durante la notte. In tre giorni, quel bruco è rinato e insieme anche noi.

Polpetto era l'unico che mia figlia teneva accanto. Non tollerava molti altri giocattoli, nonostante nonne e parenti si fossero prodigati in doni e spese a scopo ludico.

L'*elefante spiaccicato* era arrivato in casa insieme alla nonna paterna. Pupazzo specifico per neonati, quindi piatto come un cuscinetto, l'elefante giaceva a quattro di bastoni con un'espressione beata in volto. All'interno conteneva un sonaglietto.

"Ancora gli hare-krishna? Ma non dormono mai..."

"No amore, tua madre ha regalato un elefante alla Polpetta."

"E che gli è successo, ci sei passata sopra con la macchina?"

Sempre per la serie "specifici per neonati", è arrivata una *testa d'orso*. Ho aperto la scatolina regalo, di una nota marca di peluche e ho scoperto il visino di un orsacchiotto. L'ho tirato su e... sorpresa! Dell'animale c'era solo la testa. Il resto era una copertina a forma di sole.

"Dov'è. Il resto. Dell'orso."

"L'avranno regalato a un altro bambino. Sai, le famose copertine con un braccio d'orso."

Sulle istruzioni era indicato che la morbida stoffa avrebbe tranquillizzato il neonato nel sonno. Sì, ma la testa d'animale? Completavano il quadro una serie di carillon dalla dinamica inquietante.

"Come funziona?" avevo chiesto a Lui rigirandomi tra le mani una bambolina che non presentava nessuna cordicella.

"Qui sulle istruzioni dice di…uhm, tirarle il collo."

"Scherzi?"

"No no, c'è l'illustrazione…" ha detto indicando il disegno dove una mano le staccava letteralmente la testa dal collo.

Della collezione facevano parte anche una farfalla che suonava soltanto se le strappavi il cuore dal petto e un roseo coniglietto con un anellino che sbucava dal sedere. Emorroidi? Colon retto? Non ci era dato saperlo. Però dopo il trauma suonava un grazioso *Per Elisa*.

La fuga dell'ormone

Ammetto: ero stata ingenua. Pensavo sinceramente che dopo la nascita della nana alcune cose sarebbero tornate esattamente come prima, ma mi sbagliavo. Non succede subito, almeno.

Il sesso, dopo un figlio, è diverso. *Questa* è proprio una di quelle cose che le mamme non dicono.

Non conoscevo genitrici abbastanza giovani da poterle interrogare a riguardo, quindi ho scritto su un forum for-mommies:

"Scusate, ma è vero che *dopo...?*"

Si sono quasi offese. "Ah! Questi luoghi comuni!" recitava Mammetta128. "Io e il mio compagno lo facciamo anche più di prima."

"Non cambia proprio niente di niente. Non capisco come mai questa domanda.." confermava DolceMamy.

È chiaro che tutto dipende da cos'era per voi il sesso, prima. Se era un dolce appuntamento bimestrale non noterete la differenza. Se era sinonimo di lieve ebbrezza, perizomi neri, cibi dolci e spalmabili, ninfomania creativa e scenari random allora diciamo le cose come stanno: all'inizio non sarà più quello di una volta.

Non è che proprio cambi di per sé, come atto, a meno che tu non abbia partorito naturalmente un bambino di 5 chili e invece dei punti t'abbiano messo la zip per fare prima. Cambia il tempo che si dedica a se stessi e alla coppia, quello in cui si prepara il terreno all'ormone. Cambiano le abitudini e gli orari. Cambia l'umore alle 11 di sera. Se prima era "L'ultimo bicchiere e ci sdraiamo sul letto" diventa "Una camomilla e svengo".

Diventa rischioso sacrificare all'altare della libido quella che potrebbe essere la tua unica ora di sonno. Il gioco non vale la candela.

Dopo aver sperimentato in gravidanza una tempesta ormonale degna di un 15enne, di botto gli amici ormoni chiudono il trolley e se ne vanno. Così, senza dire una parola. Non ne rimane nemmeno uno a tenere il presidio. Il processo è inevitabilmente accelerato dalla mise postparto, dai punti e dalla pancera, ma anche dalla stanchezza che si accumula giorno dopo giorno e ti fa sentire come se stessero costruendo il Taj Mahal sulle tue palpebre.

Il letto, un tempo luogo del peccato, assume tutt'altra accezione.

Lui, che non aspettava altro che vederti sgonfiare per poter finalmente fare sesso senza sentirsi come uno che abbraccia un pallone da ginnastica correttiva, ci rimane malissimo. È buffo, finché sei un cocomero con le vene varicose e i piedi gonfi ti butti su di lui con passione. Appena smetti di fargli senso perdi totalmente interesse.

"Amore..." chiama con desiderio intorno alle 11 di sera.

Tu sei sdraiata a letto con il pigiama a pallini a sfogliare la prima rivista dopo un mese, sorseggiando una camomilla. Se ti vedesse tua nonna ti direbbe quanto sei anziana.

Nemmeno sollevi lo sguardo. Basta un "eh" sospirato, in risposta. Tanto lui capisce, poraccio. Poi dici che gli uomini scelgono il sesso a pagamento. Io al mio gli avrei regalato un pacchetto di dieci sedute, tanto mi sentivo in colpa.

E poi c'è un'altra cosa.

Dopo essere rimasta incinta, il sesso acquista anche un nuovo, inquietante significato: la procreazione. Il risvolto biblico della pratica, che anni di preservativi e *Sex&theCity* ci avevano insegnato a ignorare, torna prepotentemente a farsi valere.

E capitano cose strane.

Durante le scene hot dei film: "Poracci, pensa se gli nasce un figlio adesso mentre lui deve andare in guerra e lei ha scoperto che la nonna era della Cia".

Per strada: "Guarda come si baciano: questi tra un'ora stanno a letto. Speriamo che lei prenda precauzioni".

In farmacia: "Vorrei una scatola di pillola. Anzi, due. E mi dia anche dei preservativi. Sì, quel pack da tre in offerta va benissimo".

Teorema (ovvero: i nani aspirano al suicidio)

Prendi una nana/
legala male/
lascia che t'aspetti seduta/
mentre ti lavi e sei distratta/
s'è buttata dalla sdraietta/

Non importa quanto stiate attenti a movimenti, spigoli, colpi, oggetti. Non importa cosa vi abbiano detto riguardo lo sviluppo del vostro nano, a che età inizierà a muoversi e a spostarsi coscientemente. Dai 6 mesi in poi tutte le sue energie saranno rivolte a un solo obiettivo: uccidersi.

Ero come ogni mattina in bagno a fare la doccia. Lei gorgogliava strani suoni di fronte a me, sulla sdraietta. Ciclicamente tiravo fuori un piede e la dondolavo, schiattando di freddo.

Era così sorridente e tranquilla – pensavo insaponandomi. E in che modo carino iniziava a sollevare il busto da sola*aaaaaargh*.

Ho sentito il tonfo prima di riuscire a comunicare alle mie terminazioni nervose di muovere le gambe. Si era sollevata – lei, che fino al giorno prima a malapena si prendeva i piedi – tanto da sbilanciare la sdraietta in avanti e farla cappottare.

Adesso giaceva a testa in giù sulle piastrelle del bagno, con quell'affare ancora attaccato dietro tipo tartaruga. Il tonfo era stato ovviamente la testa.

Ho pensato le seguenti cose: adesso muoio, adesso muore lei, dove diavolo ho messo il numero della pediatra. Ho afferrato la pupa in lacrime e ho iniziato a comporre il numero dello studio: segreteria telefonica. Il numero del cellulare: spento.

"Oh, Dio! Dove sei quando ho bisogno di te?" e mi riferivo alla pediatra, non all'Altissimo, ma evidentemente Lui si è sentito chiamato in causa perché dopo tre minuti è squillato il telefono:

la pediatra. Il fatto che un medico della Asl ti richiami è classificabile esclusivamente come intervento divino.

"Non farla addormentare per le prossime due ore e controlla se vomita. Se succede una di queste cose o la vedi strana, fatti un giretto al pronto soccorso."

Sarebbe stato un consiglio estremamente sensato ma, soprattutto, che avrei continuato ad applicare per i successivi sei mesi. Io già pensavo di precipitarmi all'ospedale in accappatoio con la bambina urlante, ma in effetti la Polpetta si era velocemente tranquillizzata. Non ha dato cenni di sonno, non aveva vomitato, non era affatto strana: anzi. Ha iniziato a ciucciarsi le dita una per una, con gusto e mi guardava con disappunto. "Mamma, non ci pensare."

Ho imparato a suon di colpi al cuore che, se un bambino dovesse essere ospedalizzato ogni volta che cade, si passerebbe più tempo al pronto soccorso che a casa.

Nei mesi successivi la Polpetta sarebbe scivolata dal divano. Si sarebbe tuffata dal passeggino. Sarebbe atterrata di testa su un cassetto dell'armadio. Avrebbe preso volutamente a capocciate un muro.

E poi: dita schiacciate, graffi, sbucciature e una serie interminabile di culate quotidiane. Quando mi dicevano che i bambini sono di gomma, io pensavo a madri distratte e poco apprensive. Adesso scoprivo che per sopravvivere al primo anno di vita occorreva semplicemente una dose extra di noncuranza. Nel mio caso, vista l'ipocondria, *pere* di noncuranza.

Comunque la metti è sempre colpa della madre

A un certo punto la Polpetta ha iniziato a svegliarsi diverse volte a notte. Pianti e urla improvvise che ci facevano saltare di mezzo metro dal letto.

“È che tu avevi un sacco di coliche” affermava mio padre. “Saranno tornate anche a lei.”

“È che tu sei nervosa e le trasmetti il nervosismo” sentenziava mia madre.

“È che tu facevi un sacco di incubi, magari li fa anche lei” sparava a caso mia zia.

Nello stesso periodo aveva iniziato a rognare in continuazione. Ovunque la mettessi, in qualsiasi modo la intrattenessi. Sembrava provare anche un certo gusto nel lamentarsi.

“È che tu eri una rompipalle, avrà preso da te” incalzava mia madre.

“È che si annoia, anche tu ti annoiavi sempre” aggiungeva mio padre.

“È che tu non le dai abbastanza attenzione” concludeva mia sorella.

Poi le è calato l’appetito, e ogni pasto era diventato un dramma.

“È che tu sei sempre stata inappetente e magrolina: vedi? Lo è anche lei” diceva mia madre.

“È che tu le dai troppa roba” buttava lì mio padre.

“È che quello che le dai le fa schifo, evidentemente” faceva mia zia.

Alla fine ha iniziato a mettersi in bocca qualsiasi cosa. Bisognava sistemarla a distanza di sicurezza da qualsiasi cosa, anche dal tavolino, perché era capace di piegarsi a novanta gradi e limonare furiosamente l’angolo.

“È che tu...” avevano iniziato i parenti.

Rassegnata, ho parlato con un’amica che aveva un nano treenne.

“Sai, ultimamente la Polpetta si sveglia... blabla... inappetente.... blablabla... tu che dici?”

“È che tu...” ha iniziato.

“Eh no, eh! Ora basta dare le colpe alla povera madre imbecille!”

“No, volevo dire: è che tu le devi mettere un ditino in bocca.”

"Sì."
"Senti qualcosa?"
"Una puntina."
"È bianca."
"Sì..."
"È un dente, tranquilla."

Ho odiato i miei parenti.

Mi stavo già iniziando a fare una serie di pippe mentali: oddio, sto crescendo una figlia nevrotica, anoressica, aggressiva, rompipalle, noiosa e, soprattutto, che si limona la prima cosa che passa.

Non preoccupatevi: è normale che diano tutti la colpa a voi, per qualsiasi cosa. Da Freud alla maestra d'asilo, passando per le nonne e il papà, non importa quanto impegno ci mettiate: ufficialmente state sbagliando tutto. Ufficiosamente, nessuno si offrirà mai di sostituirvi in alcunché.

Provate a dire: "Se sono tanto impedita, perché non mi dai una mano?"

"Perché *sei tu* la madre!" vi risponderanno. Che è un po' come riassumere "hai voluto la bicicletta?".

Una cosa a tre

La verità era che, per quanto le cose migliorassero, non avevo ancora riconquistato un equilibrio. Non riuscivo ancora a fare pace con i dettagli pratici della mia vita. Guardavo le altre mamme con sospetto, certa che dal mio viso, dai miei gesti e dalle mie parole trapelasse quella frustrazione che condiva le mie giornate. L'immobilità e la lentezza dei ritmi dettati da Polpetta, che nonostante la buona volontà sentivo pesare sul mio ottimismo. Il confronto con le amiche, sempre prese da altro, che parlavano una lingua fin troppo nota. Chiamarle e sentirmi rispondere delle frasi di circostanza, dettate da una beata e innocente ignoranza della vita di madre, era semplicemente inutile. Chiedere cosa stessero facendo di bello mentre io ripetevo gli stessi gesti, semplicemente troppo. Parlavo più con Olga che con loro, infatti avevo iniziato a sbagliare i congiuntivi.

Ero conquistata da mia figlia? Oh, certo che sì, ma non ancora dalla vita che imponeva, semplicemente lontana dalla mia natura, spesso alienante. Avevo voglia di fare anche *altro*. Essere *altro*.

Bastava un niente, alla mia testa, per vagare altrove. Una canzone alla radio, che mi faceva venir voglia di mettermi i tacchi e ballare. Una serie tv ambientata in un caotico ufficio. I consigli per lo shopping dei magazine di moda. Vivevo intrappolata nel momento, senza riuscire a proiettarmi in un futuro dove la mia vita avrebbe potuto davvero tornare ad assomigliarmi.

Forse perché, al contrario di quanto mi ero immaginata, era successa una cosa strana. Da quando ero diventata mamma io *non ero* cambiata. Tutte quelle paure riguardo al perdere se stesse, al ritrovarsi diverse, mi sfioravano appena.

Era cambiato quello che mi trovavo a fare, ma non la mia essenza. Per questo era così – come avrebbero detto nei film – *maledettamente difficile*. Perché mi sentivo esattamente la stessa, quella potenzialmente in carriera, che voleva andare in vacanza all'estero ed esplorare l'Europa in dieci weekend, che amava l'alcol e la cioccolata (meglio se insieme), che mischiava intimo sexy e calzini idioti, che era capace di salire su un aereo con un minimo preavviso, che sculettava mentre si asciugava i capelli anche se non sentiva più la musica, che "Il tavolo l'ho pagato, quindi ci posso anche ballare sopra", che imprecava come un camionista al derby, che spendeva indistintamente giornate fuori a far casino o sdraiata sul tappeto della propria stanza a disegnare cullata da un cd. E invece ero lì.

È solo che, parallelamente a questa me stessa, ne era nata un'altra. Che aveva aperto gli occhi insieme a mia figlia, era sbocciata tra le sue ciglia e cresciuta stretta tra le sue dita leggere. Aveva osservato estasiata la meraviglia di ogni suo piccolo gesto e si era sorpresa nel pensare che quegli occhi avevano preso forma dentro di lei, che quel corpicino si era nutrito del suo cibo ed era stato cullato dal suo respiro. Aveva accarezzato la sua testolina fragile mentre dormiva, le aveva fatto sentire il suo respiro per calmarla, l'aveva cullata per ore. Si era strappata in mille pezzi a ogni pianto, e ricucita pazientemente a ogni alba. Era una me stessa senza alcuna certezza se non quella di amare quella bambina in modo incondizionato, e questo rendeva giusto tutto ciò che l'altra me stessa riteneva frustrante. Regalava il gusto dell'irripetibile a ogni istante della sua vita. Riconosceva la materia preziosa di cui era fatto quell'attimo di esistenza.

Ecco: queste due me stesse si scannavano.

Dentro di me ospitavo delle continue guerre civili psicologiche. *Mi prendo cura della mia bambina e voglio farlo, davvero. Ma allora com'è che al tempo stesso vorrei scappare, far finta che nulla di questo sia successo, ricominciare la mia vita com'era prima?*

"Sono tante cose. Tra queste, ora sono anche madre", avrei voluto esprimere, ma era una concezione della maternità che non riuscivo a far capire a molte persone, a esempio ai miei genitori.

No: impossibile. Se lasciavi spazio al resto di te, non eri un bravo genitore. "Ora sei mamma" continuavano a dirmi a ogni mio cenno di insofferenza.

Suonava come una condanna senza appello, un radere al suolo tutto il resto per questo enorme, ingombrante e totalizzante compito: "Niente grilli per la testa, è ora di prenderti le tue responsabilità".

È vero, le priorità erano cambiate, e mia figlia veniva prima di tutto.

Ma continuavo a esserci anch'io, con le mie due interiori, quella di prima e la mamma. C'erano cose che non intendevo lasciare indietro.

Cose che non ero disposta a sacrificare.

Le gioie della maternità

Quando lei ti sorride
... perché se l'è fatta sotto.
Quando lei si sveglia al mattino e ti guarda
... ma in realtà sono le due di notte.
Quando lei inizia a capire che sei la sua mamma
... e piange.
Quando ti sorprendi a fissarla
... perché quella macchia marrone sulla tutina prima non c'era.
Quando senti le sue manine tra i capelli
... poi le chiude a tenaglia e te ne stacca una ciocca.
Quando uscite a fare una passeggiata insieme
... e ti devi incollare lei più 8 chili di passeggino più la borsa del cambio più la tua borsa più varie ed eventuali.
Quando la nutri al tuo seno ed è così dolce
... poi smetti e scopri che puoi usare le tette anche come sciarpa.
Quando scoppia a ridere
... dopo che ha fatto un rigurgito modello esorcista sulla giacca del tuo tailleur nero.
Quando, dopo il bagnetto, la rilassi con un lungo massaggino
... e... beh, si vede che le scappava.
Quando scopre il mondo con le sue piccole manine
... e ti rompe l'iPhone appena comprato sbattendolo contro il tavolo. Il tavolo laccato.
Quando sorridi pensando a tutte le cose che farà da grande
... ad esempio andare a scuola e stare fuori dalle palle almeno mezza giornata.
Quando tu e lui vi sentite più uniti che mai
... e lei si sveglia proprio mentre gli stai dicendo di prendere i preservativi.
Quando lui scoprirà che con un figlio ti ama ancora di più, e te ne chiederà un altro
... e tu risponderai "col cavolo".

7
Up and down

Gaia

“Stasera faccio tardi, prendo un aperitivo con Gaia.”

“E chi è Gaia?”

“Gaia dai, te ne avevo parlato, quella mia ex compagna di scuola...”

“Ah, quella che hai ritrovato su Facebook.”

“Eh. Quella.”

“Ma non l’avevi incontrata anche a quella rimpatriata?”

“Sì.”

“E come mai ci prendi un aperitivo?”

“Mi ha mandato una mail dicendo che mi vuole parlare. Sai, cose di lavoro. Lei è in AziendaFichissima, potremmo fare delle cose insieme...”

Il “potremmo fare delle cose insieme” non mi era piaciuto molto, ma non aveva importanza perché credevo di ricordare una Gaia, tra le sue foto degli anni novanta, con spessi occhiali da vista, occhio cadente e capello crespo.

Mi era squillato il cellulare mentre ero fuori, uscita dopo essermi accorta che avevamo grandi scorte di Nutella ma mancavano pasta, pane e latte. Ho risposto mentre con l’altra mano appendevo la bustina bianca ai manici del passeggino.

"Amore che casualità, siete proprio a due passi da noi. Ma dai, passa! Gaia vuole vedere la bambina. Su, siete a duecento metri da dove mi trovo. Allora vi aspetto, eh."

Ho ceduto per curiosità e in pochissimi minuti li ho raggiunti nel locale tutto bianco che conoscevo piuttosto bene. Sono entrata issando goffamente il passeggino su per i tre scalini dell'ingresso e appena li ho visti ho desiderato il dono del teletrasporto.

È stata una specie di trauma improvviso. Io, che mi ero sempre illusa di essere rimasta quella di prima anche dopo una nana, improvvisamente scoprivo che forse non era così.

Gaia, cominciamo da lei. Era una donna sui 34, estremamente gradevole, capelli castani lunghi, molto magra, aspetto curato, niente figli e sfavillante carriera. La classica tipa che, se non sta con qualche gran pezzo di dirigente, ci si è appena lasciata. Quel tipo di persona che, avendo già doti evidenti, speri abbia la zeppola, l'alito pesante o che sia simpatica come un moscone sul tramezzino.

Nemmeno arrivo che fa un paio di brillanti battute a raffica. Lui ride, e con somma delusione rido anch'io: niente, è simpatica, ha anche un buon profumo e nemmeno un verdone di insalata incastrato tra i denti. Dio, com'è ingiusta la vita.

Mi sono chiesta perché (e perché e perchééé) fossi passata: ero semistruccata, vestita al limite del casual, capelli autogestiti, borsone del cambio e pupa al seguito. Desideravo ardentemente una bacchetta magica per trasformare il mio abbigliamento in un tailleur minigonna e la mia coda in morbide onde dorate.

Gaia e il mio compagno a guardarli da fuori, porca miseria, sembravano una coppia elegantissima e perfetta. Io nel quadretto avrei potuto essere, non so, forse la vecchia amica votata al focolare domestico.

Una volta non sarei mai uscita così. Nella mia vita precedente, se fossi stata a rischio di passare al locale fighetto da aperitivo, mi sarei messa in tiro. Ci ho messo poco a capire che, nonostante tutte le mie buone intenzioni, la maternità mi aveva inconsapevolmente resa indulgente con me stessa, soprattutto per mancanza di tempo ed energie da dedicare alla causa.

Nel quarto d'ora seguente Gaia aveva parlato del suo recente viaggio in Birmania, di quel locale figo a Londra che sia lei che il mio compagno conoscevano, di "Ma quant'è odioso il direttore marketing dell'AziendaY?" e di "Ti ricordi di Sandra? Ora lavora a Pechino!".

Parlava e sorrideva. Parlava spostando lo sguardo lateralmente. Parlava sbattendo le ciglia. Io non sono scema, cara Gaia – avrei voluto dirle – tu te la stai tirando davanti a me. D'accordo, sono una neomamma e indosso vestiti comodi, ho pensionato i completini di Intimissimi fino al termine dell'allattamento, l'ultimo posto interessante dove sono stata era RoccoToys e mi addormento prima di formulare qualsivoglia pensiero sul sesso, ma... come ti sei permessa?

L'avevo beccata. Fingeva di parlare del più e del meno e invece gongolava nella possibilità che il mio uomo, in quel momento, la trovasse più attraente di me.

Non che ci volesse molto, ma non era quello il punto. Gaia mi aveva fatto venire una voglia matta di tornare quella che ero. Quella davanti alla quale non le sarebbe venuto in mente di sbattere le ciglia in quel modo, salutarci con l'occhiolino e sculettare verso la porta. A meno che non volesse rimorchiare me, certo.

Dovevo tornare in carreggiata, e il primo gradino verso la ripresa era trovare un lavoro: più soldi, nuove conoscenze, vita sociale e un motivo per uscire di casa la mattina con scarpe diverse dalle All Star.

Scelte

"E da aprile a oggi di cosa si è occupata?"

Ho esitato un momento prima di rispondere. Perché io quel

lavoro lo volevo. Adoravo quel logo che avevo visto intagliato nel plexiglas sul bancone della reception. E quello che avevo davanti era un capo con attributi seri, uno di quelli a cui vuoi fare ottima impressione a costo di indossare la sciarpa della sua squadra del cuore e dire che l'hai intravisto al concerto di quel gruppo jazz che sta ascoltando in sottofondo mentre ti siedi.

Di cosa mi fossi occupata. Dunque, di un dilemma psicologico, di una gravidanza, di un parto, di un periodo di depressione e di rimettere a posto i pezzi della mia vita dopo uno tsunami esistenziale.

"Di mia figlia" ho risposto, riassumendo.

"Ah. È madre."

La voce si è limitata a constatarlo, era monocorde, si asteneva volutamente dai commenti per farli dedurre a me.

"Sì, ho una bambina" ho ribadito per proseguire il discorso e fargli sputare il rospo che gli ingrossava la carotide a ogni deglutizione.

"Il suo curriculum è buono. Certo, un po' breve magari... Ma il punto non è questo, signorina. È che lei conosce questo ambiente, no? Qui è richiesta una disponibilità totale, non c'è bambina che tenga."

"La nonna è molto presente. E cercherò una tata. E la iscriverò al nido, ovviamente."

"Io non metto in dubbio che lei riesca a lasciare la bambina..."

"E allora?"

"È che ci lascerebbe anche la testa, insieme alla bambina."

"Cos'è, un insulto con parole innocue?"

"No, esperienza. E comunque lei è ottimista riguardo a nonne e tate. La nostra migliore impiegata diceva lo stesso eppure ha perso diverse occasioni di fare carriera, da quando ha avuto un bambino. Una volta era malato. Una volta aveva la recita. Un'altra si è presa le ferie per portarlo in montagna."

"Lei capisce..."

"Scusi?"

"Niente, immaginavo come potesse proseguire il suo discorso."

"Quindi ha compreso? Ecco. Non ho niente contro le mamme, proprio niente. Io ho tre figli! Credo solo che ci siano lavori migliori per un genitore che non questo. Tornare a casa alle nove tutte le sere non aiuta il rapporto coi bambini..."

"Ma saranno affari miei?" avevo voglia di dire, ma in fondo sapevo che aveva drammaticamente ragione. Un po' mi facevo pena io, un po' lui. Ho fatto un'altra domanda: "Che lavoro fa sua moglie?"

"Agente immobiliare" ha detto. "Part time" ha aggiunto.

"Ecco, il part-time sarebbe un'ottima soluzione."

"Ah! Il part time! Ci sono almeno due tra le nostre manager che venderebbero la nonna al mercato per avere il part time... Si immagina la faccia se lo concedessimo a lei, appena arrivata, con un anno scarso di esperienza e un solo figlio?"

Posso moltiplicare questo discorso, più o meno velato e con toni più o meno gentili, almeno per tre. Colloqui da cui uscivo demoralizzata e rabbiosa. Era fin troppo facile dedurre alcune cose:

1. Se, come me, non avevi un contratto di lavoro che ti teneva le chiappe al caldo, trovare lavoro dopo la maternità era un'impresa piuttosto ardua.

2. Ambire allo stesso tipo di lavoro, quello che richiede assoluta dedizione in cambio di un ambiente stimolante e creativo, era praticamente impossibile.

3. Il part-time era un miraggio. Le madri lavoratrici erano il più delle volte povere e frustrate giocoliere che provavano a tenere in equilibrio casa e lavoro senza mai lasciarsi andare a nessuno dei due. Sulla scrivania dell'ufficio tenevano le foto dei figli, sul tavolo da pranzo i documenti di lavoro. Mixavano le due situazioni in successione ininterrotta, senza riuscire a staccare mai dall'una o dall'altra cosa.

4. Soluzioni di flessibilità per mantenere una buona qualità del lavoro e un'appagante presenza in famiglia: non pervenute.

Il culmine del ribrezzo l'ho provato davanti a un direttore donna. Oltre i quaranta, pelle lievemente abbronzata, mani curate ed enorme borsa di Gucci mollemente adagiata sulla scrivania da cui spuntavano un Blackberry di ultima generazione, occhiali da sole e un pacchetto di Mentos.

"Che dire. Lei ha fatto *una scelta diversa*" ha sospirato annoiata.

"In che senso *scelta*?"

"Diventare madre. Interrompere la carriera a un punto così critico. Tornare sul mercato a quest'età..."

Parlava di me come di un trancio di pollo in offerta speciale.

"Sa, la posizione che potrei offrirle è quella che attualmente ricopre una ventiquattrenne."

"La stagista?" ho chiesto con gli occhi fuori dalle orbite.

"Così, tanto per cominciare..."

"Tanto per cominciare la saluto. Grazie lo stesso."

Ok, eravamo arrivati al punto. Quella tra carriera e maternità era ancora considerata una scelta. E non solo dagli uomini, ma anche dalle donne. Da quelle che avevano preso la strada opposta alla tua.

In qualche modo, sminuire il tuo percorso sembrava dare prestigio e ragione al loro. Era così per le carrieriste nei confronti delle mamme a casa. Era così per le mamme a casa nei confronti delle carrieriste. Tutte a far leva su "quello che le altre si perdevano", un po' per indole e un po' per necessità: non si riusciva proprio a conciliare i due universi.

Io non volevo essere quella che esce di casa alle sette e torna alle otto, ma nemmeno quella che il massimo della vita è il tour macellaio-supermercato-giardinetti. La via di mezzo sembrava inesistente. O meglio, non concessa.

Restauro

Tra le mie mail di cv e quelle di spam c'era l'unica differenza che io non vendevo Viagra. Per il resto, quantità e diffusione erano più o meno le stesse. Credo di aver divulgato i miei dati personali a Bulgari come all'azienda municipale per i rifiuti. Nel frattempo, sui giornali, in tv e per la strada, la parola usata più spesso era "crisi".

In un periodo in cui madri di famiglia a servizio ventennale in prestigiose aziende venivano silurate senza pietà, chiedere qualcosa in più dello stage non retribuito era punibile con l'impiccagione nella stanza delle fotocopiatrici.

Invece di accanirmi e rodermi il fegato ho ritenuto opportuno concentrarmi sul resto: ok, avevo del tempo. Del tempo, e dieci centimetri di ricrescita. Del tempo, e gambe che rientravano nel sogno erotico del fachiro indiano. Ero migliorata parecchio dalla mise *solotuta* del post-partum, ma c'erano ancora dettagli da perfezionare.

Ricordo ancora una conversazione origliata un pomeriggio di qualche tempo prima, al centro estetico.

"Signò, questi altro che cera: li deve fa cor tosaerba..." aveva detto l'estetista a una donna appena entrata in cabina. Lì per lì mi ero accasciata dalle risate, adesso ripensandoci mi sentivo tesa.

Era il mio turno.

"Patrizia buongiorno" ho detto entrando timidamente nell'ingresso profumato di oli essenziali.

"Ah, ma te sei quella che ha avuto la pupa! Come stai, come va? Certo tesoro mio, c'hai una ricrescita che manco un africano platinato" e per il momento si riferiva solo ai capelli.

"Infatti domani parrucchiere" ho abbozzato cercando di resistere alla tentazione di prendere il muro a testate.

"Che sei venuta a fa', la cera?" ha chiesto controllando la dicitura sotto al mio nome.

"Eh..."

"Vai, cabina quattro. Arrivo io."

Mi sono spogliata, ho indossato il perizoma in carta taglia unica (una cinquantasei) e atteso con gli occhi chiusi, perché sentivo i passi di Patrizia...

Non è fuggita urlando come avevo immaginato, ha invece emesso un profondo sospiro di disappunto. "Rasoio" ha sussurrato tra i denti, scuotendo la testa. Per la delusione ci ha messo un pizzico di sadismo in più nel cospargermi di cera al miele e strapparmi le striscette bianche. Mi sono sentita in colpa verso il genere femminile. Ora lo sapevo: erano donne come me che alimentavano la leggenda delle Desperate Housewives. Ho lasciato in quel centro estetico sei etti di pelliccia e parte dei miei sensi di inadeguatezza.

Il giorno seguente ho rischiato di causare un embolo a Daniel detto Dadi, un hairstylist che definire bisessuale è riduttivo, dato che ha flirtato sotto ai miei occhi anche col barboncino nano di una cliente.

Appena mi ha visto varcare la soglia del negozio mi ha salutato con un "ma non te vergogni?".

Dopo due ore e mezza e abbondanti vasche di decolorante, Dadi si sentiva di nuovo in pace col mondo.

Ripeti con me: "Non-lascerò-passare-più-di-un-mese-prima-del-ritocco".

"Non so se posso prometterlo."

"Allora se ti chiedono dove ti fai i capelli, di' che fai da sola. Anzi: che vai da Gippo di via Nomentana" ha detto con un guizzo di furbizia nello sguardo. "Giuro che se nomini me la prossima volta ti faccio tornare al tuo color topo morto."

"Ma ti pago anche per insultarmi?"

"Sono istigazioni alla decenza, non insulti."

Dadi non era gentile, ma era così bravo che guardandomi allo specchio dopo la piega mi sono quasi commossa.

"Guarda che non sei così gnocca: sono io che so' bravo."

Non aveva molta importanza: ero tornata una donna, anche mediamente figa. È stato quello il motivo per cui sono stata quasi felice di incrociare, sulla porta, la cara amica di un mio ex, che non vedevo da anni.

"Ma è vero che? No, perché gira voce ma sai, si dicono talmente tante cose..." ha chiesto prendendola alla larga.

"Sì: ho avuto una bambina."

"Ah. Ma sai che non sembra?"

Per un attimo ho gongolato delle mie gambe perfettamente depilate e dei miei capelli biondissimi e setosi. Poi la voce di Dadi ha rotto l'incantesimo:

"La dovevi vede' quando è entrataaaa!"

Sembra talco ma non è

Appello alle donne in ostaggio della propria lattifera produzione: uscirne è possibile.

Intorno al sesto mese iniziavo con gioia a chiudere il self-service. Avevo cominciato a togliere una poppata alla settimana al momento dello svezzamento e, nel giro di una quarantina di giorni, ero felicemente tornata una donna che indossa le sue tette a scopo banalmente decorativo.

Se da una parte ero sollevata – niente più arresti domiciliari né dolorosissimi ingorghi – dall'altra tornare a una seconda piccola è stato un lieve trauma per la mia autostima. Nel periodo dell'allattamento credo di aver fatto più foto alle mie tette che a mia figlia: dovevo conservare le prove di aver portato una quarta per sei mesi.

Passare al latte artificiale non è stato facile come immaginavo (ma cos'era facile con un neonato?).

Un bambino abituato al seno fa una certa fatica ad adattarsi al biberon, è chiaramente un trauma. "Cos'è 'sta roba di plastica?"

sembra dire quando assaggia la tettarella per la prima volta, "ridammi quella in pelle, è più morbida."

I primi giorni ho pensato che per protesta si sarebbe lasciata morire di fame. Assaggiava, ciucciava un paio di sorsi di latte e poi lo schifava.

"Sarà il latte..." aveva detto la pediatra. Ne ho cambiati circa dieci tipi. Quello digeribile, quello coi probiotici, quello leggero, quello carico, quello dal vago odore di calce, quello dal netto sapore di pongo.

"Sarà il biberon..." aveva nuovamente vagheggiato. E via con le spese folli al punto-bimbo della farmacia, a provare qualsiasi biberon in commercio. Quello anticolica, quello anatomico, quello in silicone effetto seta, quello in caucciù effetto Big Babol, quello con la tettarella tonda, quello con tre buchi, quello con un buco, quello col cucchiaino. Stesso procedimento per il biscottino, senza che stia qui a elencarvi i diversi tipi.

E volete che vi racconti in quante posizioni abbiamo tentato di nutrirla e con quale varietà di intrattenimento? Ci abbiamo provato in ogni modo, per circa venti giorni convinti che nostra figlia volesse dimostrare che i bambini che si lasciano morire di fame *esistono*.

Il ventunesimo, invece, con un biberon qualsiasi e un latte da supermercato, siamo riusciti a prenderla per stanchezza, e ha bevuto dal biberon come se non avesse fatto altro in vita sua. Da quel giorno il momento del pasto ha smesso di essere un trauma per entrambe ed è diventato un momento finalmente *sensato*.

Il ventiduesimo ho lasciato il kit completo a mia madre e ho realizzato ciò che desideravo da mesi: sono uscita all'ora di pranzo e sono tornata dopo cena. Mi sentivo come una che stava facendo sega a scuola, se ci ripenso ho ancora i brividi dall'emozione. Non ho fatto niente di speciale, ma passare un'ora in profumeria e prendere un aperitivo con le amiche è stato a dir poco liberatorio.

Con la fine dell'allattamento il rapporto con mia figlia è finalmente sbocciato, prendendo le distanze da quella gabbia dorata nella quale faticavo a stare in piedi. A tenerci insieme non era più un obbligo faticoso per entrambe, ma un momento che iniziava ad avvicinarsi a quelle immagini che nella mia testa avevo accarezzato durante la gravidanza, in cui la mamma tiene in braccio la bambina e la nutre con serenità e affetto, prima che col latte. Erano attimi che attendevo da troppo: darle il biberon e smettere di vederla contorcersi. Poterla lasciare un paio d'ore senza l'ansia di fare tardi. Uscire senza il terrore di una poppata interrotta a metà e di un seno di pietra da portarsi a spasso. Ecco, era questo a migliorare il nostro rapporto. Ad avvicinarci, finalmente. A lasciare che l'amore tenuto a fondo dalla fatica venisse timidamente a galla. A permettere che, in alcuni momenti, nella mia casa si respirasse quell'atmosfera di pura gioia che avevo aspettato per mesi.

Sei mesi

Sei mesi, che sembrano un lasso di tempo ridicolo a qualsiasi persona, assumono un significato ben più intenso e pregno di significato se riferiti al vostro nano.

A sei mesi sarà in grado di fare cose che, paragonate al vermetto che era fino a tre mesi prima, vi sembreranno mirabolanti e uniche al mondo:

– stare in posizione seduta e smettere di percepirvi come un mento semovente

– instaurare un rapporto con un oggetto transizionale

– fare del petting con i suoi piedini

– darsi un'aria intelligente con versi serissimi del tipo "gnà!" o "bu!"

– accorgersi se non ve lo state filando e protestare con forza.

A sei mesi la Polpetta era cresciuta in vari sensi tranne che in quello tricotico. Mia zia la chiamava Calvè, Olga continuava a tentare di metterle una mollettina su quei quattro peli che aveva in testa.

Io mi beavo di uno stato di grazia e realizzavo che, più si allontanava dallo stadio neonatale, più il mio amore per lei cresceva. È piuttosto semplice: c'è chi adora i bambini molto piccoli e li considera trottolini amorosi dudududadada e chi invece inizia a innamorarsi davvero del proprio figlio quando questi dimostra un livello minimo di interazione. Le appartenenti alla prima schiera sono esseri altruisti e dall'animo puro, forse le stesse vittime della sindrome della crocerossina: prendersi cura degli altri le appaga e le gratifica. Nemmeno a dirlo, io ero della seconda specie. Ci ho messo un po' a far partire il motore dell'amore assoluto, ma a mia discolpa posso dire che da quel momento è stata una continua accelerazione.

I sei mesi sono stati una sorta di spartiacque emotivo. La sensazione non era più "Io da sola con un neonato: aiuto". Adesso eravamo "Io e lei": c'era una bella differenza.

Iniziavo a trovare irresistibile il suo modo di sgranare gli occhi quando mi vedeva, i suoi piedini sempre in movimento, i suoi sorrisi con un dente solo. Dopo il primo semestre la crescita del pupo è inarrestabile. Insieme allo svezzamento parte anche un processo di sviluppo psicomotorio senza eguali.

Su di me aveva un effetto euforizzante. Il senso era: ne stiamo uscendo. Presto io e lei potremmo fare delle cose insieme, divertirci, scoprire il mondo. Vederla aprire la bocca quando sentiva l'odore della sua pappa e farle assaggiare cose nuove sembrava proiettarmi in un futuro non troppo lontano dove avremmo mangiato tutti insieme al ristorante. Notare il modo in cui iniziava a capire i confini del suo corpo mi lasciava fantasticare su come sarebbe stato camminare tenendola per mano.

Ecco cosa sono stati per me i sei mesi: un'anticipazione del futuro.

Il nostro rapporto si era stabilizzato su una routine lenta e pacifica. Ci alzavamo, lei prendeva il latte e io facevo colazione, ci preparavamo per uscire, passeggiavamo sotto casa e poi raggiungevamo la nonna. Restavamo lì fino al tardo pomeriggio. La Polpetta dormiva, poi giocava con mia madre o mia sorella mentre io cercavo di lavorare un po': avevo trovato qualcosina come freelance.

Tornavamo a casa, aspettavo Lui per un aperitivo mentre davo il latte alla pupa, poi mangiavamo e mettevamo lei a dormire. Dopo un film, a mezzanotte nuova poppata e di nuovo a nanna.

Non c'era davvero niente di speciale in quello che facevamo, ma sentivo di poggiare nuovamente i piedi su qualcosa. Per la prima volta ho pensato che potevo davvero farcela a essere una mamma abbastanza buona per mia figlia, nonostante tutto. "Amore, che bello: ti vedo molto più tranquilla ora" mi aveva detto Lui una sera, tornando a casa e trovandomi sul tappeto a giocare insieme con Polpetta, Mario Biondi in sottofondo e un buon profumo che usciva dalla cucina. Era già un po' di tempo che non gli lanciavo la nana appena apriva la porta, cosa che nei primi mesi accadeva quotidianamente.

"Lo sono. Oggi siamo andate a fare un giro, poi ha fatto un sonnellino mentre io scrivevo un articolo per un sito web, dopo abbiamo cucinato senza bruciare nulla e ora stavamo facendo un aperitivo."

"Brava. D'ora in poi andrà meglio, vedrai..."

"Certo! Ne sono sicura" ho risposto sull'onda dell'ottimismo che uno Spritz e *Rio De Janeiro Blues* permettevano.

Nonostante le ottime intenzioni, però, forse sarebbe stato meglio non parlare.

Ninna Oh

Perché finora non ho sprecato le mie perle di saggezza riguardo a un argomento delicato come il sonno? Semplice: perché, al contrario del novanta percento dei bambini, mia figlia ha seguito un iter contrario.

A due mesi si addormentava ovunque. A un certo punto – qualsiasi cosa stesse facendo: poppando, gorgogliando, producendo rifiuti tossici –, senza colpo ferire, tirava giù le palpebre come saracinesche e chi s'è visto s'è visto. Solitamente si produceva in cotanta narcolettica esperienza quando arrivava la zia Elle che, fino al suo terzo mesiversario, non l'aveva mai vista con gli occhi aperti.

A tre mesi sono arrivate le coliche, e improvvisamente ha cambiato stile. In carrozzina no, nella culla no, in braccio con piacere ma a una condizione: mi dovete tenere di pancia, cantando canzonette pop e saltellando a tempo. Io e il papà ci alternavamo in questa danza idiota e assolutamente inutile. Dopo due settimane lui era a letto con la sciatica e io, avendo finito il repertorio musicale, cantavo jingle pubblicitari. Tra i cinque e i sei mesi la polpetta ci ha preso bellamente per i fondelli: dormiva che era una meraviglia. Non facevi nemmeno in tempo a intonare l'incipit di una tristissima ninnananna che lei s'era già arrotolata come un gatto e ci guardava come dire: "Ok, se adesso la smettete con quest'agonia mi addormento".

Non ne parlavo in giro. Ero circondata dalle mamme di *nani12ore* (per intenderci, quelli "dalle 8 di sera alle 8 di mattina"), a cui sarei sembrata una pivella, e dalle *mamme2ore*, che mi avrebbero linciata coi portaciuccio. E poi, se c'è davvero un istinto inconscio nella maternità, è quello che ti fa capire immediatamente che raccontare i traguardi del tuo nano non farà che annullarli. Non avevo commesso l'errore, eppure a sette mesi e un giorno mia figlia si è trasformata nella leggendaria e temutissima *nanamezz'ora*: quella che al massimo ogni trenta minuti deve farti sapere che esiste, che è lì, e che le fa male qualcosa.

Si svegliava per quelle che mio nonno avrebbe definito "bazzecole e pinzillacchere": uno starnuto, un rigiramento di troppo nel lenzuolo, mi sono dimenticata di prendere la pillola fammela prendere. Ma anche senza ragione apparente, urlando nel cuore della notte. Il risultato era che ogni mattina alle otto, quando ci alzavamo dal letto, sembrava non ci fossimo nemmeno addormentati.

Il mio aspetto era quello di un gatto preso sotto da un camion, l'umore di poco migliore. Desideravo semplicemente accasciarmi a terra nel punto esatto in cui mi trovavo e dormire per le successive dodici ore. Tutto era faticoso, appiccicoso. Mettere su il caffè. Camminare. Vestirsi. Occuparsi di lei. L'aria sembrava troppo densa per essere sollevata dai battiti delle palpebre. Tenere gli occhi aperti era l'obiettivo a breve termine, arrivare alla sera era lo scopo della giornata. Perché non dormire è qualcosa che solo chi ha sperimentato riesce a comprendere. Toglie lucidità e senso alle giornate, ti ritrovi ad accumulare gesti senza fare realmente qualcosa. Arranchi per le ore di veglia come uno zoppo su un sentiero di montagna, non sai bene dove metti i piedi, di che colore sei vestita o cosa stai preparando da mangiare per tua figlia. I pensieri galleggiano nella testa ovattati, si scontrano con tonfi sordi. Li ritrovi con fatica, accartocciati, e, non appena provi a decifrarli la stanchezza li riporta a fondo. Non hai abbastanza bracciate per tuffarti e andarli a riprendere. L'entusiasmo è perso chissà dove, i sentimenti fermi, a prendere polvere come vecchi mobili. Rimani così, in stand-by, catatonica più che puoi per non consumare nemmeno un grammo di energia. Cala la sera e ognuna è uguale alla precedente: continuamente interrotta, estenuante, infinita nelle pause dei suoi risvegli, brevissima nei rari stati in cui ti è permessa l'incoscienza del sonno.

La Polpetta andava a dormire intorno alle nove, ci concedeva qualche ora di tregua e intorno alle undici e mezza iniziava con i risvegli. Le prime notti mi alzavo, la calmavo e tornavo a letto. Davo la colpa a un brutto sogno, al ciuccio finito chissà dove, a un doloretto sporadico. Poi ho iniziato ad alzarmi un po' troppo. Una delle notti peggiori ho contato circa venti risvegli in otto ore: *più* di uno ogni mezz'ora. Non facevo in tempo a riaddormentarmi che lei si era già svegliata. Con alti e bassi, è stato così per circa sei mesi. Sei mesi in cui ho smesso di vivere e ho iniziato a sopravvivere.

L'ho fatta visitare diverse volte e, nonostante ogni pediatra dicesse la sua, tutti sottovalutavano la situazione e soprattutto l'impatto che una cosa del genere potesse avere su di noi.

"Sarà ancora il reflusso?" avevo chiesto a uno.

"Improbabile, comunque provi a farla dormire sollevata."

"E se non funziona?"

"Signora, i bambini a volte non dormono, se ne faccia una ragione!"

"Potrebbero essere ancora i denti?" avevo chiesto a un altro.

"Sicuramente, guardi che gengive!"

"Ma quanto ci mettono a uscire?"

"La fase acuta dura solitamente tre, quattro giorni."

"E allora perché non dorme da mesi?"

"Provi a usare questo gel."

Provi. Saremmo andati avanti per inutili tentativi. Provi a massaggiarle la pancia. O provi a darle dell'acqua. Provi a mettere molti ciucci nel letto. Provi a darle questo sciroppo rilassante. Provi con una ninna nanna diversa. Provi con questo medicinale omeopatico. Provi con le supposte di camomilla. Provi con i tappi per le orecchie. Provi a essere meno stressata. Provi con danze aborigene. Provi con un voto a un santo a scelta. Provi con il santone di TeleRoma. Provi a calmarsi. Provi a essere più attiva durante il giorno. Provi a stressarsi di meno. Provi a mangiare di più, non vede quanto è sciupata?

E poi una conoscente, che mi disse "Prova questo" allungandomi un libricino.

Ci sono due famosi metodi per far dormire i bambini, il metodo "lasciali piangere" altresì detto *cazzi suoi*, e il metodo "su e giù" altresì detto *cazzi tuoi*.

Esploriamoli brevemente.

Il metodo "lasciali piangere" trova il principale fautore nel sadico Estivill, autore del famigerato libricino. Il subdolo autore spagnolo inizia a scuoterti al primo capitolo, con testimonianze strappalacrime di madri che hanno recuperato la loro vita perduta dopo essere riuscite a far dormire il pupo. E tu, che ti ritrovi in ogni singola parola, giù a piangere su questo volumetto scemo di cento pagine.

Poi c'è la testimonianza del papà che racconta di come la coppia sia rifiorita dopo la catalessi della pupa. E giù a piangere.

Poi quella dei genitori rinati dopo due anni con un nano *mezz'ora*. Ogni parola di sconforto sembra la tua. Nel libro non c'è nessuno che ti dice "Ma dai, passerà, i bambini sono così", né giustifica il comportamento del tuo. Estivill capisce e fomenta la tua visione drammatica delle notti col pargolo senza giudicare nemmeno i tuoi istinti omicidi o autolesionisti.

Le premesse sono perfette, il metodo un po' meno. Lo riassumerò brevemente. Per cominciare dovete creare un rituale della buonanotte: può essere una favola, una canzone, un carillon, la formazione di Italia '90, la poesia di Natale che recitavate in bavaglino e calzamaglia nel '78. Va bene un po' tutto, l'importante è che sia qualcosa di gradito al nano, che lo accompagni verso uno stato di tranquillo torpore. È indispensabile ripeterlo ogni sera, identico, per cui se vi venisse in mente di salutare tutti e 257 i pupazzi del vostro nano, ripensateci. Mettete a nanna il pupo quando è ancora sveglio insieme al suo oggetto transizionale (la bambola, un peluche, la bisnonna o chicchessìa), ditegli parole ragionevoli come "Amore, io ti mollo qui e vado a vedermi il *Dottor House*. Se ti venisse in mente di piangere lascia perdere, tanto non attacca" e lasciate la stanza. Il bambino, a quel punto, inizierà a frignare, farsi venire le convulsioni, contorcersi, vomitare e infilare la testa tra le sbarre del letto per procurarsi una morte orrenda. La vostra presa di posizione, a quel punto, sarà: non ti addormenti? *Cazzi tuoi*. Vi limiterete ad affacciarvi nella stanza ogni cinque minuti per assicurarvi che non sia morto e per ripetergli la roba del *Dottor House*, attendendo che ceda al sonno. Dopo qualche ora di possessione demoniaca il pupo dovrebbe calmarsi e trovare la pace. In realtà sviene, ma questo non ve lo dicono. Voi intanto non avrete visto il telefilm, sarete rimaste attaccate al buco della serratura per controllare la situazione, piene di terrore e sensi di colpa, sentendovi una madre orrenda e provando il sincero bisogno di un supporto psicologico.

Pare che il metodo, dopo le prime notti di panico, sia molto efficace e abbia risolto i problemi di molte madri esaurite. Io ci ho provato. Al terzo tentativo di mia figlia di lanciarsi a volo d'angelo dal lettino ho desistito.

Il metodo "su e giù" prende spunto dalla compianta Tracy Hogg. La premessa è lodevole: il bambino va educato con fermezza ma anche con dolcezza, deve comprendere che la mamma c'è, ma anche che è in grado di addormentarsi da solo e blabla. Nel manuale del body builder il metodo "su e giù" è al terzo posto dopo i bilancieri e il sollevamento coatto delle auto parcheggiate. Deve la sua efficacia alle ripetizioni: dalle 120 in su. Funziona così: il vostro pupo è nel letto e non vuole addormentarsi, sta piangendo. Non lo ignorate ma lo sollevate tra le vostre braccia, lo calmate con tono dolce e sussurrato, ad esempio il classico "ssh, ssh" e appena si zittisce lo ributtate giù nel lettino. Il nano, che non è scemo, capirà e ricomincerà col lamento. Voi allora lo riprendete su, lo calmate *ssshusshu*rrate e lo rimettete sdraiato. Il tutto finché non si decide a restare sdraiato nel lettino e addormentarsi da solo. Di solito ci mette dalle tre ore in su. Forse, per chi è dotato di enormi dosi di pazienza ed enormi tricipiti, il metodo funziona con successo.

Io al terzo sollevamento ero speranzosa, al sesto spazientita, al decimo ho smesso di fare *shh* e ho iniziato con le minacce "Lo vedi quel Winnie Pooh? Se non dormi domani lo regalo al bambino del secondo piano, quello che fa le puzze in ascensore", al quindicesimo ho lasciato la stanza.

"Beh? Dorme?" ha chiesto Lui, che giocava alla Playstation sul divano.

"No. Adesso vai tu."

"Noooo" si lamenta lui, mentre con mossa felina sfili FIFA 2008 dalla consolle.

"Oh sììì" rispondi tenendo il cd con entrambe le mani, pronta a ridurlo in pezzi.

"E se continua a non dormire?" mugola Lui.

"*Cazzi tuoi.*"

Dopo due ore, bicipiti in fiamme ed esaurimento nervoso, lei si addormentava placida e tranquilla. Nel lettone, ovviamente.

Il sonno ci avrebbe ottenebrato la vita per molto, troppo tempo. Saltavamo alla giugulare di chiunque osasse chiedere "com'è andata stanotte?". Nel frattempo, avevamo avuto tutto il tempo per diventare esperti di una serie di argomenti e strategie legate al momento della nanna.

Ninne nanne

È un argomento scottante, dal momento che ne va del tuo sonno. Una ninna nanna che funziona solitamente va a esaurimento. Il meccanismo è semplice: una volta scelta assecondando i neonatali gusti, la si propina quotidianamente cantandola in loop dalle cinque alle dieci volte ogni sera. Il tutto ripetuto finché questa perde di efficacia, o finché al neonato non viene un principio di esaurimento nervoso.

È un po' quello che succede a me con certe canzoni romantiche alla radio. Le prime 20 volte le ascolto estasiata, le successive 20 mi irritano, quindi le metterei tra le cause di istigazione al suicidio.

Anche perché, ma avete mai ascoltato bene le ninne nanne? Io sì. Sorvoliamo sulle musiche cantilenanti, al confronto delle quali il *Requiem* di Mozart sembra una mazurca, io parlo dei testi. Solitamente si dividono in cinque macrogruppi.

1. *Quelle in cui bisogna piazzare il bambino*

Il famoso "Questo bimbo a chi lo do?". È piuttosto comprensibile che, nei secoli, le esasperate puerpuere abbiano cercato di mollare il proprio insonne nano al primo che passava, ma proprio a cani e porci. Da qui, la famosa nenia. È risaputo che ogni tentativo è stato un clamoroso fallimento. Per quanto le mamme abbiano cercato di cedere generosamente il pargolo a gente che di bambini sicuramente non ne avrebbe avuti e magari ne sentiva il bisogno, questi hanno tutti – chi più chi meno – declinato la cessione. Ricordiamo fra gli altri la befana, che ha restituito al mittente dopo una settimana, e l'uomo nero, che ha resistito addirittura un mese intero prima di essere ricoverato in clinica psichiatrica. Si è scomodato anche il buon Gesù, che però è riuscito soltanto a tenerlo "un po' di più", mica chissà che. Comunque, sentirsi trattato come un ospite indesiderato, da scaricare a chiunque si offra, infastidisce il nano. Vi addormentereste bene se rischiaste di chiudere gli occhi tra le braccia di vostra madre e riaprirli a casa di Barbablù? Io no.

2. *Quelle in cui tutti dormono tranne lui*

Se c'è una cosa che fa veramente girare le scatole a una persona che non riesce a dormire è sapere che tutti dormono tranne lui. E qui non è che il nano si rende conto che dormono solo mamma, papà e i fratellini. No! Qualcuno si sente in dovere di fargli sapere che anche gli animali se la russano alla grande mentre lui è lì con l'occhio pallato: "Dormono il bue e l'asinello, dorme la mucca con il vitello". Vogliamo innervosirlo per bene? "Dormono le case, dorme la città, anche l'orologio non fa più tic tac". E vai. Facciamolo sentire un alienato.

3. *Quelle in cui la mamma lo prende per il culo*

Se io fossi un essere ancora non in grado di esprimermi ma perfettamente in grado di ascoltare, e mia mamma mi chiamasse trottolino, pisellino, patatino, cuoricino, puccipiccidellamamma... ecco, io piangerei.

4. *Quelle in cui la mamma si gratta*

Inizia la musica e già le prime note sono strazianti. La si potrebbe mettere di sottofondo alla morte di Giulietta, o del Cigno, o di tutt'e due. Col testo non va meglio: solitamente la mamma annuncia al bambino che deve andare via, ma lui non deve aver paura e deve fare la nanna. Il concetto di per sé è anche giusto, di solito addormentare un nano ti fa perdere la mezz'ora chiave del film che aspettavi di vedere da un mese, ma il tono è da condannata a morte. Risultato: il pupo comprenderà che la madre sta per dargli l'estremo saluto e col cavolo che la lascia andar via.

5. *Quelle improvvisate*

È bello sentirsi un po' fichi perché si addormenta il proprio nano con *Knockin' on Heaven's Door*. Fa tanto "genitore amico", di quelli alla telefilm americano dove pupo e papà saltano sul letto insieme ascoltando le vecchie glorie del rock. Ci ho provato anch'io, e al riguardo posso darvi un solo consiglio: scegliete bene il pezzo. Perché è vero, è fantastico e rimette in pace con l'esistenza addormentare il nano senza dover ascoltare parole come "cucciolo", "riposa" e "tra le braccia", ma nove volte su dieci a tre quarti della ballata, quando lui è ormai crollato, parte la schitarrata selvaggia o l'urlo acuto da rocker maledetto. Una sera Lui, che di musica ne sa quanto io di fisica quantistica, ha provato ad addormentarla con *It's All So Quiet* di Bjork, pensando che con un titolo così fosse perfetta. Se conoscete la canzone potrete facilmente immaginare il salto di tre metri e mezzo che ha fatto mia figlia appena dopo il minuto uno, così scossa da non trovare pace per il resto della nottata.

Le conseguenze della mancanza di sonno

Un breve elenco a riguardo:

– litigare col tuo partner per validissimi motivi come "Quando dormi respiri troppo forte";

– dimenticarsi per la terza o quarta volta di comprare la carta igienica con serie conseguenze per tutta la famiglia;

– inviare una mail con informazioni di asili nido al proprio fratello. L'oggetto recita "daje, stampa tutto". Solo che selezioni in automatico un suo omonimo, che è un direttore marketing a cui avevi mandato il cv;

– litigare con tua mamma per validissimi motivi come "È colpa tua se siamo tutti geneticamente insonni";

– provare a prendere dieci minuti di sole per levarsi di dosso quel color catarifrangente e rialzarsi barcollando come uno che si è fatto l'impossibile. Ci si sente un sacco psichedelici, si vedono le cose a colori fluorescenti – anche quelle che non esistono –, il pavimento di casa diventa stroboscopico e le pareti ti sbattono contro non si sa come mai. Si resta così per almeno venti minuti, provare per credere;

– rispondere "Va una merda" un po' a tutti quelli che si azzardano a chiedere come va;

– odiare profondamente qualsiasi scena di film/telefilm/pubblicità in cui una persona si sveglia riposata e sorridente;

– saltare alla gola di chi racconta che il Dalai Lama, il Papa, Einstein, Mozart, Bill Gates e Obama dormivano/dormono quattro ore per notte (sì, ma consecutive!);

– togliere il saluto agli amici senza figli che rispondono "Ti capisco...".

Abbiamo imparato a conviverci appena, con la situazione. Quando non ci reggevamo più in piedi mollavamo la Polpetta a mia madre, che se la teneva per una notte ripromettendosi ogni volta di non farlo mai più. Se state attraversando questa fase posso dirvi che prima o poi passa, ma anche consigliarvi di fare tutti gli accertamenti del caso. Io non la penso come Estivill: il nano che si sveglia duemila volte a notte non è semplicemente capriccioso, ha un problema. Rivolgetevi al pediatra o al vostro esorcista di fiducia.

Trasloco

Gli addii mi hanno sempre creato un sacco di problemi.

Quando ho dovuto salutare la mia amichetta delle elementari che se ne tornava in Korea ho rifiutato di lasciarle un ricordo. Voleva la mia nuova Bebi Mia, bambola anni ottanta che diceva cose come "Mamma, abbracciami!" e si addormentava a comando. "Col cavolo" ho detto io. "Crepa" ha risposto la koreana, sfoderando un'insospettabile padronanza della lingua. Ed ecco che come primo addio non è andata molto bene.

Quando ho dovuto dire addio a un ex, amato di quell'amore follemente idiota che puoi provare solo a 19 anni, ho pianto così tanto che ho avuto le convulsioni e, tra le lacrime, non sono riuscita a dire un'emerita sillaba di senso compiuto. Lui, che brillava per tatto e sensibilità, ha risposto "Guarda che ti sto solo lasciando, non vado mica in guerra". Ho rimpianto quel momento per anni.

Quando ho dovuto separarmi dal mio gatto, morto letteralmente stecchito di crepacuore grazie a uno dei cani di zia Erre, ho deciso di fare la coraggiosa e dare l'ultima carezza alla povera Grey. Ho fermato mio padre e gli ho detto: "Lasciamela tenere un'ultima volta". "Guarda che ti impressioni" ha ribattuto. "No papà, io sarò forte per questa gattina che è stata la mia compagna di avventure e con cui ho condiviiiiiIIIH oddio è tutta rigida, riprendila, riprendila! Riprendila!" e l'ho lanciata. Ricordo ancora la parabola discendente di quel gatto morto, a volte me la sogno la notte.

No, non sono mai stata brava negli addii. Anzi, li detesto. Sono *addiopatica*. Mi riempiono di tristezza, inadeguatezza, insicurezza, pessimismo e fastidio.

Avevamo cercato la casa per mesi e poi, proprio quando avevamo perso le speranze, era sbucato fuori una specie di parente alla lontana che stava lasciando un appartamento di dimensioni perfette. Era semiarredato, luminoso, nella zona dove ero cresciuta, aveva un grande terrazzo e sì: l'ascensore.

Il giorno in cui ho iniziato a fare gli scatoloni per il trasloco mi è presa malissimo. È vero, dicevo finalmente addio a quella casa con quattro piani di scale senza ascensore e nessuna stanza nanica. Alla luce del giorno che finiva alle 14 e ai vicini sputacchioni. Al dover lasciare il passeggino in macchina perché pesava troppo per issarlo su. Ai quaranta minuti di macchina per far tenere la bambina a mia madre qualche ora.

Però.

Quelle mura erano state il nido dove io e Lui avevamo iniziato a conoscerci e poi a vivere insieme. Era aperitivi a base di Spritz approssimativi e olive verdi, sdraiati sul tappeto peloso anni settanta. Era cenette cucinate con cura andando a fare la spesa insieme. Era il mazzo di chiavi che mi aveva regalato dopo pochi mesi. Era la frittata alle zucchine cucinata la prima volta che l'avevo accolto di ritorno da un viaggio.

Era il divano disertato per sedersi a terra, o puntate di telefilm viste tutte insieme in una notte. Era il bagno nella vasca bianca e gialla, con le candele profumate e due calici di vino. Era il vaso da fiori rosso fuoco che avevo comprato io per darle una nota di colore forte.

Quella casa era *noi*, rappresentava ciò che eravamo e tutto quello che non avrei voluto lasciarmi alle spalle, per questo era così difficile dirle addio.

L'abbiamo chiusa un mercoledì mattina. Mentre gli operai trasportavano giù per le scale i mobili smontati, io mi sono sentita come paralizzata. Ero seduta sulle scale a schiacciare le bolle della carta da imballaggio, sentendomi più vuota a ogni pezzo che deportavano mestamente dall'appartamento al furgone, e poi fino alla nuova casa.

"Non ci siamo arresi, vero?" ha chiesto Lui quando ci siamo trovati improvvisamente in un salotto estraneo, con una boiserie in legno chiaro che nessuno di noi avrebbe scelto e gli scatoloni ammucchiati al centro come una scultura d'arte contemporanea. Quella era la casa. La casa sarebbe stata riempita da seggiolone, box, lettino, giochi. Era l'emblema di tutta un'altra vita.

"A cosa?"

"Alla vita medioborghese, sai. L'appartamento in zona residenziale con la bambina. Questa strada così vuota. Andare al centro la domenica in pellegrinaggio e passare i pomeriggi ai centri commerciali per la spesa..."

"Come lo descrivi tu, dà la nausea. Non voglio una vita banale, che si lascia scorrere mentre ci preoccupiamo dell'iscrizione al corso di nuoto, delle bollette e del macinato di tacchino, capisci?"

"È quello che intendevo."

"E come si fa a evitarlo?"

"Non so, magari ci controlliamo a vicenda. E ci diamo degli obiettivi."

"Vorrei continuare a viaggiare."

"Su questo possiamo lavorarci...."

"Ma intendi, con o senza Polpetta?"

"Entrambi. Magari anche a lei farebbe bene cambiare aria, potrebbe iniziare a dormire."

"Non ci resta che provare."

Yes Weekend

Sveglia alle 9, fuori dalla finestra c'è un bel sole. Ok, ce la possiamo fare. Ce la *dobbiamo* fare, in un certo senso è la prova del nove, la dimostrazione che è possibile fare tutto anche con un nano. È arrivato il weekend e facciamo quello che avremmo fatto in due: partiamo.

Bene, prendiamo il trolley. No, due. Va bene, anche il borsone.

Facciamo un rapido elenco degli accessori da portare: salviette, crema, fasciatoio portatile, lettino da campo, lenzuolini, copertine, biberon, latte in polvere, biscottini, bavaglini, omogeneizzati, quindici cambi di vestitini, giochini, kit di pronto soccorso, seggiolino da tavolo, passeggino. Cosa ci siamo dimenticati? Ah, i pannolini. Azz, sono finiti. Corri a comprare i pannolini. Uno, no, due pacchi. Tre e non se ne parla più.

Modo d'uso: caricare la macchina. Vestire il nano. Uscire e chiudere casa. Dimenticare i ciucci e tornare su a prenderli. Sentire uno strano odore provenire dal sedile posteriore. Risalire a casa. Cambiare il nano, integralmente. Lavare la tutina, il body, la sua schiena fino al collo, la tua maglietta e il tuo golf. Saponedimarsiglia, detersivobaby, Napisan. Alè. Sciacqua, strizza e stendi.

Tornare in macchina. Mettere un cd nel lettore. Cantare hit evergreen come *Heidi*, *Oh che bel castello* e *Noi Puffi siam così* a rotella, per tutte le due ore di viaggio.

Fermarsi per preparare un biberon in Autogrill e chiedere al rubicondo barista toscano "Buongiorno, che mi scalderebbe quest'acqua?". Sentirsela restituire a una temperatura di mezzo grado superiore a quella precedente. "Ancora per favore..." e torna indietro sempre tiepido. "Un pochino di più?" e questa volta ti restituisce il biberon in ebollizione. Miscelare latte, biscottini e guardare di nuovo il barista, con grande pena: "Scusi, che ora me lo raffredderebbe un po'?" Non ti abbatte a colpi di zuccheriera solo perché hai una bambina in braccio.

Porgere il biberon alla bambina e notare come lo schifa in toto, perché distratta dalla fauna locale: due truzze sedicenni con un ciuccio attaccato all'orecchino, un gruppo di camionisti depressi, una famigliola urlante che ordina dieci pizzette e una coppia che limona vicino all'espositore dei dadi in peluche.

Risalire in macchina e notare come la pupa si è spazientita. Improvvisare un teatrino con protagonisti: un pacchetto di fazzoletti, un rossetto, un ciuccio e il biglietto dell'autostrada. Arrivare al casello: dov'è il biglietto? Scoprire che per metà è in bocca a tua figlia e piangere un po'.

Giungere infine a destinazione, scaricare tutto dalla macchina e caricarselo su per i tre piani della piccola casetta di provincia. Che si fa? Che ne dici di un aperitivo? E sia!

Camminare mezz'ora per arrivare a quel posticino tanto carino in cima alla collina. Allora, due prosecchini e un po' di oh, no. *Di cosa scusi?* Lo senti questo odore? Oh, no. *Scusate, non vi ho capito.* Nostra figlia l'ha fatta di nuovo. *Su, i bambini sono così.* Ma i pannolini sono a valle. *Ah, niente prosecchini quindi.* Magari da asporto.

In fin dei conti non è andata male, è solo che avevamo delle aspettative che non potevano essere realizzate. Era inutile pretendere che la parola "weekend" avesse lo stesso significato di quando eravamo una coppia: mancavano la totale improvvisazione, il sesso, gli aperitivi e sopra ogni cosa, mancava il sonno, quello spudorato fino a mezzogiorno. Adesso era tutto plasmato intorno ai ritmi della Polpetta. Alzarsi all'alba, darsi delle tappe durante la giornata per i suoi pasti e i suoi cambi, tornare presto la sera per non farle prendere freddo. Era molto dolce guardarla scoprire il nuovo paesaggio, fissare i suoi occhi che indagavano una stanza nuova, un orizzonte diverso o i nidi delle rondini sotto al tetto di un palazzo. Però se c'era una cosa di cui avevamo bisogno, era staccare la spina, e non ci stavamo riuscendo.

Esisteva un'unica soluzione all'emergenza-sonno: le nonne.

"Mia madre mi aiuta già così tanto. Pensi che i tuoi ce la terrebbero un paio di giorni? Anche meno: un giorno e mezzo. Il tempo di scappare in un'altra regione, far finta di non avere figli, cenare a lume di candela e fare sesso fino alle due senza essere svegliati alle tre, alle cinque e alle sei e mezza e alle sette?"

Stranamente, i suoi avevano impegni pregressi per i successivi sei weekend più un invito in sospeso dai signori Pozzi per una settimana in Costiera Amalfitana.

Ho chiamato mia madre.

"Sei una persona spregevole" ha commentato risentita.

"E perché?"

"Come perché? Lasci sola la tua bambina, così piccola, così indifesa."

"Ma è un weekend, ci sei tu con lei! E sai che c'è, se non dormo un'altra notte mi ritrovi col collo nel forno."

"Io quando avevo te non mi sarei mai sognata..."

La sua filippica aveva il tono del discorso di insediamento. Le mancava il pugno battuto sul leggìo a fine discorso.

"Scusa, ma chi è che ha continuato a fare la hostess di volo, sempre in giro per il mondo, fino a quando non ho compiuto due anni?"

"Ma cosa dici!"

"Guarda che me li ricordo, quei biscotti al malto di Snoopy che mi portavi quando tornavi da New York o da Tokyo! E il modellino di Boeing? Vogliamo parlare di quello?"

Ha balbettato un incerto "B-beh ma... era diverso! Era lavoro!"

Ho attaccato con un ghigno malefico.

"Ce l'abbiamo in pugno" ho dichiarato. "Dove vuoi andare il mese prossimo?"

Guida agli esemplari di nonna

Quella che si ricorda male

Arriva al compimese con un regalo per il pupo: una costruzione a sei piani con le famose formine geometriche da inserire nel relativo buco. Scarta il pacchetto davanti al nipote, tira fuori un paio di formine agitandogliele davanti agli occhi, poi posa tutto davanti a lui e aspetta. Lo guarda. Ti guarda. E aspetta.

"Beh?" chiede. "Non ti piace il giochino?"

"Mamma, aspetta un attimo, forse non ha ancora capito..." le risponde il tuo compagno.

"Dai metti le formine a posto. Ma non le sa mettere le formine a posto?"

"Mamma... ha tre mesi."

"Ah."

Dopo cinque minuti in cui il bambino non si è assolutamente cagato il giochino e ha ripreso a ciucciarsi annoiato l'angolo del bavaglino, la senti sussurrare al figlio:

"Ma che dice la pediatra?"

"Che dice? Che ha tre mesi! Non può mettere le formine a posto!"

"Tu a tre mesi le mettevi... mi pare."

"No mamma, non è possibile."

"E mi pare anche che facevi le torri coi cubetti colorati."

"A tre mesi?"

"Eh, mi pare... mi pare."

"Vabbè signora, la ringrazio tanto di essere venuta a tenerci la bimba. Noi adesso andiamo a cena e torniamo presto, anzi prestissimo!"

"Sì sì bravi, uscite. La pappa dov'è?"

"No niente pappa, l'ho appena allattata."

"Ancora allatti?"

"Eh. Sì."

"Tu a tre mesi eri svezzato. Mi pare di sì, eh."

"Mamma, ok. Erano altri tempi."

"Altri tempi un corno."

Quella che non si è calata nel ruolo

"E quindi domani pomeriggio te lo lascerei un'oretta..."

"Chi?"

"Come chi? Il pupo."

"A chi? A me?"

"Certo. Perché, non puoi?"

"Ma perché a me?"

"Beh, sei la nonna."

"Ah. E quindi me lo devo tenere? Mia madre mica me lo teneva."

"No, è un favore che ti chiedo. Puoi anche dire no..."

"Allora no."

Quella che inventa

"Oh, che carino questo bambino" fa la sua amica Sandra.

"Vero? Grazie! E poi è un angioletto..." lei ti anticipa. "Ma mamma che dici? Se ieri hai tentato di strangolar..." calcio nello stinco.

"Ah. Dorme la notte?"

"Oh sì, non si sveglia quasi mai."

"Ma mamma! Tu non ci dormi con lui, questo la notte fa i rave..." gomitata nello stomaco.

"E pensi, sa già impilare i cubi e tirarsi in piedi!"

"Ma non è vero!" pestata del piede sinistro.

"Farà sicuramente come mia figlia" dice indicandovi. "Lei a dieci mesi camminava!"

Erano quindici, vorresti rispondere, ma rimani pietrificata nel vederla gongolare come una seienne orgogliosa di raccontare in giro che abita in un castello e in camera tiene un pony.

Quella che è tanto invecchiata

"Che me lo tieni un attimo?"

"Ma lo sai che ho la sciatica. Sono due anni che ho la sciatica."

"Allora mi prendi il ciuccio, che è caduto lì sotto?"

"Ma non posso piegarmi fino lì sotto, non mi alzo più."

"Ok, almeno me lo sciacqui?"

"Poveri i miei reumatismi..."

"Senti, non è che magari domani potresti..."

"Domani ho il podologo."

"E dopodomani?"

"La fisioterapia. Tutti i giovedì."

"Allora questo weekend non è che per un paio d'ore potresti..."

"Partiamo. Andiamo in una beauty farm."

"Ma come? Non c'hai la sciatica, i reumatismi, l'alluce valgo, le maniglie dell'amore, la spaghettite e il morbo di Winnie Pooh?"

"Appunto. Dicono che i massaggi facciano benissimo."

De Nonnibus

"Se non fa la cacca infilagli il sedano nel sederino."
Cooooooooooosa?

"Ma non sarà troppo coperto/scoperto/sudato/fermo/in corrente/al chiuso?"
La risposta dev'essere sempre un sorridente "ma no".

"Io ai miei figli ho sempre dato il _______ (alimento X sconsigliato dai pediatri, illegale o radioattivo) e sono cresciuti tutti bene!"
Però uno è pelato e l'altro alcolista. Dici che non c'entra?

"Ho comprato un giochino al mio nipotino."
Ero proprio ansiosa di ospitare in casa un coniglio di peluche alto un metro e mezzo.

"Ah, mio figlio a 6 mesi gattonava/parlava/si alzava in piedi/beveva dal bicchiere/suonava Mozart bendato."
E 'sti cazzi?

"Devi prendere il box con le maglie larghe così si aggrappa."
Poi se s'impicca pace, sono i casi della vita.

"State già pensando al secondo?"
Sì, stiamo pensando a come evitarlo.

8
Usciamo allo scoperto

Le parcheggiate

Il nuovo appartamento era perfetto, i vicini apparentemente tranquilli e silenziosi, l'ascensore funzionante. Svegliarsi con la luce accecante del sole mattutino metteva voglia di uscire all'aria aperta e inciampare in qualcosa da fare. Il problema era che, scendendo sotto casa, non trovavo più il centro con il suo movimento incessante, i suoi negozi e negozianti, bambini e vecchietti sdentati radunati in piazza. C'era più o meno il nulla, fatta eccezione per qualche filippino che portava a spasso un cane o la spazzatura. La strada era un lungo percorso verde e asfaltato, vuoto. Erano finiti i bei tempi in cui la vita era a un passo dal portone: in una zona residenziale bisognava prendere la macchina e andarsela a cercare.

Per fortuna conoscevo i dintorni come le mie tasche. Sono tornata al parchetto dove andavo da piccola, quello coi sentierini, le giostre e la buca della sabbia. Non sapevo esattamente come funzionasse un parco per i bambini così piccoli. Ero abituata a vederci nani già cresciuti che giocavano a palla o sul fortino, mi aspettavo di fare soltanto un giretto con la Polpetta per deliziarla con la visione di piccoli strilloni e sdentate principesse. A sorpresa, invece, ho subito notato gruppi di bambini anche di pochi mesi. Approfittando del sole, giocavano sul prato seduti su grandi teli colorati insieme alle solerti mamme.

Bene. C'era una cosa che io non ricordavo, o meglio, che avevo rimosso: quanto se la tira il genere femminile. È bastato un giretto esplorativo per sentirmi come se fossi improvvisamente tornata alle scuole medie, quando entrando in una nuova classe le ragazzine facevano di tutto per ignorarti e non farti sentire integrata nonostante i tuoi timidi tentativi di socializzazione.

Rieccole lì, le stronzette di qualche I C del 1991. Cresciute, invecchiate, incarognite, ormai esperte nel padroneggiare le armi dell'indifferenza e della presunta superiorità che già da piccole le rendevano sicure. Erano sedute a gruppetti di cinque o sei come alle medie, solo che al posto degli zaini avevano passeggini e borse del cambio. Coperte da occhiali neri, in perfetta forma e con la risata un po' acida, parlavano tra loro raccattando qua e là i loro nani di pochi anni.

Ho mostrato le amenità del luogo a mia figlia, poi mi sono seduta su una panchina accanto a un capannello di genitrici. La Polpetta era evidentemente attratta da una bambina di un anno che giocava con un pupazzo rosso. L'ho avvicinata alla pupa con il vocalizzo di rito: "Guarda che bella bambina, vedi che bel gioco? Come si chiamerà questa bella bambina?"

Ora. Qualsiasi madre avrebbe capito che non stavo aspettando che fosse la bambina di tredici mesi a rispondermi. Ma la madre taceva. Mi guardava. Aspirava dalla sua Marlboro Light. Guardava la Polpetta. E continuava a tacere.

"Come si chiama la bambina?" ero stata costretta a chiedere, perché non ricevere risposta me le faceva girare a trottola.

"Bea" ha risposto infine la madre, soffiando non troppo di lato il fumo. Pensate abbia aggiunto altro? Tipo "trice"? No. La figlia era Bea e basta, e la sua bocca era nuovamente sigillata intorno alla sigaretta.

Ho cambiato gruppetto, avvicinandomi a un bambino con la

salopette firmata che camminava a malapena sorretto dalla mamma.

"Guarda Polpetta! Questo bimbo già cammina, che bravo! Quanto ha?"

Questa volta la domanda era rivolta *chiaramente* alla mamma.

"Un anno" ha risposto la signora col poncho grigio chiaro e gli stivali con le frange.

"Vuoi giocare con il bimbo?" ho domandato a una Polpetta alquanto perplessa dalle frange.

"Bibo, ti piace la bimba?" ha chiesto la madre al suo nano, nel frattempo totalmente distratto da un cane di passaggio. "No, non gli piace. Gli piacciono i cani. Arrivederci."

Sono rimasta per un momento senza parole, con un insulto che pizzicava tra i denti e la lingua e che ho trattenuto, perché quello era il parco di zona e quello sarebbe stato il *mio* parco, non era il caso di picchiarsi con un'altra madre il giorno uno, ci sarebbero state altre occasioni.

Altro giro, altri nani. Mi stavo lievemente spazientendo. Non ero abituata e non trovavo nemmeno giusto mendicare amici per mia figlia, avrebbe dovuto essere una cosa totalmente naturale che dei bambini al parco giocassero insieme senza troppi problemi. Ho fatto l'ultimo tentativo con un gruppo di tizie sedute sul prato, in cerchio, con tre piccoli nani che si divertivano. Sono stata palese e diretta: "Possiamo unirci a voi? Non conosciamo nessuno..."

Si sono guardate. Hanno ridacchiato, "sì sì", ma senza farmi posto.

Sono rimasta qualche attimo in piedi, tanto per vedere cosa sarebbe successo. Non è successo niente.

Iniziavo a farmi venire dei dubbi: la Polpetta era sporca? Puzzava? Puzzavo io? Avevo delle evidenti pulci che mi saltellavano sui vestiti, stile Pig-Pen? I miei occhiali da sole erano troppo scuri? La mia borsa turchese era troppo turchese? Avevo un lieve accento di cui non mi ero mai accorta? Riassumendo: qual era il loro problema, esattamente?

Sembrava una storia già vista. Una passava quindici anni a lottare per liberarsi dei brufoli, delle insicurezze, del bisogno di accettazione nel branco, della timidezza atavica, dell'apparecchio e soprattutto di quelle quattro streghe che ti rovinano l'adolescenza. Poi non solo te le ritrovavi tali e quali, ma si erano pure riprodotte! Se è vero che la madre degli stronzi è sempre incinta, queste non mirano solo alla ripopolazione mondiale ma alla conquista dell'universo, ve lo dico io.

Oh tu, scellerata!

Ero incastrata in una mail di presentazione per l'ennesimo cv quando ho sentito l'avviso di posta in entrata. Oggetto: Boarding Rules, o qualcosa del genere.

"Amore, ma hai prenotato qualcosa che possa avere delle regole d'imbarco?" ho chiesto a Lui.

"Hmm... no, perché?"

"Mi sono arrivate indicazioni su check-in online e bagagli a mano."

"Guarda l'itinerario, dovrebbe esserci scritto. Magari si sono sbagliati."

"Ah sì, eccolo: Olbia."

"Olbia?"

C'è stato un attimo di intenso silenzio e poi è arrivata l'illuminazione.

"Olbia, ma certo! Il weekend in Sardegna!"

"Come abbiamo fatto a dimenticarcene?"

"Eh, come abbiamo fatto... te l'ho regalato a dicembre!"

"Azz, è vero. Certo pure te che compri i voli a sei mesi di distanza."

"Beh ma c'era una promozione in corso, io ero sotto a un treno e dovevo regalarmi un obiettivo, una speranza a lungo termine. Ti giuro, a quel prezzo non si trovano più!"

Il viaggio faceva parte del mio pacchetto ottimismo. Quello "Ma sììì, anche con una bambina noi non rinunceremo ai weekend da soli!" ed ero determinata a rispettarlo.

In una settimana – visto che la suocera aveva stranamente impegni pregressi – ho dovuto corrompere mia madre per tenere l'ennesima volta la Polpetta, pregarla in svariate lingue (anche morte!), prometterle che la volta successiva l'avrei lasciata all'altra nonna, chiamato una conoscente babysitter per supportarla, riconoscere di essere una figlia infame, fare ammenda dei peccati e delle rispostacce degli ultimi vent'anni, giurare di aiutarla con il pranzo di Natale dell'anno dopo.

Ci siamo riusciti: un weekend da soli. Soli, dopo mesi. Sembrava fantascientifico.

Grazie alla nonna – santa nonna – abbiamo chiuso due piccolissimi trolley e siamo saliti in macchina, direzione aeroporto. A momenti mi accasciavo dall'emozione al check-in. Si tende a dimenticare che tutto ciò al Prozac *je fa 'na pippa*, come direbbero sia a Oxford che a Capocotta.

Lasciate che lo dica: mia figlia mi è mancata con moderazione. Farsi una notte di sonno ininterrotto dopo mesi di sveglie continue è stato il Nirvana. Alzarmi alle undici e passare venti minuti sotto la doccia, divino. Spiaggiarmi su una sdraio davanti al mare cristallino senz'altra occupazione che scorrere le canzoni sull'iPod, lo scopo di un'esistenza. Farmi spalmare la crema doposole e poi scegliere l'abbinamento scarpe-abito-borsa per la sera, una sensazione inebriante.

Al termine dei tre giorni mi sarei incatenata all'ombrellone.

"Ma non ti manca tua figliaaa?" urlava mia madre per telefono.

"Certo, se me la spedisci qui con due tate notturne sarei felicissima di..."

“Scellerata!” ha risposto, una parola che credo non avesse mai usato in vita sua.

Non capiva il potere di acqua turchese, mirto, infradito e seadas dopo mesi di stanchezza, ma a mia discolpa posso confessare di non aver affatto dimenticato la vita di madre che mi attendeva al ritorno, anzi. Così come quando sei incinta inizi a notare tutte le pance del circondario, lo stesso accade quando diventi genitore. Il modo in cui guardi il mondo si sbilancia impercettibilmente a favore di tutti gli individui semoventi sotto il metro di altezza.

Da una lenta e semicomatosa osservazione della realtà da quell’ovattato punto di vista che è l’ombrellone, posso dire che un weekend con nano a casa ti può rendere:

Guardona

Notate la (mala)grazia con cui punterete e fisserete intensamente qualsiasi nano della fascia d’età del vostro, e la frequenza con cui la vostra mente malata elaborerà paragoni.

“Che carino, quanto ha?”

“Undici mesi.”

“Accidenti, già in piedi con la manina? E quando ha iniziato? Come ha fatto? Ma gattonava? Cosa gli date da mangiare? Dice ma-ma? Gli piace il pesce? Il pane in mano glielo lasciate? Come lo vestite? Ma adesso il body ce l’ha? Che marca di pannolini usate?”

Quindi, nei primi dieci minuti vi scambiano per una maniaca. Per i successivi dieci per una che fa ricerche di mercato. In realtà siete solo esaurite.

Esperta

Questo l’ho fatto il primo giorno: mi si è seduta accanto una povera donna incinta di 8 mesi. Le ho attaccato un siluro di una ventina di minuti buoni sulla mia gravidanza, sulle nausee, sulle contrazioni, sul dopo, sul corredino. Ho snocciolato consigli non richiesti a gruppi di venti, ho fatto autoanalisi davanti a lei, mi sono fatta delle sue presunte domande e le ho dato delle risposte e ho concluso con un: "Perché sai, col primo figlio non sai mai a cosa vai incontro".

Al che lei mi ha risposto: "Veramente è il terzo. Le gemelle sono lì sull'altalena col papà e la nonna".

Nostalgica

Svegliarsi all'ora di pranzo come i ventenni è commovente. Svegliarsi naturalmente, senza qualcuno che strilla per farti alzare, è – posso dirlo con discreta certezza – meglio del sesso. Ricordarsi che tutto questo durerà soltanto per tre mattine, è una cosa deprimente e ingiusta. Per questo mi sono goduta ogni sveglia con una lacrimuccia di nostalgia...

Aggressiva

... tranne l'ultima mattina, quando una signora si è piazzata alle 8.50 davanti alla mia porta a parlare al cellulare col marito Pietro. Sono uscita in camicia da notte strillando epiteti molto volgari e maledizioni sparse. La signora è scappata.

Confusa e felice

Avete notato quanto ci si mette ad adattarsi a novità spiacevoli e quanto invece ci si abitui in fretta alla bella vita? Ventiquattr'ore e sembra di non aver fatto altro. Tornare a una vita fatta di notti insonni, pianti, pannolini e passeggini sembrava quasi improbabile. Invece in un batter d'occhio rieccoci a casa, mia madre ci aveva accolto con profonde occhiaie, una voce funerea e la bambina, vispissima, al collo.

"Adesso un weekend serve a me" aveva annunciato.

Bugie

Tornavo al parco, di tanto in tanto. Ero determinata a trovare un bambino con cui far giocare la Polpetta. Non che lei fosse particolarmente interessata all'articolo, ma non portandola ancora al nido pensavo che fosse comunque cosa buona e giusta mostrarle i suoi simili.

Confesso: desideravo anche io il mio parco amichetti da far sedere sul telo della Polpetta e osservare il loro promiscuo scambio di giochi ciucciabili e cicche raccolte da terra. Mi sembrava di doverglielo, in qualche modo: mamma non ha amiche con figli, ma i bimbi per te li troviamo lo stesso.

Il problema, devo essere sincera, è che ero una frequentatrice sporadica. È facile fare gruppetto se sei una di quelle che – pioggia, neve o tornado – ogni giorno alle 4.30 è seduta vicino alle altalene e parla di sogliola al vapore e crema di riso.

Un po' meno se vai e vieni pretendendo di consolidare amicizie durature per tua figlia nel giro di mezz'ora e, soprattutto, non hai neppure tanta voglia di parlare di nani.

È che le mamme, al parco, non hanno nemmeno un nome. Io il primo giorno mi sono presentata con tanto di stretta di mano e mi hanno guardata come a dire "ma chi te l'ha chiesto?". Al parco perdi la tua identità e diventi *mammadiqualcuno*. Fino a nuovo ordine non sei autorizzata a parlare di te, ma del nano. Inutile tentare di ribellarsi alla legge del branco.

Il giorno uno avevo iniziato a disquisire di passeggini.

Il giorno due avevo parlato di ciucci e tettarelle senza-biosfenolo-A-che-fa-male.

Il giorno tre di marche di pannolini.

Il giorno quattro, esasperata, avevo tentato di cambiare argomento.

Io: "Senti ma tu che fai di bello, lavori?"

MammadiDavide: "Hm, sì. Sì e no. Senti ma l'uovo glielo dai già?"

MammadiGaia: “Io ancora no, aspetto i dieci mesi”.

Io: “Vi stavo chiedendo del lavo...”

MammadiDavide: “Il mio già mangia tutto, e vedessi che appetito!”

MammadiGaia: “Oh beh, anche Gaia è una buona forchetta. Non si lamenta mai”.

MammadiDavide: “Lamentarsi? Oh, Davide non sa nemmeno cosa sia il lamento. Vero cucciolino? Vero?”

Perché, oltre a essere monotematiche, molte tra le mamme del parco sono affette dalla già citata *cazzarellite*. Sono quelle che, per quanto il loro figlio possa essere un insonne cronico, un'inguaribile inappetente o un bulletto dell'asilo, davanti agli altri minimizzano o fanno addirittura credere che il loro sia un tesoruccio da manuale, di quelli con cui scambieresti il tuo subito e via.

A quel punto mi sono chiesta se le poche che conoscevo avessero davvero in casa dei bipedi dall'intelligenza precoce, narcolettici e divorapappe. Il dubbio era più che lecito.

Quando le mamme hanno iniziato a parlare di sonno e una delle due mi ha chiesto come fosse mia figlia, ho risposto:

“Si sveglia una decina di volte a notte, a volte anche quindici. No: non gattona, non si tiene in piedi, non beve da sola. La adoro ma spesso ti frulla le palle come un Minipimer”.

Dopo un istante di basito silenzio lei ha semplicemente abbozzato, dicendo che anche a una sua conoscente era successo, ma lei era molto fortunata – *e te pareva*.

“Gaia va a dormire alle 9 e si sveglia verso le 8.30...” ha confermato.

“Davide a volte anche alle dieci!” ha esclamato felice l'altra.

“Ma tu le dai la carne vera, no?” rispondeva MammadiDavide, “mica quegli omogeneizzati da farmacia!”

“Oh no, sai che con quelli non mi rientrava nei percentili?”

“Eh: i percentili! Ogni mese una lotta... Ma Davide è sempre stato sopra il 50esimo.”

(*Percentili*: diffidate da tutte le madri che pronunciano questa parola).

È stato un attimo. Le ho guardate e l'ho detto, così, senza nemmeno pensarci:

"Ma voi non vi rompete mai le palle di parlare sempre di questa roba?"

In tre secondi e qualche decimo, dopo mesi di tentativi per far avvicinare la Polpetta da qualche bambino, distruggevo irrimediabilmente la nostra vita nanosociale.

Forse il parco non aveva il maniaco, ma adesso aveva sicuramente la pazza.

Filastrocche e canzoncine

Quando i vostri pupi raggiungono i nove/dieci mesi è probabile che, se in tv passa qualche canzone o sigla, loro si mettano ipnotizzati all'ascolto. Sarà allora che, un giorno qualunque, entrando in un negozio di libri e cd qualsiasi, acquisterete della musica per bambini. Pop? Colonne sonore? Ma no, andrete sul classico: filastrocche e canzoncine della vostra infanzia. È solo che non ve le ricordate proprio bene, perché altrimenti evitereste di far ascoltare al bambino qualcosa che potrebbe traumatizzarlo in modo irrecuperabile e indurlo a una visione triste e decadente dell'esistenza.

Cosa ci cantavano le nonne quando eravamo bambini? No, non era *Hello Spank*, cercate di ricordare meglio e visualizzare. Vedete del sangue? Scene di sesso? Morti ammazzati? Non siete impazziti, è così: la tradizione popolare offre un intrattenimento canoro che definire inquietante è un complimento. Vi presento qualcuna delle canzoncine che la Polpetta ha avuto la sfortuna di ascoltare nei suoi primi mesi di vita.

Reduce di guerra

Il merlo ha perso il becco, povero merlo mio, come farà a beccar?

Questa è la strofa soft, perché in seguito il merlo perde, nell'ordine: i denti, la lingua, il naso, gli occhi, le orecchie, entrambe le zampe e la coda. La canzone in pratica termina con un tronco di merlo semovente. Perché? Ha forse incontrato *Saw l'enigmista*? Si è lanciato per masochismo tra le pale di un elicottero? Ha deciso che "*Less is more*"?

"Che animale è?" chiese il piccione.

"Un merlo" rispose il tordo.

"E da dove si vede?"

"Così dicono..."

Romeo+Juliet

Dunque c'è questo grillo che si vuole sposare con una formica, ci siamo? Ecco quel che succede il grande giorno:

Erano in chiesa per darsi l'anello, cade il grillo e si rompe il cervello

Com'è potuto succedere? Voglio dire, quante volte devi cadere prima di riuscire a romperti il cervello? Come se stare davanti all'altare fosse rischioso quanto andare a 250 in Yamaha sulla Roma-Napoli, senza casco. Beh, oddio: punti di vista. Ma a noi interessa poco, perché tanto *la formicuzza dal grande dolore, prese uno spillo e se lo mise al cuore.* Era dai tempi di Shakespeare che non si vedeva una coppia più sfigata.

Animal sex/1

Come non citare il celeberrimo *Anghingò tre civette sul comò che facevano l'amore con la figlia del dottore?* Riassumendo: sesso. Sesso di gruppo. Sesso di gruppo con animali. E non è nei dvd che vostro marito tiene sotto alla Playstation, è nel cd del vostro bambino!

Mi sfugge un po' la dinamica della cosa, e soprattutto perché in seguito *il dottore si ammalò*, se era la figlia quella che andava a bestie.

Animal sex/2

Questa ha anche una componente splatter. Allora, inizia con una bella scena hot:

Oh! bella, bella, bella, la storiella del cacciatore, che si mette a far l'amore con la cornacchia del Canadà.

Qui già posso comprendere la dinamica meglio delle civette, ma lasciamo stare. Cosa succede in seguito? Il cacciatore (che di nome fa Cecchino, tutto un programma) scambia la cornacchia per un corvo e *bang! con un colpo l'ammazzò.*

Riassumendo: sesso con animali più omicidio colposo. Nemmeno in *Basic Instinct* si erano spinti a tanto.

Titanic

Lo conoscete il piccolo naviglio? Quello *che non voleva, non voleva navigar?* E dopo una due, tre, quattro, duecento settimane sapete che successe? Se state pensando a un roseo futuro per il coraggioso natante, che vinse le sue paure a largo dell'Oceano, ricredetevi perché *il piccolo naviglio naufragò.*

Ecco, se cercate una canzoncina motivational e incoraggiante, questa anche no.

Trafficanti di bambini

La mia mamma la va al mercà, tutti i dì me ne fa una, una, una. Ha comprato un bel bambino che sarà la mia fortuna, una, una. E il bambino: uè uè...

No, dico: serve aggiungere altro?

Il dna non perdona

Gobbo suo padre, gobba sua madre, gobba la figlia della sorella: era gobba pure quella, la famiglia dei gobbon!

No, dico, e li prendi pure per il culo a questi poracci? Poi non ti lamentare se tuo figlio chiama "Baffo Moretti" la sua compagna di banco in terza elementare, causandole crisi epilettiche e alopecia a chiazze.

Vacanze

"Come va con la bimba?" aveva chiesto un'amica.

"Bene. Al solito, ci strema..."

"Eh ma dai, adesso arrivano le vacanze!"

"E allora?"

"Beh, non dormono di più durante le vacanze?"

"Quando vanno al liceo sì."

Era un lampante esempio di quello che gli amici *childfree* non riescono a realizzare. Non concepiscono l'idea che fare il genitore non contempli giorni di ferie. Che non è come con la scuola o il lavoro: arrivano le vacanze, finalmente si dorme, ci si riposa, si fa tardi! Ecco, no.

"Dove andate di bello?" aveva chiesto la stessa amica, sicura di ricevere una risposta del tipo Cicladi, Sicilia o Sardegna. Non che con un bambino piccolo siano vietati gli spostamenti, sono solo più complicati e necessitano un'organizzazione che la stanchezza ci impediva di formulare. La meta della prima villeggiatura con la Polpetta doveva avere alcuni requisiti: facile da raggiungere e riposante, il che implicava avere con noi qualcuno che ogni tanto ce la tenesse un po', tanto per far finta di essere in vacanza pure noi.

Avremmo trascorso l'estate palleggiati tra i quattro nonni, e vi assicuro che con un bambino molto piccolo è l'equivalente di "Yeee, tutta vita!", perché solo grazie a loro siamo riusciti a fare qualche serata fuori, un'uscita di coppia e un pomeriggio tra i meglio affari nostri.

Durante una partenza con figli si assiste a quel fenomeno affascinante che è la moltiplicazione dei bagagli. Se vi siete sempre chiesti perché per tutta l'infanzia avete sempre viaggiato incastrati fra una borsa frigo e un canotto gonfiabile, adesso avrete la risposta. Per dire, solo il lettino da campo è un oggetto contundente di un metro per due, del peso di quindici chili circa. E: sì, avete bisogno anche del *materasso* del suddetto lettino.

"A che ora partiamo?" aveva chiesto Lui.

"Per rendere la cosa più indolore possibile, quando lei fa il riposino."

"Alle due? Ma fa quaranta gradi, l'asfalto ci inghiottirà come sabbie mobili!"

"Preferisci sentire *Heidi le caprette ti fanno ciao* a rotella per tutto il viaggio?"

"Le due è un ottimo orario."

Ne faceva solo trentotto, in verità, e c'era poca fila al casello perché la gente si era fermata a rantolare negli Autogrill. Siamo arrivati nella ridente località marinara nel pomeriggio.

Ho deciso di non fare confronti con le mie vacanze passate. Devo dirlo, per la mia situazione di neomamma con diecimesenne al seguito, il posto era una pacchia. Bungalow condizionato a venti passi dal mare, a trenta dal minimarket e a cinquanta dal ristorante. Sentierini all'ombra della pineta e giochi per bambini. I nani erano ovunque, popolavano ogni centimetro quadrato della zona, soprattutto, la spiaggia.

Era possibile andarci con la bambina solo in orari da pensionato iperteso: dalle nove a mezzogiorno e dalle quattro alle sei. Io sembravo un venditore ambulante. Avevo la borsa del mare con dentro la mia roba (asciugamano, crema) e quella della Polpetta (due asciugamani, due cambi, borsetta del cambio, pannolini, crema, cappellino, bandana, acqua e qualcos'altro che ora mi sfugge). Poi la borsa dei giochi. Il canottino. La ciambella. La piscinetta. E poi certo, la Polpetta col suo passeggino. Quando andavo al mare, di me si vedevano solo i piedi.

La mettevo sull'asciugamanino coi suoi giochi e lei, dopo averli sistematicamente buttati ovunque, sollevava di proposito il telo prendendo manciate di sabbia. Prima ancora che avessi la voce per dire "No" se la lanciava addosso con gusto, assaggiandone anche parecchia e tirando fuori la lingua per accertarsi che l'avessi notato. Dopo un po', annoiata, indicava la sua ciambella con papera d'ordinanza e si metteva a pedalare in acqua, salutando i bagnanti e schioccando baci all'orizzonte.

Sovraeccitata dai bagni, dall'aria salata e dal movimento, ha anche iniziato a fare strani versi. Un "ppoppòppòppòpò" detto col labruzzo gonfio, che insieme ai suoi quattro capelletti biondi che andavano a vento le dava in tutto e per tutto l'aspetto del pollo, e un "méme" con cui chiamava me ma anche la nonna, il secchiello e un barboncino nero. Aveva anche imparato a tendere le braccia per farsi prendere, lo faceva a intervalli di circa dieci minuti e poi mi si stringeva al petto come un koala. Era un cucciolo sudaticcio che mi piantava le unghiette addosso con il frenetico terrore di essere rimessa giù; avrei quasi potuto portarla senza tenerla con le mani, sembrava calamitata.

Imparava qualcosa ogni giorno: a tenere il biberon da sola, a schizzare l'acqua con le manine, a usare la paletta. Faceva un po' tutto tranne gattonare, e infatti quando si allungava troppo per prendere un oggetto e cadeva a pancia sotto nella posizione dello scarrafone, agitava le estremità con vivaci lamenti. Se qualcuno non interveniva si arrendeva, buttava la faccia avanti e rimaneva lì, col naso a terra, in attesa.

Speravo che quelle ore di sole e schiamazzi marini stendessero la Polpetta garantendoci qualche notte di sonno, ma mi sbagliavo. Se possibile, era più insonne e iperattiva di prima.

Sul bagnasciuga era in ottima compagnia. La fauna locale contemplava quasi tutti gli esemplari di nani marini a oggi conosciuti.

Il *Nano Panato* ad esempio, che trova estremo piacere nel ricoprirsi totalmente di sabbia. Solitamente è abbinato a una madre che si sente meglio quando lo lascia senza pannolino e poi si stupisce se caga un castello di sabbia.

Il *Nano Marino*, invece, approfitta di ogni distrazione del genitore per lanciarsi tra i flutti gettando nella disperazione l'intera spiaggia. ("Tommaso! Dov'è Tommaso? Era qui un secondo fa... Bagninooo!")

Il *Nano Piagnens* è immancabile, spesso accompagnanto anche dal *Nano Urlatore*, quello che chiede i braccioli strillando come se la mamma si trovasse sullo Sputnik invece che sulla sdraio accanto.

Segue il *Nano Edilizio*, quello che alle nove del mattino ha già costruito un maniero con sei ponti levatoi, due fossati e cinque torri, dove abita un granchio morto. ("Amore, togli quel cadavere!" "Mamma", fa lui sconcertato, "ma questo è il Re!") Se per caso ce l'hai come vicino di ombrellone è finita: qualunque passo falso può costare al Re Granchio una parte fondamentale del suo regno e l'eterno risentimento del bambino, che per tutta risposta seppellirà il tuo iPhone insieme a una medusa.

Dulcis in fundo, il *Nano Bencotto*. Quello che disgraziatamente passa la giornata tra le braccia del papà e lo vedi diventare prima rosa, poi rosso, poi fucsia. Di solito è tedesco o inglese, e passerà il resto della settimana con una t-shirt bianca dentro e fuori dall'acqua. Porello.

La famigliola austriaca che abitava l'ombrellone accanto al nostro era invece silenziosissima e ben incremata. Madre, padre, due bambini e una neonata.

La loro primogenita Marie, cinque anni, era l'unico essere vivente della spiaggia per cui mia figlia mostrasse un blando interesse, fatta eccezione per i paguri.

Se altri bambini della sua età provavano a mettersi accanto a lei, la Polpetta li spingeva via di peso, guardando altrove. Come non esistessero, come fossero un borsone posato per sbaglio accanto a lei. Ci si appoggiava di peso guardando l'orizzonte, vaghissima, finché questi non perdevano l'equilibrio cadendo fuori dal suo asciugamano. La violenza fisica più passiva che avessi mai visto, di una sottigliezza malefica.

Con l'austriaca nana questo non succedeva. Forse perché aveva gli occhi verde smeraldo, o forse perché parlava tedesco e mia figlia a dieci mesi aveva già spiccati gusti mitteleuropei. Fatto sta che si metteva lì e la Polpetta le passava i giochi, la osservava fare formine con la sabbia e rideva quando le buttava giù.

"Ecco!" esclamava Marie a intervalli regolari, unica parola italiana che conosceva. La Polpetta rispondeva con intensi "u!" e sporadici e casuali applausi, segno di incondizionata approvazione.

"Anche Marie primi tempi mai dormito tutta la notte, lei tre quattro risvegli a notte" mi aveva detto la mamma in un impeto di solidarietà, dopo avermi sentito inveire contro l'universo per l'ennesima notte in bianco.

"Ah, e come hai risolto?" ho chiesto speranzosa.

"Io aspettato, poi piano piano col tempo è passato. Ci vuole un po'."

"Quanti mesi?"

"Mesi?" sembrava confusa. "No, lei stata così per tre anni e mezzo. Ma ora dorme tutta notte eh!"

Se devo essere sincera, per colpa del sonno non ricordo proprio tutto della prima estate polpetta.

Dopo il mare c'è stato altro mare con i suoceri, e poi la montagna. Ci sono state valigie da disfare, lavare, rifare, richiudere, riaprire. Ci sono stati sorrisi, scoperte, i primi piedini posati a terra e i primi deboli passi tenuta per le manine. Ci sono state girandole e braccialetti colorati, sillabe nuove assaggiate dalle sue guance tonde, giochi comprati e persi tra la sabbia, o nell'erba alta.

So per certo che sono stati quei giorni estenuanti e caldissimi in cui si è trasformata da neonato a persona e forse in cui, al tempo stesso, io ho iniziato a sentirmi mamma per davvero. C'erano notti in cui si dormiva a dir tanto due ore, e al mattino per non strangolarla dovevo prendermela con un cuscino, ma poi c'erano momenti in cui la mettevo nel letto per disperazione, e allora sentivo la forma calda del suo corpicino, le sue manine che cercavano il mio viso e si incastravano nei miei capelli, il suo respiro caldo che odorava di panna e di labbra.

Era incredibile come cercasse *me*. Me, che avevo tentato soltanto di scappare dal mio ruolo. Che ancora preferivo scaldare cinque secondi al microonde un omogeneizzato invece che cuocere carne al vapore. Che dicevo vagonate di parolacce tra i denti. Che coltivavo costantemente fantasie di fuga.

"E che però sei qui, non te ne sei andata. Vedi, è per questo che ti ama" mi diceva Lui quando gli parlavo dei miei dubbi.

Ero divisa tra la fatica di quel periodo, che avrei voluto attraversare il più velocemente possibile e con gli occhi chiusi, senza soffermarmi un attimo su un solo passo, e il desiderio di essere lì per lei. Di tenerla stretta, di sentire il modo in cui si aggrappava a me, e di essere abbastanza forte da sostenerla. Sempre.

Non volevo lasciare che la mia debolezza le rovinasse la vita. Scoprivo che, anche se fare la madre non era mai rientrato tra i miei desideri, per lei volevo esserlo.

Desideravo essere la madre di mia figlia. Un pensiero così scontato da risultare nuovo, per me.

S.O.S. tata

Il nostro ritorno a casa è stato inaugurato con una delle notti peggiori in assoluto: non abbiamo toccato il fondo, lo abbiamo ravanato dopo averlo raggiunto in poche bracciate. Per questo motivo ci eravamo guardati e, all'unisono, avevamo detto: aiuto. Visti anche i miei nuovi impegni da freelance, l'unica soluzione era una babysitter che, almeno per qualche ora al giorno, si prendesse cura della Polpetta e magari, col tempo, riuscisse ad aiutarci anche qualche notte, per recuperare il sonno che ormai ci dava una perenne andatura da ubriachi.

"Perché non chiedi a Olga?" aveva proposto Lui.

L'ho fatto il giorno dopo. La nostra formosa ucraina era lusingata della proposta, in fondo si era affezionata tanto alla Polpetta diversamente capellata, ma aveva qualche problema: altri tre lavori e due figli a carico. Non aveva intenzione di lasciarli, i lavori.

Cercare una tata significa che il tuo numero di cellulare diventa di dominio pubblico.

Ho dato le mie dieci cifre ad amici e conoscenti ma anche al prete della parrocchia, all'asilo della zona, a badanti incontrate per strada. L'ho attaccato in bacheca nella palestra di zona, al supermercato, in chiesa, nella mia ex scuola elementare. Mi avrebbero chiamato due maniaci, tre venditori di battitappeti elettrici, un addetto alle dimostrazioni del Bimbi e un'altra mamma convinta che "cercasi tata" significasse che la tata fossi io.

La ricerca della fantastica Mary Poppins che avrebbe entusiasmato la Polpetta con balli, musica e giochi – e che vista la mia condizione precaria sarebbe stata pagata con quello che avrei speso per la palestra – era iniziata.

Cercarne una è come fare un figlio: ci si imbarca nell'avventura con una totale e fiduciosa inconsapevolezza. Si immagina una giovane e volenterosa ragazza, referenziata e simpatica, con la quale decidere giusto il dettaglio del prezzo. Certo, come no.

La prima candidata, mandata dalla cara badante ucraina di una parente, si chiamava Elsa ed è venuta conciata come Hannah Montana.

"Quanti anni hai, Elsa?"

"Diciannove."

"Sei un po' giovane..."

"Ah, ma io tanta esperienza con bambini! Io in casa ha otto fratelli!"

"Otto? Dev'essere stato faticoso!"

"Eh sì, bambini che grande rottura di palle. Ops, forse non doveva dire..."

La seconda, Evelyn, era filippina.

"C'è qualcosa che vuoi chiedermi?"

"È lavoro con orario fisso mensile? Ferie pagate? Tu iscrivere Inps? Tu paga se io un giorno andare via prima? Tu quanto dà di straordinari? Tu paga mio rientro in Filipine? Tu dà anticipi?"

"Cosa stai cercando di dirmi?"

"Io lavora bene se tu paga bene."

Se non pagavo bene cosa faceva, mi addormentava la bambina col gas?

"Fuori!"

La terza si chiama Teresa ed era italiana.

"Io adoro i bambini, sono stata insegnante di asilo nido, so tutto di puericultura e volendo faccio anche le notti."

"Ah che bello Teresa, e quanto vuoi?"

"La tariffa giornaliera è di 12 euro l'ora, notturna sono 18."

"Ti faccio un bonifico direttamente sul conto alle Cayman, Teresa?"

La quarta si chiamava Enzo.

"Ciao so' Enzo."

"E che vuoi?"

"So' er fidanzato de Martina, la ragazza peffà bebisitte."

"E perché non mi ha chiamato lei?"

"Perché le questioni de lavoro je le curo io. Pure le questioni de sordi."

"Ah. Graazie, gentilissimo ma ho già risolto."

La ricerca è proseguita a lungo. Sembrava impossibile trovare una persona amante dei bambini, non esosa, competente e senza parenti nella mafia locale. Quando arrivavano per il colloquio trovavano me, a volte mia madre e spesso anche Olga.

Nonostante la scelta di non lasciare gli altri lavori fosse stata sua, la fidata ucraina non riusciva a non subire attimi di *rosicatio acuta* quando qualche ragazza si presentava per il lavoro. I miei colloqui erano ridicoli, iniziavo col chiedere se sapevano cambiare un pannolino e terminavo parlando di aneddoti sulla vita locale dei rispettivi paesi. Credevo poco nelle parole, molto nelle sensazioni a pelle, ancor più nelle prove di qualche giorno.

Olga non era dello stesso avviso: lei le cassava con scientifica freddezza.

"Io te deve dire..."

"Dimmi Olga."

"Questa qui troppo giovane. Lei dice di sapere ma con bambini non sa niente, io pensa."

Oppure:

"Scusa se ti dice..."

"Dimmi Olga."

"Questa qui troppo vecchia. Lei non abastanza forza per correre dietro a bambina quando camina."

E ancora:

"Ma tu vuole prendere questa qua?"

"Non so, deve fare una prova."

"Io prima vista che se scacolava."

"Olga, ma scusa perché non lasci i tuoi lavori e vieni qui?"

"Io non può, una famiglia me compra biglietto aereo. Altra me paga benisimo. No conviene."

"E allora perché mi stai sabotando?"

"No, io solo dice quel che pensa."

Il giorno in cui arrivò una ragazza etiope di bell'aspetto, apparentemente dolce e con una discreta esperienza, ho pensato con sollievo di aver risolto. Mi sembrava perfetta, e anche la Polpetta le è quasi subito andata in braccio senza problemi. Quando ha terminato il colloquio, ho cercato lo sguardo di Olga. Era al limite della pena.

"Cos'ha questa?"

"No io non dice più niente."

"Olga, te lo leggo negli occhi. A me comunque sembra a posto: gentile, dolce, con esperienza..."

"Sì sì."

"Ma?"

"No niente."

"Olga."

"Lei smalto rosso. Tuti sanno che smalto rosso è de sòccola" ha concluso scuotendo la testa e sospirando rumorosamente.

Povera Olga, a me dispiaceva contraddire i suoi giudizi ma la ragazza etiope mi aveva convinto e le avevo chiesto di presentarsi all'inizio della settimana successiva per qualche giorno di prova.

Il lunedì seguente alle dieci sono stata costretta a richiamare la nostra ipercritica ucraina.

"Olga. Per caso oggi sei libera?"

"Io sì libera, ma tu non ha ragazza di Etiopia?"

"No, non si è presentata. E ha pure il cellulare staccato. Io ho un lavoro da consegnare dopodomani, se non vieni tu sono spacciata."

"Io te aveva detto che lei sòccola."

Mariela

Tre ore al giorno, tre volte alla settimana, Olga era fantastica. Il resto del tempo in casa regnava il delirio. Nei momenti in cui la Polpetta riposava, invece di rifare letti e mandare lavatrici mi attaccavo al computer per tentare di lavorare. Fare la freelance da certi punti di vista era l'ideale: flessibilità degli orari, totale autogestione del lavoro, nessun capo col fiato sul collo. Per dire, potevo passare il pomeriggio a spasso e la notte al computer. O anche viceversa.

Con una bambina, però, tutto diventava leggermente complicato. Pensavo di cavarmela chiedendo aiuto a mia madre, ma ancora non sapevo che il problema, quando si lavora da casa, è essere presi sul serio.

"Ehm, mamma stamattina verresti a tenere la Porpi che ho un lavoretto da freelance e devo scrivere..."

"Ma esci?"

"No no, scrivo qui da casa, mica gli danno l'ufficio ai freelance."

"Ah, ok. Vedrai: non ti disturberemo per niente."

Accoglievo mia mamma e lanciavo la Porpi, amichevole diminutivo di Polpetta, tra le sue braccia. Sole permettendo andavano al parco e per un paio d'ore riuscivo a concludere qualcosa. Se invece per un qualsiasi motivo restavano a giocare in casa, il mio lavoro consisteva nel rispondere alle seguenti domande:

Scusa ma la devo cambiare o l'hai già cambiata?

Mi dici dove sono i vestitini? Ma questo è nuovo? E questo è sporco?

Ma la lavatrice non l'hai mandata! Ma perché usi questo ammorbidente che puzza?

Scusa la tieni un attimo, devo fare una telefonata.

Le do un po' di succo di pera? Questo biberon è da lavare?

Scusa la tieni un attimo devo andare al bagno.

Pronto? Sì sono a casa di tua nipote, tieni, è lo zio che ti vuole salutare.

Mi dici dove sono i calzini antiscivolo?

Ma la febbre stamattina gliel'hai provata? E 'ste unghie gliele tagli mai?

Oooh prendila un attimo che vuole te! Sei senza cuore!

Scusa la tieni un attimo che non riesco ad aprire il box.

Come fuori fa troppo freddo? Le ho messo il golfino! Ah, è di cotone? Davvero?

Senti, ieri le hai dato la carne o il pesce?

Scusa la tieni un attimo che devo girare il brodo.

Certo che non ti va mai bene niente eh, vengo qui e devo stare pure zitta!

A casa mia neanche il Dalai Lama sarebbe riuscito a concentrarsi più di mezzo minuto. Quando uno dei miei datori di lavoro mi ha chiamato per un nuovo progetto importantissimo, con scadenze follemente serrate, ho dovuto prendere una decisione drastica: via Olga, prendo di corsa la prima tata che si presenta.

È arrivata Mariela, quarantenne peruviana dall'aria di pia donna, con un dito mozzo e un ciuffo bianco.

"Sei perfetta" ho esclamato mollandole la Polpetta e rispondendo con l'altra mano a un'email del capo di turno che chiedeva *quandocimanditutto? quandocimanditutto?*

Mariela era tanto una brava donna e faceva tutto molto a fondo. Ci metteva cinquanta minuti per preparare una pastina, trenta per un biberon, dai dieci ai quindici minuti per aprire uno yogurt. "*Avavene*" (ah, va bene) rispondeva a qualsiasi richiesta, con occhi vacui e dondolio di assenso del capo.

Mariela era tanto una cara signora, anche se faceva confusione con le lingue.

"Porta a Viola il suo orsetto" e le metteva il cappotto.

"Andate in terrazzo a fare due passi" e iniziava a fare un puzzle.

"Leggile questo libro" e mi fissava incantata, con suo sorriso ebete da bravissima persona che non ha capito un'acca. Lei era così, dolcemente stordita. Quando non sapeva cosa fare metteva il sistema in stand-by: si fermava e fissava il vuoto finché non le dicevo qualcosa, e solo allora ripartiva.

Mariela era tanto buona, non alzava mai la voce. In verità forse la voce proprio non ce l'aveva.

"Mariela, parlaci un po' con la Polpetta."

E lei: "Vvviooooollaaaaa" con una voce roca e bassissima, tonalità Et l'extraterrestre. Inquietante.

"Mariela, cantale una canzone mentre la culli così si addormenta."

E Mariela: "Aa, a".

"Mariela, un po' di più."

"Aa, a. A."

Era tanto gentile e discreta, ma non le si poteva lasciare la bambina da sola perché il dubbio di non ritrovarla in salute era fortemente giustificato.

Nel giro di dieci giorni era riuscita a:

– lavare i biberon col brillacciaio, che se per poco non sentivo uno strano odore la vita di mia figlia sarebbe finita, e immediatamente a seguire anche quella di Mariela;

– farla giocare con le palline che stanno dentro il tappo delle bolle di sapone. Questo presupponeva che Mariela, con una certa abilità manuale, avesse aperto almeno quattro tappi di bolle e disperso palline grandi come una perla in giro per casa, per la gioia delle narici o dell'esofago della bambina. Credo che questa cosa sia annoverata tra i crimini contro l'umanità;

– lavare la mia chiavetta USB, che era accanto a un ciuccio. Si era caricata tutto, aveva fatto un bell'ammollo nel detersivo e l'avevo ritrovata sullo scolapiatti. Quando le avevo chiesto perché (anzi: perchéééé???) l'avesse lavata aveva sorriso docilmente e risposto: "Forchetta".

Mariela è stata sostituita soltanto dopo un mese, tempo necessario a rifarsi tutta una trafila di colloqui e trovare finalmente una persona normale, con una voce normale, abitudini normali e una conoscenza del mondo sufficiente a distinguere una posata da una chiavetta USB.

Lasciare i pupi a casa

Il problema si è posto la sera del compleanno di mia madre. Avevamo fatto mangiare la Polpetta a casa ma ci siamo accorti subito che era stanca e stranita. Appena ha visto il cappotto si è dibattuta muggendo come un vitello alla sagra della chianina. Imbottirla, metterla in macchina e portarla al ristorante tra tre nonni tiraguance e cinque zii sarebbe stato un vero macello.

"Su, dai che adesso dobbiamo andare" ha detto Lui.

È stato allora che, invece di calmarla, convincerla e resistere mentre mi strappava i capelli a ciocche di centotrentasei, mi sono fermata e ho detto: "Sai che c'è? NO."

"Come *no*?" ha chiesto Lui e poi anche mia madre, mio padre e altri parenti sparsi non appena appresa la decisione.

"*No*, nel senso di *no*."

"E i tuoi che diranno?" ha chiesto, anticipando le reazioni.

E infatti: "Ma non ce la vuoi far vederee?" ha piagnucolato lo zio.

"Stasera non fa mica freddo, di cos'hai paura?" ha chiesto mia sorella.

"Quando la Polpetta era più piccola vi facevate meno problemi a portarla fuori la sera" ha sentenziato la zia.

Ci credo bene: dormiva! Voglio dire, che differenza c'è a tenere un neonato che dorme nella sua cameretta piuttosto che in una pizzeria affollata? Quando i nani sono tubicini di scarico mugolanti e narcolettici è facile portarseli dietro in più o meno qualsiasi circostanza che non includa altoparlanti, hard rock e creste fucsia. Poi crescono, l'ambiente circostante smette di essere un blando sottofondo e diventa un temutissimo *stimolo*.

Tutto quello che è stimolante, nei bambini piccoli, è caldamente consigliato fino all'ora di pranzo e paurosamente rifuggito nel tardo pomeriggio. L'input esterno sbagliato può trasformare il più angelico dei bambini in un mostro d'insonnia. Perché lo stimolo eccita, e i bambini su di giri non dormono. E cosa fanno i bambini stanchi? Si caricano ancora di più. E questo circolo vizioso di stanchezza ed eccitazione causa delle incredibili botte adrenaliniche.

Visti i problemi di sonno della Polpetta ero ancora più restia a portarla fuori la sera. Per lei era uno stress evidente e per noi una fatica immane. Se andavamo al ristorante voleva camminare in giro per i tavoli (tenuta per la manina, altrimenti si schiantava al primo spigolo), se eravamo in una casa voleva esplorarla e scegliere una stanza (di solito il bagno) dove rimanere a giocare, se notava troppa gente intorno iniziava a infastidirsi e urlare, pretendendo di andarsene a casa sua.

Ogni volta che avevamo tentato di portarcela fuori la sera avevamo finito per non cenare, passando il tempo a correrle dietro o a farci trascinare per mano; non voleva stare né seduta, né in passeggino, né in braccio, né chiaramente da sola.

Giustamente, ma quanto interessa a una bambina di quell'età una conversazione tra amici? Che le importa di una cena fuori? Come può divertirla stare in mezzo a dieci adulti che ridono e parlano e sforchettano nei piatti con quel classico insopportabile brusio, mentre lei vorrebbe solo la tranquillità necessaria per dormire?

Da quando avevo deciso di non stressarla più, parenti e amici si lamentavano con me. Improvvisamente ero "la perfida madre che non gli faceva vedere la Porpi".

"Facciamo una cena per lo zio Gino/l'amica Pina, porti la piccola vero?"

"Beh, anche no."

"MA COOOME! NOI LA VOGLIAMO VEDERE!"

"E allora potevate fare un pranzo. Non è mica il nano da compagnia, è una bambina che ha dei ritmi e vanno considerati" rispondevo. Beh, forse usavo parole più gentili, ma il senso era lo stesso.

Questa era ed è tuttora la mia presa di posizione. Non giudico quelli che trascinano i figli al ristorante fino all'una, ma il novanta percento degli esempi che ho visto non mi hanno convinto. Alle mamme succede questo:

"Come ti dicevo sto... Sofiaaa vieni qui! Sto iniziando ad appassionarmi al... Sofia! Cos'ho detto? Ah sì: appassionarmi al... Oddio, SOFIA! Lascia in pace quel signore e torna a finire la pasta! Guarda, ecco qui un boccone, guarda... vieni qui *a mamma*".

(Oh. Dio.)

Sulle prime i bambini sono simpatici e caciaroni. Dopo le undici iniziano a essere isterici e annoiati. Se raggiungono la mezzanotte vagano barcollando con l'occhio spiritato e l'inciampo facile. Tra le righe sembrano dire: "Mamma, staccati dal vermentino e portami a dormì. Ma non ti faccio pena?"

Certo, poi magari sono gli stessi bambini che tornando a casa, crollano all'istante e allora forse il gioco vale la candela, soprattutto se non si hanno nonni o tate disponibili. La Porpi era invece particolarmente sensibile. Se avessi avuto un *nano-dormens* che dove lo metti sta e non fa una piega se intorno a lui ci sono due orsacchiotti immobili o venti adulti con una ciucca canterina, forse l'avrei pensata diversamente.

Invece rispettavo lei e, certo, anche il mio sacrosanto diritto a rilassarmi un po'.

Quando uscivo la sera volevo staccare la spina. Mangiare quello che avevo nel piatto senza ritrovarlo di gomma perché ero stata tutto il tempo in piedi dietro a lei.

Volevo conversare coi miei amici o parenti senza urla e pianti di insofferenza in sottofondo, poter vedere le undici sull'orologio senza il terrore di pensare: oddio, ancora non dorme, ora si stranisce e sta sveglia tutta la notte. E poi volevo parlare di altro che non fosse *comecresce*, *chebella*, *cosamangia* e soprattutto *quantodorme*.

Se queste condizioni potevano essere rispettate, ad esempio lasciandola alla nonna o chiedendo qualche ora di straordinario alla tata, la serata "s'aveva da fare". Altrimenti – sinceramente e senza nessuna remora – preferivo popcorn, una vaschetta di gelato e un dvd.

Tuttora la penso così, e credo che la mia opinione rimarrà tale almeno finché esprimerà il sonno con lamenti e stropicciamento d'occhi invece che con un sonoro "mamma! Molla quel Traminer e portami a letto".

La svolta

È stato a qualche giorno dal suo primo compleanno che alla Polpetta è stata (finalmente) ipotizzata un'intolleranza alle proteine del latte.

"Uh, che spilungona! Com'è alta. Uh, che intelligente! Come indica i libri. Uh, che carina! Che begli occhioni" aveva detto la pediatra durante l'ultimo controllo. "E però non cresce. È da quando hai smesso di allattarla che prende poco peso."

"Ma mangia! Se c'è *una* cosa che fa, visto che non dorme, non gattona, non cammina e non parla, quella è mangiare."

"E però non cresce."

"E però, che culo!"

"Vuoi vedere che è correlato anche al fatto che non dorme? Facciamo un tentativo..."

E ha funzionato. Sottraendole tutto il buono della vita, tipo latticini, dolci e formaggi, nel giro di un mese non solo la Polpetta è rientrata nei *percentili* (scusate, non li nominerò mai più), ma ha anche preso a svegliarsi sempre meno durante la notte. Improvvisamente, i cocci si sono ricomposti.

Abbiamo iniziato a condurre una normale esistenza con bambina di un anno, né più né meno degli altri, e abbiamo anche scoperto che era *bella*.

Ho smesso di essere perennemente rimbambita e irritabile. Ho smesso di evitare l'argomento sonno per paura di sentirmi l'unica sfigata. Ho smesso di uscire continuamente fuori di testa, per qualsiasi cosa. Ho cominciato a svegliarmi riposata e con la voglia di fare qualcosa di diverso dal trascinarmi fino a sera.

È stata la svolta.

Ottenebrata dal sonno, dalla paura, dallo stress, per tutti quei mesi avevo deambulato per la mia esistenza senza vedere davvero dove stessi mettendo i piedi. Soprattutto senza guardare lei, quella meraviglia di bambina che cresceva a velocità supersonica sotto ai miei occhi.

Caso strano, nello stesso periodo è entrata nella nostra vita Sheryl, tata trentenne che conosceva le chiavette USB ma anche le pappe per bambini, come cambiare un pannolino, i nomi dei personaggi Disney e un paio di interessantissimi giochi educativi. Abbiamo recuperato il sonno e, insieme, trovato una persona capace e affidabile per tenere la Polpetta quando volevamo staccarci un po' da lei e tornare a essere una coppia.

Rientrare a casa dopo un party, coi tacchi che facevano male per quanto avevo ballato, e ritrovarla pacificamente addormentata nel lettino proprio come l'avevo lasciata era una sensazione di completezza. Potevo dire: ehi, oggi me ne vado a lavorare da un'altra parte e poi prendo un aperitivo fuori. Formulare progetti. Sentivo che la gestione della mia vita stava tornando tra le mie mani.

C'ero io. C'era lei. Ora c'era anche quella distanza necessaria a vedere la bellezza del sentimento che ci univa. Per me era impossibile amare una vita che si richiudeva su se stessa, che rimbalzava le sue motivazioni sulle pareti di una casa, immersa nella lentezza, che considerava tutto il resto – compresa la mia persona – un dettaglio trascurabile. Capivo che per rendere felice la Polpetta dovevo prima di tutto essere una persona felice, e se per esserlo dovevo mantenere dei margini di libertà, allora libertà e maternità avrebbero trovato necessariamente un equilibrio.

Smettevo finalmente di dibattermi per la mia vita come un'anguilla in un vaso. Poggiavo i piedi per terra. Camminavo finalmente avanti, invece che in cerchio. E scoprivo che solo riconquistando la me stessa che amavo, iniziavo a scoprire davvero l'amore per mia figlia.

E tu, ti sei ripresa?

Da quanto tempo non esci a fare shopping con le amiche?
a. Shopping. ricordo questa parola ma mi sfugge il significato
b. Se ci vado un'altra volta la banca mi sequestra la carta di credito
c. Un mese. Forse due. Non ricordo

Sesso. In confronto alla vostra media abituale, dopo il nano, come siete messi?
a. Puoi chiarire il concetto di "sesso"?
b. Abbiamo margini di miglioramento, ma ci impegnamo
c. Non ne sento tutto questo bisogno...

Da quant'è che non esci la sera (senza nano!)?
a. In che senso "senza nano"?
b. Mi sono organizzata giusto ieri
c. Che gusto c'è a uscire la sera senza nano?

Come sono le tue amiche senza figli?
a. Noiose: così curate, mondane e in carriera
b. Mi aiutano a evitare il rincoglionimento totale
c. Quando le incontro casualmente fanno finta di non conoscermi

Ti capita mai di mettere la radio a palla e ballare?

a. Perché dovrei farlo?
b. Quasi dopo ogni doccia
c. Solo se passa *Heidi*

Quando non pensi al tuo bambino, a cosa pensi?

a. Perché, è possibile *non* pensarci?
b. A mille cose tutte insieme, per lo più ai miei progetti e alle mie passioni
c. Non penso: dormo

Cosa ne è stato delle tue passioni?

a. Perché, fare la mamma non è una passione?
b. Cerco di continuare a coltivarle
c. Adesso mi sono appassionata alla musica infantile e al massaggio neonatale

Se avete scelto più risposte B non dovreste avere problemi, se invece avete risposto una maggioranza di A o C dovete assolutamente correre ai ripari prima di diventare *labravamamma*, il mostro. Tipo: mollate il pupo a chiunque si offra e uscite con le amiche. O se avete 20 euro e siete al centro commerciale, per una volta andate da Zara e non da Chicco. Iscrivetevi a un corso che non sia "il massaggio neonatale". Togliete il cd della Baby Dance dal lettore dell'auto. E ricordatevi che prima di essere mamme eravate qualcos'altro. No: non "aspiranti mamme"!

9
Un anno e poi

Tanti auguri a te

Per il primo compleanno della Polpetta abbiamo invitato tutti i (pochi) bambini che conoscevamo, preparato una torta senza latte, allestito festoni con scritto il suo nome tra il muro e le piante del terrazzo e comprato quintali di bolle di sapone e palloncini colorati per giocare all'aria aperta. Ecco: quel giorno ha diluviato.

Gli amici erano stipati in salotto, le bolle le abbiamo sparate sul divano di pelle bianca e i palloncini invadevano il pavimento rendendo difficoltosi gli spostamenti. Non che la festa sia riuscita male, anzi. Ci siamo divertiti tutti: famiglie con gemelli, madri single e amiche alcolizzate che si sono corrette la Fanta commentando il party:

"I panini col salame non li mangiavo dalla prima media. Dimmi che ci saranno anche l'anno prossimo..."

"Che carina tua figlia. Posso tenerla ogni tanto?"

"Ma il papà di quel bambino è single? È una vita che cerco un uomo a cui piacciano i bambini."

"Tu sei diversa dalle mamme per come le conosco io. Sei... come posso dire? *La solita cojona* va bene, o ti offendi?"

Invece di giocare fuori, i bimbi hanno eletto ad angolo ludico il Saarinen: tavolino basso in marmo reduce del vecchio arredamento di design, che ormai conviveva pacificamente col Billy di Ikea. Il povero mobile, abituato a sorreggere lussuriosi bicchieri di Morellino e Nero D'Avola, tavolette di fondente al 70% e candele aromatiche, si è visto costretto all'insostenibile e umiliante Gattino Rotolino, seguito dal Telefono Milleluci, il Magico Volante, l'orso Baloo, piramidi di formine, Pinkie la cavallina e tutti gli amici del mare.

La Polpetta, che ancora non camminava, sedeva sul tappeto colorato insieme a pacchi e bustine che amici e parenti consegnavano in fila indiana come i Re Magi.

Aveva la stessa incerta timidezza che da piccola caratterizzava me.

Quando arrivava un volto che non riconosceva, mi guardava per capire cosa dovesse fare; sorrideva solo se io sorridevo. Prendeva i regali e poi li teneva tra le mani senza dire una parola, né fare nulla. L'espressione era del tipo: "Ah, bello, m'hanno regalato un'altra scatola! Fantasia zero, amici".

"Ma Porpi, lo devi scartare! Dai, scarta!" la incoraggiavo.

Il primo l'ho aperto io. Al quinto ci ha preso gusto. Alla fine della festa si è messa accanto tutte le carte dei pacchetti e ha iniziato a farle a pezzetti molto piccoli, nascondendoli sotto il divano. Mi guardava come a dire:

"Guarda come sono bravissima! Li scarto a pezzetti minuscoli! Ti divertirai tantissimo a trovarli lì sotto..."

Ho sorriso, l'ho abbracciata stretta e lei, volontariamente, ha appoggiato le sue piccole labbra umide alla mia guancia, come io avevo fatto tante volte con lei. Allora lo capiva, cosa fosse un bacio.

Dopo la festa e dopo averla messa a nanna c'è stato un afterparty con una manciata di amici, con panini avanzati e cocktail improvvisati. Molto, molto alcolici.

"A volte vorrei fare un figlio, davvero" ha detto a sorpresa

Francesca, trentunenne sposata con un amico di Lui, "ma poi penso che non ce la farei mai. Che dovrei rinunciare a troppe cose, che cambierebbe tutto. Tu che dici?"

Chiedeva a me. Cos'avrei dovuto raccontarle: tutto quanto o solo la parte bella? Ora capivo perché la maternità si teneva in piedi grazie a un sacco di bugie, in quel momento ero tentata di dirne anche io.

"Beh, non è facile. E: sì, cambiano un sacco di cose. Però..."

"Però?"

"Però ti rende una persona migliore, credo."

"Non è vero, tu sei perfino peggio di prima" ha ironizzato Lui.

"Infatti guardandovi i mie dubbi si sono moltiplicati. Non sembra poi così male."

"Beh, se ti piacciono i pannolini sporchi..." ha commentato Ju, divertita.

"Non ti manca la vita di prima?"

"Oh beh, sì. Anzi: SÌÌÌ! Ma ammetterlo non significa dichiarare automaticamente che adesso la mia vita non sia bella."

"Quindi pensi di aver fatto la scelta giusta?"

"Oh sì, certo: ne è valsa assolutamente la pena."

Era passato un anno dal parto.

Nonostante il percorso per diventare mamma fosse stato incredibilmente difficile, disseminato di incertezze e rimpianti, di fatica e delusone, trecentosessantacinque giorni dopo avevo finalmente scoperto di essere felice. Guardando quella bambina così piccola che respirava profondamente, completamente arresa al sonno, avevo la certezza che la mia vita non sarebbe potuta essere diversa. Mia figlia non era arrivata per sottrarre qualcosa, ma per aggiungere.

Forse quell'istinto materno di cui tutti parlavano, che riempiva gli occhi delle donne in attesa e gli spazi oscuri della maternità, aveva finalmente abbracciato anche me. Era lui a farmi stupire della sconfinata bellezza di un ricciolo biondo, che mi faceva stringere il cuore per un pianto dopo una caduta, o perdere nell'incavo del suo piccolo collo profumato? Credo di sì.

Non sapevo come fosse *desiderare* un figlio, fantasticare su di lui, ridere di gioia alla vista di un test positivo, commuoversi durante un'ecografia. Però adesso sapevo com'era *amare* un figlio. Come se fosse sempre stato lì. Come se, senza che tu lo sapessi, la tua vita avesse sempre avuto uno spazio per lui.

Comunicazione e radar

Arrivati a questo punto i libri normali finiscono, giusto? La bambina ha compiuto un anno, la mamma ha fatto pace coi demoni che occupavano in pianta stabile il suo cervello e vissero tutti felici e contenti.

Il mio racconto potrebbe concludersi qui, con un finale commosso e sentiti ringraziamenti. La verità è che, già che ci sono, volevo condividere con voi qualcosa dei mesi successivi, perché è allora che inizia a diventare tutto molto più divertente. Dopo lo shock del test positivo, le difficoltà della gravidanza e la depressione dei primi mesi, è una liberazione poter parlare del *dopo*. Perché è molto meglio del *prima*, non c'è partita. Dopo l'anno è tutta un'escalation positiva.

Personalmente ho assistito a un vero e proprio cambiamento della percezione di "vita con un figlio". A fare la differenza sono innanzi tutto una quantità di piccoli dettagli pratici, di quelli che ti cambiano la giornata. Ad esempio, il pupo inizia a camminare quindi non c'è più bisogno di portarsi dietro il passeggino per ogni minimo spostamento. Comincia a mangiare come gli adulti e il massimo che serve per fare un pranzo fuori è un seggiolone. Non ha più bisogno di cinque accessori di un metro per due per svolgere qualsivoglia attività ed è capace di autointrattenersi per almeno dieci minuti, cosa considerata fantascientifica fino a una manciata di mesi prima.

La vera svolta, però, è che inizia a interagire: qualcosa di esilarante, commovente e gratificante al tempo stesso. All'inizio sono soltanto gesti, comportamenti e suoni: uno sguardo, e intuite che vuole ancora pizza, un verso e notate che ha sete. Un ditino che indica insistentemente il suolo, e scoprite che una delle sue scarpine è allacciata troppo stretta. Una risatina, e realizzate con orrore che quella roba che ha raccolto da terra e posato sulle vostre gambe non è un pezzo di legno.

Se prima ogni pianto era un terno al lotto per capire cosa lo disturbasse, adesso può far capire da solo se a farlo piangere è la fame, il sonno o la fiatella del bisnonno. Se prima individuare l'oggetto che indicava richiedeva calcoli balistici, adesso lo chiamerà quasi per nome.

Arriveranno le prime, timide sillabe. Dimenticate gli amabili e delicati "guu!" che il vostro piccolo elargiva con elegante casualità. I piacevoli "nghè" che facevano tanto neonato a modo. Preparatevi a versi incomprensibili e a primi, decisi tentativi di conversazione.

Non è raro che il bambino, intorno ai quindici mesi, se ne esca serissimo con una frase del tipo: "Bababdù,bgù,da dada,ma. Ma. Papamama, pidann-pidà". Con un'espressione convinta, come se vi avesse appena esposto le sue teorie sull'esistenza umana. Se non rispondete, si offende pure.

Nove volte su dieci quello che dirà vostro figlio vi farà ridere. A volte invece dovrete trattenere la lacrimuccia. Immaginate la scena: è mattino e, invece di essere svegliati dal solito pianto, sentite un incerto e starnazzato "ma-ma!". Prima vi sentite spiazzati – oddio, ma ce l'ha con me? – poi vi affacciate nel suo lettino e lui è lì, che vi guarda fisso negli occhi. Ripete quelle due sillabe "ma-ma!" sempre più forte, per accertarsi di essere sentito. Tra una e l'altra fa delle pause, aspetta una risposta. È allora che il vostro cuore, reso di pietra da anni di amori infelici, liti condominiali, vigili urbani e capi imbecilli, si scioglie definitivamente.

Improvvisamente, tutto si avvicina all'immaginario *bello* dell'avere un bambino, quello in cui ridete insieme rotolando sul tappeto, cercate quel maledetto pezzo di puzzle, ripetete tabelline, imbrattate la cucina facendo il ciambellone, andate in bicicletta, leggete favole abbracciati.

Per me è stato un sollievo. Quando mi dicevano "bambini piccoli, problemi piccoli. Bambini grandi, problemi grandi" pensavo che avrei potuto fronteggiare un fidanzato coatto o una lite da motorino molto meglio di duecentoquaranta notti in bianco (contate). So che cambierò idea, ma per adesso mi voglio illudere.

Non so se per un blando senso ironico la Polpetta inizialmente ci chiamava *mème* e *pepè*. Non che non sapesse pronunciare i nomi correttamente, era solo che preferiva così. Ha imparato a dire "Hello Kitty" contemporaneamente a "nonna", cosa che ha lasciato basiti gran parte dei parenti, ma la primissima parola in assoluto è stata NO, anzi, "gnò".

La decisione di un bambino nel dire "gnò" è assoluta. Se non gli date retta, piange. Se insistete, morde anche. Il problema è che risponde "gnò" a praticamente qualsiasi cosa.

"Polpetta, vuoi la pappa?"

"Gnò."

"Polpetta, che carino questo vestitino!"

"Gnò."

"Amore, stasera la mettiamo a letto presto e io e te..."

"Gnò."

Intorno all'anno e mezzo iniziano a capire tutto, *ogni vostra parola*: state attenti a quello che dite in sua presenza, che sia "vai a prendere il tuo pupazzo a forma di koala" così come "tesoro, andiamo al cinema stasera?".

Nel secondo caso attiverà il radar. I bambini piccoli hanno

radar speciali per le seguenti attività, che tenderanno naturalmente a mandare completamente all'aria, in gergo *fottere*:

– notte prima di un colloquio
– notte prima del primo giorno di lavoro
– notte prima di un importante evento/scadenza
– uscita organizzata
– cena con amici a casa
– sesso e pratiche affini

La riprova? Oggi devo consegnare il libro, stanotte ho dormito tre ore e mezza.

Primi passi

I primi passi del bambino sono l'evento atteso da tutta la famiglia. Se pensate che "come sta?" sia la prima e più frequente domanda che possano rivolgervi riguardo al pupo, aspettate il "ma cammina?". Inizierà ad arrivare intorno all'anno e proseguirà a oltranza fino a risposta affermativa.

Se il lunedì la prozia chiama e la risposta è "no", richiamerà anche il mercoledì per sincerarsene.

"Non è Lazzaro, zia. Non va a invocazioni divine. E poi ha solo un anno..."

"Ma un anno è tardi! La nipotina della Clara al primo piano, lei..."

"A dieci mesi correva e girava la testa di 360 gradi. Sì, quella è possessione zia."

Tanto per cambiare, mentre il vostro pupo incespica nei suoi stessi piedini e a malapena si tiene in piedi da solo, sarete circondati da un tripudio di esempi opposti. Nani che a undici mesi fanno il doppio carpiato dal divano, saltano la corda e camminano anche sulle mani. Ecco: fregatevene. Nulla è più relativo dei progressi di un bambino, e quando avranno otto anni vi sarete anche dimenticati se ha camminato a dodici o a quindici mesi. Io sono un pezzo avanti perché mi sono già scordata.

Da quando si reggono in piedi, prima ancora di mettere in fila tre passi, i vostri pupi inizieranno a ballare. Dalla mia esperienza con la Polpetta posso affermare che ballare è una delle attività primarie e fondamentali del genere umano, ed essendo io cresciuta a pane, musica, lezioni di danza e serate in discoteca, non posso che esserne felice.

Fateci caso, coi vostri nani. Li vedrete prima muoversi timidamente, sulle note di qualche canzoncina che avete messo per loro. Appreso il movimento di bacino e qualche altro agitamento sparso di braccia e gambe, qualsiasi cosa va bene: ho visto nani sculettare al ritmo di Shakira e altri scatenarsi alle prime note dell'*Ave Maria* intonato dal coro degli anziani in chiesa. Anch'io una volta durante una cerimonia ho dovuto riprendere mia figlia che, al centro della navata, batteva le mani ancheggiando furiosamente mentre una vecchia baritonava convinta il *Salve Regina*.

Passata la fase "ballo tutto" inizieranno ad avere dei gusti estremamente precisi. Alla Polpetta faceva vomitare la musica dance, e non in senso metaforico: tre volte su cinque si è sentita male in macchina mentre la radio passava una canzone di Bob Sinclair, che per tale motivo è stato messo al bando insieme a David Guetta e Gigi D'Agostino. Trovava invece estremamente interessante la musica indie, il reggae (cosa che ancora non mi spiego), il pop e alcuni brani dello Zecchino D'Oro. La sua playlist ideale avrebbe contemplato in sequenza *I kissed a girl, Redemption Song* e *L'Ocona Sgangherona* senza fare una piega.

Se un giorno qualsiasi, pettinandovi davanti allo specchio, invece di canticchiare l'ultima di Madonna vi parte "*volevo un gatto nero, nero, nero...*" non preoccupatevi: è perfettamente normale. Qualcuno lo trova anche sexy.

Intrattenimento

A un certo punto sarà inevitabile che il nano inizi a interessarsi alla tv. Che la tv sia il male non devo essere certo io a dirvelo. È caldamente sconsigliata come babysitter in generale e in particolare sotto i tre anni, ma sfido qualunque nano a non essere incuriosito dal piccolo schermo di tanto in tanto.

Il problema è che adesso ci sono i canali tematici. E io li adoro, porca miseria. Vuoi mettere un canale che ti spara ventiquattr'ore di serie tv americane? E vuoi mettere l'equivalente, ma per il target prescolare?

Quando avevo cinque anni, se alle 6 di pomeriggio avevo voglia di guardare un cartone trovavo *Magnum P.I.* Se casualmente pranzavo mezz'ora dopo, al posto di *Pollon* mi ritrovavo *Dinasty*. Adesso il problema non si pone: a qualsiasi ora del giorno e della notte il programma che cerchi è quasi sempre lì. Questa è la gran fortuna e anche la grande tragedia.

Lo ammetto: ho guardato la tv per bambini. È stato un letale misto di curiosità e forte spirito di consumismo e, proprio durante una timida esplorazione dei canali a lei dedicati, è accaduto il dramma: mia figlia ha scoperto i Teletubbies.

Lo show inizia con un'immagine che spero non mi appaia mai in sogno: un sole con la faccia di un bambino che ride. Ma non ride felice, tipo solletico. Ride inquietante, tipo film dell'orrore. E gli occhi! Ma glieli avete mai guardati? Vi dico solo una cosa: Guardate. Gli. Occhi. Ora provate a spegnere la luce, mettere i Teletubbies e non cagarvi sotto. In confronto *The Grudge* è *Hello Spank*.

La loro canzoncina idiota ipnotizza i minori con nenie che, probabilmente – viste le inequivocabili somiglianze dei protagonisti con l'omino di Roswell – ascoltate al contrario inneggiano alla dominazione aliena. Le loro movenze sono di poco superiori a quelle del truzzo medio al Pacha di Ibiza, infatti a volte pogano anche, ma di panza. Abitano un prato verde evidenziatore dove le uniche creature presenti sono terrorizzati e teneri coniglietti, che insieme alla patata al forno costituiscono il loro pasto medio.

I nostri eroi sono quattro:

quello viola con la borsetta e la voce da uomo, che sta per fare outing

quello rosso che balbetta e si nasconde, che è sociopatico

quello giallo sempre felice, che si fa di LSD

quello verde che parla come il figlio di Darth Vader e un Alvin Superstar.

Vorrebbero rappresentare tutte le razze, in realtà appaiono tutti pallidini tranne quest'ultimo, che ha la carnagione grigio-marrone come quel mio amico che fumava una stecca di Marlboro rosse al giorno.

Nel prato c'è un'enorme ventola e una serie di megafoni stile sottomarino, che sbucano dal suolo. Questo conferma la tesi secondo cui il progetto Dharma non è partito da quel personaggio di *Lost* che sembra Bonolis, ma da Tinky Winky.

Cosa fanno i Teletubbies tutto il giorno, oltre a ridere, fare oh-oh, palparsi con la scuse delle tante coccole e giocare a nascondino? Secondo me, vista la forma, decimano la popolazione di conigli a suon di spiedini, ma questa è un'ipotesi.

A un certo punto dello show la ventola inizia a diffondere una sospetta polverina iridescente nell'aria, e i nostri si mettono in fila sulla collina facendo un movimento di bacino che ricorda in tutto e per tutto quello del maniaco sessuale medio.

Quando la pancia di uno dei quattro si illumina parte un filmato in cui mia figlia ha un tasso di identificazione pari al novantanove percento. Si vedono infatti solitamente dei cinesi, degli afroamericani, o degli svedesi. Cioè, l'italiano medio, quello con la pelle chiara ma non diafana e i capelli castano chiaro ma non crespi, non perviene. Cosa fanno questi bambini? Nella maggior parte dei casi, attività impraticabili nella metropoli media italiana: tosano pecore, si lanciano in ruscelli di montagna, portano a spasso i pony, imbrattano una stanza bianca di vernice colorata, costruiscono casette sull'albero.

Non paghi di aver insinuato nella mente del vostro nano desideri irrealizzabili come abitare nelle campagne irlandesi con una muta di setter e otto cavalli, alla richiesta di "Ancola! Ancola!" il filmato riparte tale e quale.

I Teletubbies comunicano in questo modo:

"Dipsy!"

"LaLa."

"Dipsy!"

"LaLa!"

"Dipsy!"

"LaLa!"

Questo non conferma la teoria secondo cui la ripetizione aiuta la comprensione dei bambini, indica solo che i Teletubbies sono sordi: le orecchie sono d'avanzo.

Dopo averci mirabolato in entusiasmanti avventure come la corsa in monopattino o la caccia al cappellino perduto, i Teletubbies salutano e si rituffano nella loro tana, dove otto conigli e tre prigionieri umani li aspettano insieme alle patate al forno.

Resta un ultimo quesito: cos'è quella roba che hanno in testa? Secondo me è l'antenna aliena che li collega alla navicella madre: un bel giorno saremo conquistati da un esercito quadricromatico che ci stenderà a panzate con sonori "ciaociao!".

Giochi proibiti

Cosa intrattiene un bambino che inizia a esplorare il mondo? Sarebbe bello rispondere: costruzioni, bambole e pupazzetti. In realtà ad attirarlo è tutto quello che voi cercate di rendere off-limits.

Nel mio caso, la Polpetta aveva una particolare simpatia per i burro di cacao. Li apriva e, incapace di ruotarli per far uscire lo stick, ci scavava dentro col dito finché non erano tutti belli spalmati sulle sue mani e sull'arredamento circostante. Non vado fiera di dire che mi sono schiantata contro l'armadio grazie a una chiazza di Chapstick alla ciliegia stesa sul parquet.

Secondo folle amore della Polpetta, quello per il bidet. Dico: hai la casetta, la fattoria degli animali, il secchiello giallo, il passeggino giocattolo e dove metti i tuoi pupazzi? Nel bidet. Celebre il brunch con amici in cui uno, dopo aver usato il bagno, dichiarò: "È bello che anche Hello Kitty abbia a cuore la sua igiene intima."

Terzo, non per importanza: i telecomandi della tv, che dopo l'avvento del digitale si sono riprodotti per la sua gioia. Li usava come telefoni, come martelli, come ciucciabili e come bambole. Una sera l'abbiamo sorpresa mentre cullava il telecomando del decoder, imbracciato come una bambola, per poi adagiarlo delicatamente sul divano, con una copertina. L'avesse vista Berlusconi, l'avrebbe fatta ministro.

Ultimo amore della Polpetta, gli sticker. Quando Lui le aveva regalato due bustine di innocui adesivi a forma di animali, non pensavo l'avrebbero nemmeno interessata.

"Ma dai, è troppo piccola per capire che..." e la casa era già imbrattata di sticker.

Abbiamo iniziato a trovarne sui vetri, sul pavimento, sui muri, sui mobili ma anche in frigo, nei cassetti, sui bottoni della lavatrice, su abiti e scarpe, nel bidet ovviamente.

Scoprirete che, inevitabilmente, gli sticker inizieranno a seguirvi ovunque.

È ormai storia il mio colloquio informale con un possibile datore di lavoro. Finita la chiacchierata sono tornata a casa e, guardandomi allo specchio, ho notato un particolare che avrebbe fatto il paio solo con una foglia di rucola tra gli incisivi.

Avevo un adesivo nei capelli, in perfetta vista sotto l'orecchio.

Un orso bianco, per l'esattezza, che teneva in bocca una sardina. Avevo parlato per un'ora e mezza con un'orso polare nei capelli. Improvvisamente i sorrisi che mi erano sembrati segno di totale approvazione, assumevano tutt'altro significato.

Viola bacia tutti

A quattordici mesi alla Polpetta piaceva: la pizza bianca, rotolarsi sul letto, lanciare gli oggetti e andarli a riprendere (attività piuttosto canina, a dire il vero), il suo telefono musicale che cantava canzoni ipercaloriche: "ciao maialino/è ora di mangiare/ma quante cose/da dove cominciare?", i video di cani di YouTube con in sottofondo la canzone "who let the dogs out" (who?who? whowho?), i fagiolini, fare *SpiderPorp* con il papà sulle pareti del salotto, ballare, il solletico sulla pancia, la fattoria degli animali, gli uccellini, seminare di briciole di biscotto il divano, lamentarsi, le altalene, i piccioni, assaggiare la mia pasta seduta in braccio, gli scherzi, il prato, la pallina rosa, il libro pop-up delle principesse, stringersi addosso a me e coprirsi la faccia con la manica della mia tshirt, ma soprattutto, più di ogni cosa, alla Polpetta piaceva dare i i bacini.

Ai suoi pupazzi ma anche a me, alla nonna, agli zii, a persone conosciute da poche ore.

"Guardala non è bellissima? Oggi mandava baci anche al tecnico della caldaia."

"Tra quindici anni questo sarà il mio inferno" ha sospirato Lui, con un guizzo di intenso terrore negli occhi.

Se avete figlie femmine, è inevitabile che il papà inizi a prospettarsi quel lontano futuro in cui la sua bambina indosserà lucidalabbra, abitini e tacchi, o peggio: dirà di uscire con l'amica del cuore e sarà invece avvistata su una microcar nera insieme a un losco individuo.

“Bisogna darle esempi positivi!” declamava, “non la faremo giocare con queste bambole scosciate che vanno oggi, questi trucchi da bambina, le scarpine col tacco...”

“Sono d’accordo, ma sarà impresa ardua...”

Lui ha provato a mettere il proposito subito in pratica. Durante un passaggio in un negozio di giocattoli si è impegnato una decina di minuti buoni a spiegare a nostra figlia la differenza tra una simil-Barbie con minigonna inguinale (“Vedi questa, Porpi? Questa è brutta! Puzza!”) e un trattore giocattolo con un nerboruto fattore alla guida e quattro animali nel rimorchio (“Vedi questo? Questo bello! Baffi: come papà!”).

Per la gioia del suo papà, la Polpetta è tornata a casa con Osvaldo il Fattore, da quel giorno suo inseparabile compagno di giochi. Il rovescio della medaglia è che adesso guarda con una certa simpatia gli uomini maturi, nerboruti e con i baffi.

Da due a tre

Come cambia la coppia quando arriva un figlio era uno dei domandoni che mi ponevo prima di avere la Polpetta. Non che ora io abbia una risposta: se c’è qualcosa che ho imparato è che la vita con un bambino è in costante evoluzione, non si fa in tempo a dire “le cose stanno così” che già è tutto diverso.

La mia esperienza racconta che il rapporto a due non cambia la sua essenza, ma acquisisce sicuramente nuove connotazioni. Se prima si era solo “coppia”, ora insieme si è anche “genitori” e, salvo pochissimi casi in cui la mamma continua la carriera e il papà resta a casa a fare il mammo, volenti o nolenti i ruoli si ridefiniscono. Certe cose sono considerate normali: che la mamma i primi tempi viva un periodo di stand-by sociale, ad esempio.

Capitava spesso che mi trovassi alle nove di un giovedì qualunque ad aspettarlo con un bicchiere di vino in mano, come quei filmacci anni novanta dove lei si alcolizza in solitudine sulle note di *Everybody Hurts* dei REM.

Un giorno era a Milano per lavoro: e va bene.

L'altro aveva un aperitivo per discutere di un progetto: e ok.

L'altro ancora una cena coi colleghi: ecchecazz.

La settimana successiva stava un giorno a Napoli, due a Trento, tre a Londra: *elimortà*.

Io per organizzare una cena con le amiche dovevo preallertare la nonna una settimana prima, a lui bastava dirlo la mattina col caffè in mano: "A proposito, stasera sono fuori a cena".

Non che ci fosse nulla di male, ma era lì che sentivo le differenze di ruolo "naturalmente imposte", quella disparità di trattamento madre-padre, che poi giustifica tutti quei "vuoi più bene alla mamma o al papà?" idioti che ti vengono chiesti nel corso della vita. Quasi tutti vogliamo più bene alla mamma, su, diciamolo. Perché il papà – bello papone, papino, paponzo – è tanto caro, ti spinge sull'altalena e porta sempre un sacco di regali, ma chi chiami quando hai mal di pancia? La mamma, che il papà mica può scendere da Trento a fare un massaggino. Chi ti prende a suppostate nel sedere quando hai la febbre? No, avete mai visto un padre fare una cosa simile? Nemmeno io. Chi ti si incolla in braccio per due ore di fila giocandosi la balera a settant'anni per gravi scoliosi quando non ti va di stare giù? Eh, mica quello con la cravatta. Solitamente, quella con le scarpe basse.

La vita cambia indubbiamente più per la donna che per l'uomo. Prima avevo un lavoro interessante, un sacco di amiche, una vita sociale graziosa, una serie di must tipo l'uscita il weekend e l'aperitivo della domenica, interessi che spaziavano dalla fotografia al cinema all'arte ai viaggi, e all'improvviso mi sono ritrovata agli arresti domiciliari prima, con una responsabilità che lui si sogna. Che io se latito per due settimane ci pensano in quattro a farmi il culo a quadretti: la Porpi, lui, mia madre e sua madre. Almeno eh.

Anche Lui aveva il suo lavoro, un po' di amici, una vita sociale graziosa e una serie di must come la mezz'ora in bagno a fingere bisogni per leggere la "Gazzetta" in pace. Oggi, guarda un po', è ancora lì: col suo lavoro, un po' di amici, una vita sociale graziosa e porca miseria oh, uscisse dal bagno prima della mezz'ora.

Questo per dire che un po' di risentimento c'è sempre. I ruoli sono tutt'altro che paritari. Io sono una che fa tuttora la freelance e, lavorando spesso da casa, difficilmente mi intrattengo in giro oltre l'orario d'ufficio. Se però fossimo in due a lavorare fuori, sarei comunque io quella che torna a casa prima. Quella che la maggior parte delle volte *non è* all'aperitivo o alla cena di lavoro. Perché in qualche modo ci si aspetta che il papà ci sia di meno, è giustificato, è quasi una tradizione. Il papà che esce la mattina e torna la sera tardi è comunque un buon papà. La mamma no. Se lo fa la mamma, è una madre di schifo.

Detto ciò, c'è qualcosa in più nel diventare genitori. Avere un figlio non unisce la coppia, come recitano molti luoghi comuni. È un percorso di crescita personale e a due che comporta un impegno costante, un perenne mettersi in discussione. La stanchezza che un bambino piccolo causa continuamente gioca brutti scherzi, tira fuori i lati peggiori del reciproco carattere. Il mantra da ricordarsi in questi momenti è: "Poi passa".

Una donna che tenta da un'ora e mezza di far mangiare il bambino ha l'insulto facile. Se poi sente l'uomo che *osa lamentarsi* di essere stato *tutto il giorno al lavoro*, insieme a persone adulte che mangiano da sole, a parlare di argomenti che non siano pappe e creme da culo... beh, il *vaffa* mette il pilota automatico.

Però c'è lui: il bambino. C'è la consapevolezza di aver creato insieme una meraviglia. Una persona. Una vita. Un esserino che è un erogatore incessante di sentimenti, che vi ama incondizionatamente, che si appoggia completamente a voi. È un legame che va al di là di tutto, che dà un senso molto più profondo al semplice "stare insieme". Siete i pilastri sui quali si appoggerà per costruire se stesso. La sensazione di avere tra le mani la sua vita rende il legame a due completo, necessario. Essere felici allora diventa qualcosa in più di un desiderio egoistico, è una sorta di dovere verso di lui. Più felicità ha intorno, più ne assorbe, più sarà allenato a riconoscerla e a perseguirla.

Credo sia questa la consapevolezza che accompagna la coppia dopo un figlio. Sapere che due più uno non è un'addizione, ma una moltiplicazione. Di amore. Di cose belle.

Oggi

Mentre scrivo la Polpetta ha diciotto mesi, è alta più di ottanta centimetri, pesa una decina di chili, ha quasi tutti i denti e quasi tutti storti e quando ride è bellissima.

Nonostante siano cose perfettamente nella media, mi sconvolge il fatto che sappia dire qualche parola, che capisca richieste come "tira su Winnie Pooh che è caduto" o "prendi le tue pantofoline", che provi a fare le bolle di sapone annusando molto forte la rondella, che accarezzi i personaggi dei libri quando hanno un'espressione triste.

Mi imita: prende la sua borsetta col cane di peluche, se la mette a metà braccio e saluta. Continua a mandare baci. Con quel verso forte che fa proprio *pciù*, mi insegue per casa per baciarmi e schiocca le labbra sul mio primo pezzo che trova, una gamba, un ginocchio, un orecchio.

Inizia a rispondere quando le parli, blaterando parole tutte sue.

"Come ti chiami?"

"Pichann."

Comincia a influenzare irrimediabilmente il nostro vocabolario. Ora le scarpine sono le "ciupi", come le chiama lei. Il povero orso Pooh è diventato "pù-pù" e tutto quello che è bello diventa "buono", con il ditino girato sulla guancia, unico apprezzamento condiviso dalla Polpetta.

È una bambina dolce, timida, capricciosa e sensibile. Chissà da chi avrà mai preso?

All'inizio della mia avventura da genitrice improvvisata non avrei mai detto che alla fine avrei parlato così, con paroline sdolcinate e occhi a pesce lesso. Oggi scopro che è inevitabile innamorarsi dei propri figli.

Sono la madre che mi aspettavo: un concentrato di limiti e imperfezioni, con tratti infantili e continue ribellioni. Ma sono anche come non avrei mai immaginato di essere: responsabile, attenta, premurosa.

Il fatto è che, crescendo, fa crescere anche me. Non per le cose che faccio – sono ancora un disastro su molti aspetti – ma per le domande che mi pongo. Per le capacità che tira necessariamente fuori da me a ogni febbre, ogni pianto, ogni difficoltà. E per come è diventata essenziale, centrale nella mia vita. Non al mio posto, ma insieme a me. Vicina, più vicina di tutto.

Conclusioni

Ho riflettuto molto prima di scrivere questo libro.

La prima cosa a cui ho pensato, ovviamente, è il momento in cui mia figlia lo leggerà per la prima volta. Qui non si parla solo di affetto ma di dubbi, di paure, di imprevisti.

La verità è che confido nella persona che diventerà. Sono certa che capirà che, se ho scritto queste parole, l'intento era quello di spiegare che l'amore ha molte strade, e non necessariamente imbocca quella più veloce, più facile, più ovvia.

Il sentimento tra una madre e un figlio non è sempre rosa come lo descrivono. Come tutte le storie d'amore è imperfetta, sgangherata, con alti e bassi continui, estenuanti. E, diversamente dalle altre storie d'amore, è assoluta, inevitabile, definitiva. Non è qualcosa da cui puoi scappare, o che puoi rinnegare. È una parte di te come la fine di un respiro.

Ho deciso di raccontare la mia storia perché sono sicura di non essere la sola a essersi sentita così. Non importa se si è mamma per caso o per scelta, a volte si provano sensazioni destabilizzanti, soprattutto all'inizio. Far credere che la maternità sia un idillio fa sentire peggio chi incontra delle difficoltà, le fa vergognare dei propri – seppur umanissimi – sentimenti negativi.

Al giorno d'oggi sono pochi i tabù che ancora si tengono in piedi. Il lato oscuro della maternità è uno di questi.

Avere un figlio è difficile, e nessuno te lo viene a dire. La frase ricorrente è "oh, è un po' faticoso ma con un bambino *è così*".

Così come? *Così* come la mia amica, sempre sorridente e col bimbo in braccio, o *così* come me, che sono tre giorni che mi sveglio e piango, e detesto cambiare pannolini?

Non esiste un *così*, ogni storia è a sé. C'è la mamma che si ritrova istantaneamente felice non appena prende il suo neonato tra le braccia, e poi ci sono tutte le altre. Ci sono i bambini che si sparano otto ore di sonno dal primo giorno, e quelli che non dormono per tre anni. Ci sono le mamme che non hanno latte e vorrebbero allattare, e quelle con la produzione di una mucca che vorrebbero solo smettere.

Tutti ti dicono cosa fare, i consigli non richiesti sono la pioggia sul bagnato della tua inesperienza.

Quello che potrei dire io è che in realtà va bene tutto. Essere euforiche o terrorizzate. Allattare oppure non farlo. Stare sempre coi pupi o mollarli per farsi un viaggio. Decidere di restare a casa o tornare al lavoro dopo quattro mesi.

L'importante è essere felici, no? E ognuno lo è a modo suo, non c'è una ricetta. La maternità non può viaggiare sui binari dello stereotipo, altrimenti rischia di diventare un concentrato di frustrazioni tenute a galla soltanto da una rete dei sensi di colpa e omertà.

È stato comprendendo l'inutilità di un modello di riferimento che qualcosa è scattato dentro di me. Qualcosa che mi ha fatto *ridere* e anche reagire.

Perché se nei film e sui libri la neomamma è la signora vestita con colori pastello che culla il bambino seduta in giardino, trovarmi in pigiama chiusa in casa da tre giorni non mi ha fatto dire: "Non sono una brava mamma" ma "ehi, non è vero che funziona così! La maternità non è un luogo dolce e ovattato, è un campo di battaglia!"

E allora tanto valeva prenderla a ridere.

Appena scoperto di essere incinta avevo fatto qualche ricerca su internet, sperando di trovare qualcuna che raccontasse la vita di mamma com'era veramente, senza dover terminare per forza le sue frasi con "ma i bambini ti ripagano di tutto". La mia ricerca era stata un insuccesso e per questo motivo, al quarto mese di gravidanza, avevo aperto un blog. L'avevo chiamato "Ma che davvero?" proprio come la frase proferita nel vedere il risultato del test. L'ho fatto un po' per raccontare la mia esperienza di mamma per caso, un po' per lasciare una traccia del mio percorso, della pancia che cresceva, di pensieri, dubbi, sensazioni. Se tra la maggior parte delle conoscenti mamme non ho trovato alcun sostegno, da parte delle donne online ho trovato una solidarietà e un senso di coalizione inaspettato, fortissimo. Se dovessi dire dove sono le mamme reali, quelle capaci di declamare il loro amore sconfinato per i loro bambini così come il loro odio profondo per le vacanze coi nonni, ecco, direi che si trovano in rete.

Oggi è un luogo dove continuo a raccontarmi, ma che è anche ricco di scambi, storie, confessioni, risate, confronti. Mi ha aiutata tantissimo a superare indenne questo primo anno e mezzo e mi ha permesso di essere qui, oggi, a scrivere questo libro.

Ho mantenuto il mio proposito? Sono riuscita a diventare madre "portandomi dietro tutta me stessa"? Oh beh, probabilmente non sono esattamente quella di prima, ma mi piace quello che sono ora.

La verità è che si può conservare di sé molto, ma non tutto. La cosa che più si lascia indietro è quella naturale dose di egoismo che è giusto avere finché si è soli. Dopo non è che non ci si vorrebbe sguazzare ancora un po', anzi, ma diventa una valigia troppo ingombrante da caricare insieme a tutto il resto. Perché c'è lei, le sue esigenze, i suoi delicatissimi sentimenti. Provocano istinti di totale altruismo che da te non ti saresti mai aspettata.

E così ti ritrovi a casa di sabato sera – anche se avevi chiamato la nonna e anche se hai un party che aspettavi da mesi – soltanto perché ha qualche linea di febbre e chiama "mamma". Ti convinci anche a pensare che in fondo il dvd degli animali della savana non è niente male. Ti sorprendi nel sentirti completamente appagata con un fornetto addormentato addosso, che ti stringe il dito con la manina.

È diverso il modo in cui i figli si infilano nel cuore. Perché si è abituati all'innamoramento, che è una specie di colpo secco, uno strappo che trasfigura il quotidiano e ti trasporta altrove. I figli invece nel quotidiano ci sguazzano. È da lì che iniziano: a stravolgertelo nel modo più terreno possibile. Con pannolini sporchi, tosse, richieste, strilla, pianti, marmellata. È lì che fanno la loro tana. In poco tempo, tutto quello che prima era definito e che credevi di conoscere, cambia forma. Sì, anche tu.

Prima di diventarlo le compatisci anche un po', le mamme. Non capisci davvero cosa ci sia di bello nel sacrificare gli spazi aperti della propria vita a un bambino che chiede, e chiede, e chiede. E si fa spazio coi calci e coi gomiti.

Poi succede che un giorno conosci tua figlia. Il modo in cui sorride e lo spazio tra i suoi incisivi. Le sue manine sempre appiccicose e il modo in cui gesticola quando è arrabbiata. L'odore delle sue guance subito dopo un pianto. Il rumore dei suoi piedini quando corre. La sua decisione nel volere quella cosa e non un'altra. I baci che schiocca sempre troppo lontano dal tuo viso. Le sue dita socchiuse mentre dorme.

È il momento in cui useresti la frase "farei di tutto per lei", perché è l'attimo in cui ti accorgi che quell'amore è diverso da tutto perché inevitabile. Non si sceglie. Non ci si innamora. È così e basta. È solo un circuito dentro di te che si è richiuso: adesso tutto funziona. Lei è entrata in circolo insieme a te.

Non dico che in tutto questo non ci sia divertimento. Oh, se c'è. In parte ci inciampi sopra, in parte però lo devi pianificare con cura. Perché se inizia a bastarti ridere delle sue prime parole, del suo modo buffo di ballare, delle sue battute a cinque anni e di un cartone animato stiamo freschi: è il preludio del rimbecillimento totale.

Il resto del divertimento è quella parte di te che hai conservato. È il pieno diritto di esercitare la propria personalità in spazi che siano altri dal ruolo di mamma. Di ritrovarsi. Credo dovrebbe essere anche un dovere, perché tanto più una persona è ricca di esperienze, di sfaccettature, di interessi, tanto più è in grado di insegnare a suo figlio.

All'inizio pensavo che per fare questo dovessi mantenere lo status quo del pre-gravidanza, e invece si cambia anche in quel senso, e non perché è arrivato un bambino. Semplicemente, si va avanti. Smettere alcune abitudini è immediatamente ed erroneamente ricollegabile al pupo, ma solo perché banalmente contestuale.

Il mio obiettivo originario è cambiato.

Se prima era "non cambiare la mia vita" adesso è "lasciare che la mia vita mi assomigli", ed è un principio in linea generale molto tollerante rispetto a tutti i modi possibili di fare il genitore, ma anche molto labile, che necessita di una costante autocritica.

Perché è facile adagiarsi nella routine, smettere di fare cose per se stesse solo perché "è più comodo" o perché "non si ha tempo". Probabilmente parlo così perché l'autoindulgenza è al tempo stesso un vizio e un terrore per me.

Sono una mamma per qualche verso discretamente buona, per altri disastrosamente negata. Mi prendo cura di mia figlia spendendo tutte le mie energie, ma poi cerco sempre di fregare sul resto. Insomma, ogni tanto cerco di sfuggirle un po', nella convinzione che faccia bene a entrambe, ma non c'è un attimo in cui io non pensi di amarla completamente.

La mia felicità, oggi, abita nell'eco della sua. La libertà a cui tanto mi aggrappavo, oggi è quella di lasciare che la vita ci trasporti avanti e apra scenari sempre nuovi.

Nonostante diventare madre per me sia stato un percorso a ostacoli, pieno di dubbi, ribellione e di incertezze, spero che mia figlia apprezzi ugualmente quello che sarò diventata. Non una brava in assoluto, ma spero brava per lei.

Ci sono tanti modi di essere madri, e probabilmente nessuno è giusto o sbagliato. Io, semplicemente, per prove ed errori, sto cercando il mio. Con il mio ritmo, i miei passi incerti, e lei a portarmi per mano.

Ringraziamenti

Il primo grazie va inevitabilmente ai miei due amori: quella bassa coi boccoli e quello alto col pizzetto. Per la pazienza, per quello che mi insegnate ogni giorno, per l'affetto di cui mi circondate. Siete la famiglia più bella che potessi desiderare.

Poi: grazie alla mia mamma, che mi ha insegnato cosa significa amare i propri figli e che mi ha tenuto la Polpetta durante le mie interminabili giornate al computer. A mio papà, che mi incoraggia sempre, qualsiasi cosa io decida di fare, e che mi ha trasmesso un po' della sua vena creativa. A mia sorella e mio fratello, che sono zii bravissimi. Al resto della mia grande e chiassosa famiglia, che è bellissima.

A Rossella, che mi ha "scoperta" e mi ha proposto di scrivere un libro, cosa che pensavo accadesse solo nei film.

Alle mie amiche per l'affetto, il supporto, le risate e le critiche costruttive.

A tutte le lettrici e i lettori di machedavvero.it che mi hanno seguita, consigliata, incoraggiata, e che hanno trasformato un semplice blog in un luogo vivo, pieno di voci e calore. Vi ringrazio uno per uno.

E, oh certo, a tutti voi che siete arrivati fino alla fine di queste pagine. Grazie, davvero.

Sommario